Stunde der Angst

Jack Higgins

Stunde der Angst

Roman

Aus dem Englischen von Stephan Steeger

RONDO

Die Originalausgabe erschien 2000 unter dem Titel
»Day of Reckoning«
bei HarperCollins, London

Besuchen Sie uns im Internet:
http://www.heyne.de

Umwelthinweis:
Dieses Buch wurde auf chlor- und säurefreiem Papier gedruckt.

Satz: Leingärtner, Nabburg
Druck und Bindung: Wiener Verlag, Himberg
Printed in Austria

ISBN 3-453-18267-7

Wer schwer gesündigt hat,
auf den wartet der Teufel.

Sizilianisches Sprichwort

HELLSMOUTH

1

In gewisser Weise weckte die Ratte Blake Johnson nicht nur, sondern holte ihn förmlich ins Leben zurück. Bis zur Hüfte im Wasser, hockte er im Dunkeln auf einem Steinpodest. Es war erstaunlich, dass er hier überhaupt eingeschlafen war. Er spürte etwas am Hals, wachte davon auf und setzte sich aufrecht hin.

In dem Licht, das durch den vergitterten Eingang fiel, erkannte er auf einmal, was ihm da von der linken Schulter glitt. Die Ratte sprang ins Wasser, tauchte wieder auf, wirbelte mit der spitzen Nase herum und starrte ihn geradewegs an.

Blake fühlte sich um fünfundzwanzig Jahre zurückversetzt, wie er gegen Ende des Vietnamkriegs als junger Sergeant der Special Forces bis zum Hals im Schlamm des Mekong-Deltas steckte und der Liquidierung durch den Vietcong zu entkommen versuchte. Auch damals hatte es Ratten gegeben, vor allem wegen der vielen Leichen.

Leichen gab es hier keine. Nur ein Gitter am Eingang, durch das schummrig trübes Licht fiel, feuchten Kanalisationsgestank, eine raue Tunnelwand und noch ein Gitter etwa vierzig Meter weiter am anderen Ende des Tunnels – jenes Gitter, vor dem ihm, nachdem man ihn hierher verfrachtet hatte, endgültig klar geworden war, dass es kein Entkommen gab.

Die Ratte trieb im Wasser umher und blickte ihn nun

seltsam freundlich an. »Du bist schön brav und verpisst dich jetzt«, sagte Blake leise.

Er wühlte das Wasser auf, worauf die Ratte verschwand. Er lehnte sich zurück, von eisiger Kälte durchdrungen, und versuchte Ordnung in seine Gedanken zu bringen. Er wusste noch, wie er im Range Rover halbwegs zu sich gekommen war, nachdem die Wirkung des Betäubungsmittels nachgelassen hatte. Sie hatten in heftigem Regen, einer Art Gewittersturm, einen Berg überquert. Dann hatte es geblitzt, und er konnte weit unten die Steilklippen sehen, die tosende See und ein Schloss, das aus einem Märchen der Brüder Grimm zu stammen schien.

Als Blake stöhnte und sich aufsetzen wollte, hatte Falcone sich auf dem Beifahrersitz umgedreht und ihn angelächelt.

»Na also, wieder unter den Lebenden.«

»Wo bin ich?« hatte Blake, der immer noch krampfhaft versuchte, sich zu orientieren, gesagt.

Falcone hatte nur gelächelt. »Am Ende der Welt, mein Guter. Hier gibt's bis zum fernen Amerika nur noch den Atlantischen Ozean. Hellsmouth heißt der Ort hier wohl.«

Er wollte gerade in ein Lachen ausbrechen, aber da war Blake bereits wieder in die Bewusstlosigkeit gesunken.

Er hatte jegliches Zeitgefühl verloren. Während er so dasaß und versuchte, sich mit verschränkten Armen zu wärmen, verspürte er einen Schmerz in der rechten Schulter. Und dennoch, er war hellwach und seine Sinne schienen seltsam geschärft. Als er hinter sich das Klirren hörte, mit dem das Gitter sich öffnete, setzte er sich sofort auf.

»He, wie geht's uns denn, Dottore? Weilst ja immer noch tapfer unter uns«, sagte Falcone.

»Ach, leck mich doch«, sagte Blake mit krächzender Stimme.

»Wundervoll. Welch ein Lebenszeichen! Gefällt mir. Und jetzt raus mit dir.«

Falcone packte Blake am Hemdkragen und zerrte ihn hoch. Blake wurde durch die Öffnung geschleift und landete auf allen vieren im Gang. Russo stand dort. In seiner hässlichen Visage klebte ein Lächeln.

»Er sieht nicht allzu gut aus.«

»Tja, jedenfalls stinkt er wie die Pest. Verpass ihm mal 'ne kleine Dusche.«

An der Wand war ein Messinghahn, an dem ein Gummischlauch befestigt war. Russo drehte den Hahn auf und richtete den Strahl auf Blake. Das Wasser war so eiskalt, dass Blake nach Atem rang. Russo drehte den Hahn wieder zu und legte Blake eine Decke um die Schultern.

»Der Boss will dich sehen, sei also schön brav.«

»Natürlich wird er artig sein«, sagte Falcone. »Genau wie seine hübsche kleine Frau in Brooklyn brav gewesen ist.«

Blake hüllte sich in die Decke ein und blickte auf. »Warst du das?«

»He, Business ist Business.«

»Dafür bringe ich dich um.«

»Red kein Blech. Deine Zeit ist so gut wie abgelaufen. Und jetzt beweg dich, der Chef wartet.« Und damit schob er Blake den Gang hinunter.

Sie stiegen zwei Treppen hoch und kamen schließlich an einer schwarzen Eichentür an, die von einem schmiedeeisernen Rahmen umfasst war. Russo öffnete sie, und Falcone stieß Blake in eine prunkvolle, mit

Naturstein geflieste Halle: Zur Linken lag ein Treppenaufgang, im Kamin loderte ein Feuer, Ritterrüstungen, alte Fahnen, die von ihren Stangen hingen. Dem Ganzen haftete etwas Unwirkliches an, wie Kulissen eines Kitschfilms.

»Was ist mit Dracula passiert?« sagte Blake.

Russo runzelte die Stirn. »Dracula? Was soll der Quatsch?«

»Ach, egal.«

Am Kamin saßen zwei Männer: Rossi und Cameci. Er kannte ihre Gesichter von den Computerbildern – auch so Gorillas der Solazzo-Familie.

Falcone stieß Blake weiter voran. »He, jetzt hab ich's kapiert. Christopher Lee war der Beste. Konnte damals von diesen *Hammer*-Filmen gar nicht genug kriegen.«

Russo öffnete eine weitere schwarze Eichentür. Sie führte in ein Zimmer mit hohen Wänden, großem offenem Kamin und Schatten werfendem Kerzenlicht. Hinter einem wuchtigen Schreibtisch saß eine verschwommene, in Finsternis gehüllte Gestalt.

»Führ Mr. Johnson weiter herein, Aldo. Zum Kamin. Ihm ist bestimmt kalt.«

Falcone schubste Blake zum Kamin und zog einen Stuhl heran. »Hinsetzen!«

»Brandy wäre jetzt wohl angebracht«, sagte der Mann im Dunkeln. »Am besten ein doppelter.«

Blake setzte sich. Russo ging zu einem kleinen Getränketisch, schenkte aus einer Karaffe einen Brandy ein und brachte ihn ihm. Das Zeug brannte in der Gurgel. Blake musste husten.

»Gib ihm jetzt eine Zigarette, Aldo. Mr. Johnson versucht zwar gerade, damit aufzuhören – wie wir alle –, aber das Leben ist kurz, die Kunst währt lang und Experimente sind gefährlich. Es gibt dazu irgendeinen passenden lateinischen Spruch, hab aber leider vergessen, wie der lautet.«

»Ach, haben Sie denn während des Jurastudiums in Harvard keinen Lateinunterricht gehabt?«

Blake nahm die Zigarette und ließ sie sich von Falcone anzünden.

»Um die Wahrheit zu sagen, nein. Sie scheinen ja ziemlich clever zu sein. Offensichtlich wissen Sie, wer ich bin.«

»Zum Teufel, was soll dieses Katz-und-Maus-Spiel? Natürlich weiß ich, wer Sie sind. Jack Fox, der Stolz der Solazzo-Familie. Warum schalten Sie also nicht endlich das Licht ein?«

Einen kurzen Moment später wurde es heller, und vor ihm saß Fox – das dunkle Haar, die kantige Teufelsvisage und das spöttische Lächeln. Fox nahm eine Zigarette aus einem silbernen Etui und zündete sie sich an.

»Und ich weiß, wer Sie sind, Blake Johnson. Sie sind aus Vietnam mit einer Kiste voller Orden zurückgekehrt, sind dann zum FBI gegangen und haben ein Attentat auf Präsident Jake Cazelet vereitelt, als er noch Senator war. Haben dabei zwei Bösewichte ins Jenseits befördert und selbst eine Kugel abgekriegt. Jetzt arbeiten Sie im Souterrain des Weißen Hauses und leiten eine Art private Einsatztruppe des Präsidenten. Aber leider, Blake«, er unterbrach sich kurz, um an der Zigarette zu ziehen, »kann ich mir nicht vorstellen, dass Cazelet umgekehrt jetzt Sie noch retten könnte.«

Blake schnipste mit den Fingern in Richtung Falcone. »Noch einen Brandy.« Er wandte sich wieder Fox zu. »Es gibt da einen alten sizilianischen Spruch, den Sie vielleicht zu schätzen wissen, da Sie, wie ich weiß, eine sizilianische Mutter haben: ›Wer schwer gesündigt hat, auf den wartet der Teufel.‹«

Fox lachte. »Und dieser Teufel – sind Sie das oder ist es Sean Dillon?«

»Sie haben die Wahl. Aber der Himmel stehe Ihnen bei, wenn es Sean Dillon ist«, sagte Blake.

Fox beugte sich vor. »Lassen Sie sich eines gesagt sein, Johnson. Ich *hoffe,* dass es Dillon ist. Dem will ich schon lange eine Kugel ins Hirn jagen. Ebenso wie Ihnen.«

»Sie haben meine Frau umgebracht«, sagte Blake.

»Ihre Ex-Frau«, sagte Fox. »Aber das war nicht persönlich gemeint. Sie hat nur ihre Nase ein bisschen zu tief in meine Angelegenheiten gesteckt. Schade, dass Sie das nicht begriffen haben.« Fox schüttelte den Kopf. »Sie haben mir viel Kummer bereitet. Jetzt müssen Sie dafür zahlen.« Fox lächelte. »Ich hoffe, Dillon ist wirklich so dumm, hierher zu kommen. Dann krieg ich euch beide dran.«

»Oder wir kriegen Sie dran.«

Fox drehte sich zu Falcone um. »Bringt ihn zurück«, sagte er und drehte das Licht wieder herunter. Russo verpasste Blake einen Schlag in den Magen. Blake fiel vornüber, und dann schleifte man ihn zur Tür hinaus.

NEW YORK

Am Anfang

2

Es war ein regnerischer Märzabend in Manhattan, als der Lincoln vor dem Trump Tower hielt. Der Schnee war längst weg, hatte aber schweren, unermüdlichen Regenfällen Platz gemacht. Jack Fox saß im Fond, Russo am Steuer, Falcone auf dem Beifahrersitz. Sie fuhren an den Bürgersteig heran, und Falcone stieg mit einem Regenschirm aus.

»Ihr könnt euch jetzt ein paar Stunden frei nehmen«, sagte Fox. Er nahm einen Hundertdollarschein aus der Hosentasche. »Esst erst einmal was. Wenn ich euch brauche, melde ich mich per Handy.«

»Alles klar.« Falcone begleitete ihn zum Eingang. »Bitte richten Sie Don Solazzo meine Verehrung aus.«

Fox klopfte ihm auf die Schulter. »He, Aldo, er weiß, dass du ihm treu ergeben bist.«

Er wandte sich um und ging hinein.

Das kleine, unscheinbare Dienstmädchen, das ihn in das Apartment im obersten Stock einließ, wirkte in seinem schwarzen Kleid mit der schwarzen Strumpfhose sehr italienisch. Sie sagte kein Wort und führte ihn einfach in das riesige Wohnzimmer mit dem atemberaubenden Blick über Manhattan. Sein Großonkel saß am Kamin und las in der *Truth*. Don Marco Solazzo war fünfundsiebzig Jahre alt. Seine schwergewichtige Gestalt war in einen saloppen Leinenanzug gehüllt, und er blickte mit unbewegter Miene aus ausdruckslosen

Augen. Neben ihm lag ein Spazierstock mit Elfenbeingriff auf dem Fußboden.

»He, Jack, herein mit dir!«

Sein Großneffe trat vor und küsste ihm die Wangen. »Onkel Marco, gut siehst du aus.«

»Und du erst.« Der Don reichte ihm die Zeitschrift. »Hab die Sache gelesen. Machst darin eine sehr gute Figur, Jack. Wirkst sehr gepflegt. Anzüge aus der Savile Row. Strahlendes Lächeln. Sie schreiben über deine Heldentaten, deine Auszeichnungen im Golfkrieg, das ist alles sehr gut. Aber dann müssen sie sich über die anderen Sachen auslassen. Dass du, was man bei einem Namen wie Fox nicht vermuten würde, der Sohn von Maria Solazzo bist, der Nichte von Don Marco Solazzo. Möge sie und dein Vater in Frieden ruhen. Diese Sache ist nicht so gut.«

Fox machte eine abschätzige Handbewegung. »Harmloser Klatsch. Jeder weiß, dass ich mit dir verwandt bin. Aber alle halten mich für sauber.«

»Glaubst du das wirklich? Diese Journalistin, diese Katherine Johnson da, ist deiner Meinung nach also nur hinter ›harmlosem Klatsch‹ her? Mach dir nichts vor. Sie weiß, wer wir sind, trotz unserem Engagement an der Wall-Street. Wir sind zwar ehrbare Bürger – Immobilien, Fabriken, Investments –, aber wir sind immer noch Mafia, und genau diesem Umstand verdanken wir unsere Macht. Diese Seite unserer Geschäfte ist nichts für Leute wie sie. Nein, sie hat sich da irgendetwas in den Kopf gesetzt – und du … Du bist ein guter Junge, du hast dich prächtig entwickelt. Aber ich bin kein Dummkopf. Ich weiß, dass du neben den Familiengeschäften diese Fabrik in Brooklyn hast, mit der du die Clubs mit billigem Whiskey versorgst.«

»Onkel, bitte«, sagte Fox.

Der Don winkte ab. »Ein junger Mann, der sich ein paar Dollar dazuverdienen will – das verstehe ich ja noch. Aber manchmal bist du mir zu gierig. Es gibt nichts, was ich nicht weiß. Beispielsweise deine Geschäfte mit der IRA in Irland und dieser unterirdische Bunker, in dem sie ihre Waffen verstecken, die sie nicht rausrücken wollen. Waffen, mit denen du sie versorgst. Deine Reisen nach London zum Colosseum.«

»Ist schließlich das Flaggschiff unter unseren Casinos, Onkel.«

»Klar, aber während du dort bist, organisierst du bewaffnete Raubüberfälle mit Hilfe unserer Londoner Connection. Vor zwei Monaten über eine Million Pfund in bar aus einem Geldtransporter.« Der Don wies ihn mit einer Handbewegung zurück. »Streite jetzt bloß nicht alles ab, sonst werde ich wütend, Jack.«

»Onkel.« Fox versuchte es auf die reuevolle Tour.

»Wenn du nur nicht vergisst, worin deine wahre Aufgabe besteht. In Amerika stagniert das Drogengeschäft allmählich. Du musst es in Russland und in den osteuropäischen Ländern ankurbeln. Dort sind noch echte Wachstumsraten zu erzielen. Was die Prostitution angeht, die kannst du getrost unseren russischen oder chinesischen Freunden überlassen. Streich einfach nur ein paar Prozente ein.«

»Wie du meinst, Onkel.«

»Der Rest geht in Ordnung, aber wie gesagt, Jack, mit den Deals hinter meinem Rücken ist Schluss.«

»Ja, Onkel.«

»Und diese Reporterin, diese Johnson. Bist du mit ihr ins Bett gestiegen? Sag jetzt die Wahrheit.«

Fox zögerte. »Nein, so war das nicht.«

»Und wie war's dann? Welches Interesse hat sie daran, dich so positiv herauszustellen? Sie will mehr.

Ich sag's dir, sie führt irgendetwas im Schilde. Dieser Artikel ist gar nicht mal so übel, okay, aber was kommt als Nächstes? Was steckt dahinter?« Der Don schüttelte den Kopf. »Sie schmeichelt dir, Jack, und du fällst drauf rein. Du solltest lieber herausfinden, was sie wirklich will.«

»Was würdest du mir raten, Onkel?«

»Stell ihre Wohnung auf den Kopf. Vielleicht findest du ja was.« Er griff nach einem Krug. »Trink einen Martini, und dann essen wir.«

Terry Mount war ein recht gewöhnlich aussehender Typ, klein und drahtig, ein junger Kerl, der ohne weiteres als Laufbursche für irgendeinen Imbiss-Service hätte durchgehen können. In Wirklichkeit war er ein äußerst geschickter Einbrecher, der sich rühmte, jedes denkbare Schloss knacken zu können. Er war nur ein einziges Mal im Knast gelandet, und das war noch als Jugendlicher. Es war vor allem seine gewöhnliche Erscheinung, mit der es ihm immer wieder gelang, die eigene Haut zu retten.

Eine kleine Fingerübung hatte ihm erst vor zwei Tagen fünfzehntausend Dollar eingebracht. Er hatte das Geld gerade bei seinem Hehler abgeholt und fühlte sich deshalb ausgesprochen gut, wie er dort so an der Bar saß und den Whiskey Sour genoss, den der Barkeeper gemixt hatte. Auf einmal legte sich eine mächtige Pranke auf seine Schulter. Terry wandte sich um, und sein Magen schlug Purzelbäume.

Falcone lächelte. »Terry, gut siehst du aus.«

Russo, der mit der hässlichen Visage, lehnte an der Theke. Terry musste erst einmal tief Luft holen.

»Aldo, willst du was von mir?«

»Ich nicht, aber die Solazzo-Familie möchte dich um

einen Gefallen bitten. Du würdest dem Don doch nie eine Bitte ausschlagen, oder, Terry?«

»Natürlich nicht«, sagte Terry stammelnd. Er langte nach dem Whiskey Sour und kippte ihn mit einem Schluck hinunter.

»Nur dass es in diesem Fall Jack Fox ist, der dich um den Gefallen bittet.«

Eine Nachricht, die bei Terry ein unzweideutiges Druckgefühl im Darmbereich auslöste. »Was immer ihr wollt.«

»Das will ich meinen.« Falcone tätschelte Terry die Wange und sagte zum Barkeeper, der argwöhnisch zusah: »Gib ihm noch einen. Hat er jetzt nötig.«

»Also, hört mal zu, ich will hier keinen Ärger«, sagte der Barkeeper.

Russo beugte sich über die Theke und setzte seiner hässlichen Visage noch die Maske der Bedrohung auf. »Du mixt ihm jetzt noch einen Scheißdrink und hältst dein Maul. Okay?«

Der Barkeeper zögerte keine Sekunde und gehorchte mit zitternden Händen.

Jack Fox saß im ersten Stock seines Hauses in der Park Avenue und ließ es sich im Wohnzimmer bei einem Brunch mit Champagner und geräuchertem Lachs gut gehen. Falcone trat mit Terry Mount im Schlepptau ein.

»Also, Terry, du siehst ja ganz besorgt aus«, sagte Fox. »Warum denn das?« Er biss in sein Sandwich, während Falcone ein Bündel Geldscheine aus der Tasche hervorholte. »Aldo, hast du im Lotto gewonnen oder was?«

»Nein, Signore, aber ich glaube, Terry hier war der Glückspilz. Das sind fünfzehn Riesen.«

Fox nickte in Richtung des Champagner-Kübels, und Falcone schenkte ihm nach. »Terry, sieht ganz so aus, als wärst du mal wieder sehr, sehr ungezogen gewesen.«

»Bitte, Mr. Fox, ich versuche doch nur, ein paar Dollar zu verdienen.«

»Und das sollst du auch.« Fox lächelte. »Zwei Riesen, Terry.«

Terry rollte mit den Augen. »Und was muss ich dafür tun?«

»Das, was du am besten kannst.« Fox schob ihm einen Zettel zu, der auf dem Tisch lag. »Katherine Johnson. Barrow Street Nummer zehn. Gleich am Rand vom Village. Du stellst ihre Bude noch heute Nachmittag auf den Kopf.«

»Dann bleibt mir ja keine Zeit, die Sache vorzubereiten.«

»Was gibt's da vorzubereiten?« sagte Fox ungerührt. »Ist doch nur ein kleines Häuschen. Sie wird nicht da sein. Du prahlst doch immer damit, dass du überall reinkommst.«

Terry fuhr sich mit der Zunge über die Lippen. »Und was soll ich dort?«

»Sie ist Reporterin bei einer Zeitschrift – du wirst dort also wahrscheinlich ein Arbeitszimmer vorfinden mit Computer, Videorecorder und dem ganzen Zeug. Nimm alle Disketten mit, die du findest, und auch sämtliche Videokassetten.«

»Heutzutage hat doch fast jeder 'ne Riesenvideosammlung«, sagte Terry. »Soll ich wirklich alle Kassetten mitbringen?«

»Stell dich doch nicht dumm, Terry«, sagte Fox geduldig. »Ich suche nicht nach *Dirty Harry* oder *Der Teufelshauptmann*. Streng einfach dein Hirn an, so blöde bist du doch nicht. Die Jungs bringen dich hin und warten dort auf dich, damit sie dich wieder zurückbringen können. Um fünf will ich alles, was du dort finden kannst, hier sehen. Du wirst mich bestimmt nicht enttäuschen.«

Falcone schob Terry aus dem Zimmer, dass dieser kaum den Boden berührte.

Mit einer Bomberjacke bekleidet, auf der hinten »Smith Electronics« stand, machte er sich in Richtung Barrow Street auf. Er hielt sich nicht lange mit der Haustür auf, klingelte nur dreimal und ging dann, nachdem niemand reagiert hatte, schnurstracks zur Kellertür hinunter. Die Tür war mit doppelten Riegelschlössern gesichert, die sich jedoch mit ein paar flinken Kunstgriffen leicht knacken ließen.

Er fand sich in einem Waschraum wieder und ging von dort über die Treppe nach oben in den Flur, der aber lediglich Wohnzimmer, Esszimmer und Küche miteinander verband. Er versuchte sein Glück also eine Etage weiter oben. Die Stille wurde nur von dem Ticken der Standuhr aus Großvaters Zeiten in der Eingangshalle unterbrochen. Die erste Tür, die er öffnete, führte ihn sofort ins Arbeitszimmer. Er sah mit Büchern und Videokassetten vollgepackte Regale, einen Computer neben zwei Videorecordern, Diskettenlaufwerke und einen Kassettenrecorder mit doppeltem Laufwerk. Er schaltete alle Geräte ein, nahm alle Kassetten und Tapes aus den Schächten und verstaute sie in seiner Umhängetasche. Er öffnete Schubladen und stieß auf weitere Disketten und Kassetten, die er ebenfalls einsteckte.

Der Rest lohnte der Mühe nicht. Ganze Reihen von Filmkassetten und Gymnastik-Tapes. Er war mittlerweile schweißgebadet, holte gegen die Regale aus und übersäte den Boden mit Videokassetten.

Okay, Fox' Auftrag wäre erledigt. Zeit, zu gehen. Auf einer Anrichte standen ein paar Flaschen und Gläser. Er schenkte sich einen Bourbon ein, ließ ihn sich schmecken und verließ das Haus über denselben Weg, den er gekommen war. Er verriegelte die Kellertür und kehrte zu Falcone und Russo zurück.

Fox erwartete sie bereits ungeduldig in seinem Haus in der Park Avenue. Er nahm die Disketten und Bänder, von Terry Mount entgegen und sagte zu Russo: »Kümmere dich um ihn.« Dann drehte er sich zu Falcone um. »Du bleibst. Könnte recht unerfreulich sein.«

»Dann ist es das für uns beide, Signore.« Die beiden waren seit ihrer Jugend befreundet.

Fox ging die Disketten durch, auf denen vor allem Arbeitsnotizen, Briefe und Rechnungsunterlagen abgespeichert waren, und legte sie bald beiseite. Dann machte er sich an die Tonkassetten, die Mount in dem Kassettenrecorder gefunden hatte – die zweite war ein Volltreffer.

Am Anfang war irgendeine beiläufige Unterhaltung über Familiengeschäfte und so weiter darauf festgehalten. Die Stimme der Frau war sehr angenehm und warm, die des Mannes …

»Jessesmaria, Signore«, sagte Falcone, »das sind ja Sie.«

Im Hintergrund waren Restaurantgeräusche zu hören, untermalt von leiser Musik. »Sie hat unsere Unterhaltung aufgenommen«, sagte Fox.

Die Aufnahme änderte plötzlich den Charakter. Die Frau war nun eindeutig dabei, eigene Beobachtungen und Gedanken aufs Band zu sprechen:

»Es besteht kaum ein Zweifel, dass Jack Fox, trotz seines Kriegshelden- und Wall-Street-Images, der kommende Mann der Solazzo-Familie und der neuen Mafia ist. Ich werde ihn mit meinem ersten Artikel in der *Truth* einlullen, um ihm dann mit Folgebeiträgen eine Breitseite zu verpassen. Vielleicht ist sogar ein Feature für den Fernsehkanal von *Truth* drin. Aber nur nichts überstürzen, erst mal immer schön schmeicheln. Angesichts seiner Eitelkeit wird sich bestimmt alles andere von selbst ergeben.«

Fox schaltete das Gerät aus. »Dieses Miststück.«

»Sieht ganz so aus, Signore. Was sollen wir unternehmen?«

Fox stand auf, ging zur Anrichte, schenkte sich ein Glas Scotch ein und wandte sich dann um. »Ich glaube, du kennst die Antwort bereits, mein Bester.« Er ging zum Telefon und tippte entschlossen eine Nummer. »Katherine Johnson, bitte. Hallo, Kate? Jack Fox hier. Haben Sie heute vielleicht Zeit für ein Abendessen? Ich habe über Ihren Artikel nachgedacht – ach, was soll's: Vielleicht gibt's da noch einiges, was Sie interessieren könnte … Sie haben noch nichts vor? Großartig. Passen Sie auf, ich schicke Ihnen einen Wagen vorbei, dann müssen Sie keinen Umweg über Ihre Wohnung machen. Sie können mich in der Park Avenue aufpicken. Wir haben kürzlich dieses neue Restaurant in Brooklyn gekauft, und ich würde es gern einmal ausprobieren. Haben Sie Lust? … Großartig! Ich schicke Falcone vorbei, um Sie abzuholen.« Er legte auf und war überrascht, dass er auf einmal aufrichtiges Bedauern empfand.

An jenem trüb-regnerischen Abend saß sie im Fond des Lincolns – eine zierliche, hübsche Frau von vierzig Jahren, die ein kluges Gesicht hatte. Russo hockte vorm Steuer, Falcone auf dem Beifahrersitz. Sie kamen vor dem Haus in der Park Avenue an, und Falcone rief Fox über das Handy an.

»He, Signore, da wären wir.« Er wandte sich zu Kate um. »Er kommt sofort.«

Sie lächelte und nahm sich eine Marlboro. Falcone reichte ihr Feuer.

»Danke.«

»Prego, Signora.«

Er ließ die Trennscheibe hochfahren, und einen Moment später tauchte Fox in einem schwarzen Mantel auf. Er stieg ein und küsste sie auf die Wange.

»Kate, toll sehen Sie aus.«

Der Lincoln fuhr los.

»Und Sie ebenfalls.«

Er lächelte liebenswürdig. »Na dann – auf eine tolle Nacht.«

Zur gleichen Zeit saß Terry Mount in einer Bar in Downtown Manhattan und spülte einen weiteren Whiskey Sour hinunter. Seine rechte Brusttasche war mit siebzehntausend Dollar prall gefüllt. Als er auf die Straße hinausging, fegte der Regen ihm ins Gesicht. Er schlug den Kragen hoch und schlenderte den Bürgersteig hinunter. Plötzlich spürte er unwillkürlich, wie sich ihm jemand von hinten näherte. Gleich darauf bohrte sich ein spitzer Gegenstand in seine Kleider.

»Du biegst jetzt schön brav in die Gasse hier ein.« Er gehorchte und wurde dann unvermittelt gegen die Hauswand gedrückt. Jemand tastete ihn ab. »He, siebzehn Riesen. Sieh mal einer an.«

»Wer bist du?«

»Ich bin ’ne fette schwarze Mama namens Henry, und du würdest mir nur ungern in den Knastduschen auf Rikers Island begegnen.«

Terry packte die blanke Angst. »Ich hab doch alles getan, was man von mir verlangt hat.«

»Was bedeutet, dass du zu viel weißt. Viele Grüße von den Solazzos.«

Das Messer stieß in den Brustkorb, bis die Klinge auf das Herz traf. Terry Mount glitt an der Wand zu Boden.

Es war noch früher Abend, aber in der Columbia Street in Brooklyn war es stockfinster. Auf einmal bog der Lincoln rechts ab und fuhr zu einem Kai, an dem ein paar Küstenschiffe festgemacht hatten. Russo schaltete den Motor aus. Katherine Johnson war plötzlich beunruhigt. »Was soll das? Wo sind wir, Jack?«

»Endstation, Signora. Sie haben mich ja ziemlich an der Nase herumgeführt.«

Sie lächelte gespielt. »Nun aber mal sachte, Jack.«

»Sachte ist nicht mehr. Ich habe Ihr Haus durchsuchen lassen. Hab Ihre kleinen Aufnahmen unserer Gespräche gehört. Nicht dass ich mich irgendwie verplappert hätte, Sie dagegen sehr wohl. Nur nichts überstürzen und sich bei mir einschmeicheln, hä? Bei mir läuft das nicht.«

»Ich bitte Sie, Jack, Sie müssen mich anhören.«

»Ich habe genug gehört. Und geredet.«

Hinter ihnen fuhr eine Limousine heran. Fox stieg aus und sagte zu Falcone: »Aldo, du sorgst dafür, dass nichts schief geht.«

»Wie Sie befehlen, Signore.«

Fox stieg in den wartenden Wagen und ließ sich davonfahren.

Katherine versuchte die Tür zu öffnen, aber Russo war sofort mit erhobener Hand zur Stelle. »Lass das«, rief Falcone. »Wir wollen doch keine Schlägerei.« Er packte sie am Nacken und zerrte sie im Fond auf die Knie. Ihr Rock rutschte hoch.

»Auf geht's, kommen wir zur Sache.«

Sie wehrte sich, aber er hielt sie fest im Griff. Russo nahm ein Etui aus seiner Tasche, öffnete es und holte eine Spritze hervor. »Wird dir gefallen, Kleine. Das beste Heroin auf dem Markt.« Er jagte ihr die Nadel in den linken Oberschenkel und stach gleich noch ein zweites Mal zu, diesmal in die rechte Pobacke. »Da hast du's.«

Sie stieß einen Schrei aus und sackte schließlich schlaff nach vorn.

Russo tätschelte sie. »He, sieht gar nicht mal so übel aus, die Kleine. Wäre eigentlich die Gelegenheit, mir mal was Gutes zu gönnen.«

Er langte nach seinem Reißverschluss. Falcone versetzte ihm einen leichten Stoß. »Du Vollidiot, du versaust noch alles. Hilf mir mal lieber.«

Russo packte sie grummelnd an den Füßen, während Falcone sie unter den Achseln hochhob. Sie trugen sie an den Rand des Kais.

»Und tschüs.« Gleich darauf lag sie im Wasser.

»Komm, trinken wir einen.« Sie gingen zum Lincoln zurück. Einen Moment später fuhren sie davon.

Keiner der beiden bemerkte die Handtasche, die im Dunkeln neben einem Verpackungskarton lag, genau an der Stelle, an der sie aus dem Wagen gefallen war.

Am Morgen des folgenden Tages fegte der Regen über den East River und prasselte gegen die Fenster des alten Polizeireviers. Es war sechs Uhr. Harry Parker, der erst eine Stunde zuvor aus dem Bett geklingelt worden war, genehmigte sich gerade eine Tasse Automatenkaffee. Als Detektiv Sergeant Helen Abruzzi hereinkam, schnitt er eine angewiderte Grimasse.

»Widerliches Zeug«, sagte er zu ihr. »Jetzt weiß ich wieder, warum ich auf Tee umgestiegen bin. Okay, wie weit sind wir?«

»Die Kleine heißt Charlene Wilson. Hat hier in der Gegend in einem Striptease-Lokal gearbeitet.«

»Und sich nebenbei noch ein kleines Taschengeld dazuverdient?«

»Sieht so aus.«

»Was ist passiert?«

»Ein Typ mit Namen Paul Moody hat sie zu sich nach Hause mitgenommen. Er hat sie oral vergewaltigt und dabei halb erwürgt. Sie war an den Händen gefesselt.«

Parker runzelte die Stirn. »Klingt ganz wie diese beiden Morde in Battery Park.«

»Genau das hab ich auch gedacht, Captain. Deshalb hab ich Sie auch angerufen. Charlene ist ihm nur deshalb entwischt, weil er zu viel getrunken hatte und eingeschlafen ist. Sie hat es geschafft, die Fesseln zu lösen.«

Parker nickte. »Okay, sagen Sie mir Bescheid, wenn wir mit der Gegenüberstellung beginnen können.«

Sie ging hinaus, und Parker stellte sich ans Fenster, gegen das unaufhörlich der Regen prasselte. Er fischte sich eine Marlboro heraus – er tat schon längst nicht mehr so, als hätte er das Rauchen aufgegeben. Er zündete sie an und blickte missmutig auf den Fluss hinaus. Parker war ein Schwarzer von hünenhafter Statur. Er hatte an der Columbia Jura studiert, es dann aber vorgezogen, zur Polizei zu gehen, statt in eine Anwaltskanzlei einzutreten. Siebzigstundenwochen hatten ihm nie etwas ausgemacht, im Gegensatz allerdings zu seiner Frau, die sich dann auch von ihm hatte scheiden lassen.

Seit nunmehr drei Jahren war er Captain einer speziellen Mordkommission mit Sitz an der Police Plaza. Manchmal war es schon deprimierend, einen Mordfall nach dem anderen in einer einzigen, unaufhörlichen Serie zu behandeln, und wenn man hart auf die fünfzig zuging, fragte man sich manchmal schon, ob es nicht vielleicht einen besseren Job gab. Er fragte sich, ob Blake es wirklich ernst gemeint hatte, als er angedeutet hatte, er könne ihn unter Umständen in der Washingtoner Sondereinheit des Nachrichtendienstes unterbringen …

Die Tür ging auf, und Helen Abruzzi rief herein: »Gleich geht der Vorhang auf, Captain.«

Das Mädchen in dem abgedunkelten Zimmer mit dem Sichtfenster war übel zugerichtet. Man hatte sie in eine Decke gehüllt, die ihr von den Schultern hing. Das Gesicht war ganz angeschwollen, eines der Augen blau geschlagen und der Hals von dunklen Flecken übersät. Helen stand hinter ihr und hatte ihr eine Hand auf die Schulter gelegt. Parker las unterdessen in der Akte. Als er damit fertig war, nickte er, worauf Helen einen Summer drückte. Ein Strahler leuchtete auf, und auf der anderen Seite der Scheibe erschienen fünf Männer im grellen Licht. Das Mädchen schrie auf.

»Nummer drei. Das ist er«, sagte sie, dann brach sie zusammen.

Mitleidsgefühle waren um sechs Uhr in der Früh im East-River-Revier eher eine Seltenheit, aber Parker nahm sie in die Arme.

»Aber, aber, atmen Sie erst mal tief durch. Ich weiß, dass das alles nicht einfach ist, aber ich verspreche Ihnen eines: Ich werde dieses Schwein aus dem Verkehr ziehen.« Er drückte sie und nickte Abruzzi zu. »Führen Sie sie nach draußen, und dann bringen Sie mir diesen Scheißkerl.«

Er stand am Fenster und blickte auf den Fluss hinab. Nach einer Weile öffnete sich die Tür, und Helen Abruzzi kam herein, gefolgt von Paul Moody, der Handschellen trug und von zwei Polizeibeamten flankiert wurde.

»Und wer zum Teufel sind Sie jetzt?« sagte Moody.

»Captain Harry Parker. Sergeant Abruzzi hat eine ziemlich lange Liste von Anklagepunkten gegen Sie zusammengestellt, Moody, angefangen mit Notzucht.«

»He, das Miststück wollte es nicht anders. Die steht auf Sadomaso und diesen ganzen Schweinekram. Ehrlich, ich war echt geschockt, Mann.«

»Glaube ich Ihnen aufs Wort – und, nicht zu vergessen, Körperverletzung einer Minderjährigen.«

Schweigen. Dann sagte Moody: »Was soll dieser Minderjährigenscheiß?«

»Hat Ihnen Sergeant Abruzzi das nicht gesagt? Das Mädchen ist erst vor zwei Wochen fünfzehn geworden.«

Moody wurde kreidebleich. »Also jetzt mal langsam, das habe ich nicht gewusst.«

»Tja, jetzt wissen Sie's«, sagte Helen Abruzzi.

»Und da wär dann noch was«, sagte Parker. »In den vergangenen drei Monaten sind in Battery Park zwei Morde passiert, die ganz eindeutig Ihre Handschrift tragen. Gefesselte Mädchen, misshandelt, zusammengeschlagen – und jung.«

»Die können Sie mir nicht anhängen.«

»Hab ich gar nicht nötig. Wir haben bei Charlene Wilson sehr beweiskräftige DNS-Proben sichergestellt. Und wir haben die DNS-Proben des Battery-Park-Mörders. Ich würde meine Pension darauf verwetten, dass sie identisch sind.«

»Zum Teufel mit dir, du Drecksnigger!«

Moody holte nach Parker aus, wurde aber sofort von den beiden Beamten festgehalten.

»Also, Moody«, sagte Parker, »du solltest mit deinen Kräften sparsamer umgehen. Du wirst sie in den nächsten vierzig Jahren im Knast noch nötig haben.« Er nickte den Beamten zu. »Schafft diesen Scheißhaufen hier raus.«

Nachdem sich die Tür geschlossen hatte, wandte er sich wieder dem Fenster zu.

»Eine ziemlich üble Nummer, Sir«, sagte Helen Abruzzi.

»Das sind sie alle, Sergeant.« Er drehte sich zu ihr um. »Ich muss mal frische Luft schnappen. Werd einen Spaziergang machen – wenn Sie mir vielleicht einen Regenschirm besorgen könnten? Die Papiere unterschreibe ich später, wenn ich wieder da bin.«

»In Ordnung, Sir.«

Er lächelte und nahm plötzlich eine überraschend freundliche Art an. »Sie haben hier gute Arbeit geleistet, Sergeant. Ist mir nicht entgangen. Demnächst wird eine Stelle als Inspektor frei, wenn Ihnen eine Versetzung an die Police Plaza nichts ausmacht. Haben Sie sich verdient. Versprechen kann ich Ihnen allerdings nichts.«

»Ich weiß, Sir.«

»Okay. Wir sehen uns später, aber sagen Sie vorn am Schalter Bescheid, damit mir die einen Regenschirm besorgen.«

Am Hafen goss es in Strömen. Parker hatte sich einen Dienstmantel mit Schulterpelerine geborgt und hielt den Regenschirm, den Abruzzi ihm organisiert hatte. Der Regen tat ihm überraschend gut, und er bekam allmählich wieder einen klaren Kopf. Er zündete sich noch eine Zigarette an. Plötzlich kam ein älterer Mann in heller Aufregung auf ihn zugerannt.

Parker hob die Hand. »Was ist los? Kann ich Ihnen helfen?«

»Ich muss zur Polizei!«

»Die steht vor Ihnen. Wie kann ich Ihnen helfen?«

»Ich heiße Richardson. Bin der Nachtwächter drüben im alten Darmer-Lagerhaus. Meine Schicht war gerade zu Ende, und ich bin an den Rand vom Kai gegangen, um meine Zigarette ins Wasser zu schnippen, und … und im Wasser treibt 'ne Frau!«

»Okay, zeigen Sie mir die Stelle«, sagte Parker und schob ihn voran.

Katherine Johnson trieb etwa einen halben Meter unter der Oberfläche im dunkelgrünen Wasser, die Arme und Beine von sich gestreckt, die Augen starr in die Ewigkeit gerichtet. In ihrer Miene schien ein Ausdruck der Überraschung zu liegen, und der Tod umflorte sie mit schmerzlicher Schönheit.

Harry Parker nahm sein Mobiltelefon und rief das Revier an.

»Hier Captain Parker. Ich hab irgendeine Unbekannte im Wasser, nur dreihundert Meter von euch entfernt. Schickt einen Krankenwagen und ein paar Leute her.« Er stand mit seinem Handy da, reichte es schließlich Richardson und zog seinen Regenmantel aus. »Passen Sie mal kurz darauf auf.«

Er stieg die Steintreppe hinunter, stand bis zur Hüfte im Wasser und streckte den Arm nach ihr aus. Ziemlicher Unsinn, den er da trieb, denn schließlich war das eine Aufgabe für das Bergungsteam, aber er wollte sie nicht einfach dort lassen. Die Sache war auf eine seltsame Art persönlich.

Einen kurzen Moment lang verschwand sie unter Treibgut. Er stieg bis zur Brust ins Wasser, zog sie zu sich heran, bis sie neben ihm war. Auf dem Kai kamen ein paar Autos mit quietschenden Reifen zum Stehen – das Bergungsteam war angekommen.

Parker ging nach Hause, zog sich um, frühstückte in seinem Stammcafé um die Ecke – Eier, gebratener Speck, englischer Tee – und machte sich dann auf den Weg zu seiner Dienststelle. Der Anblick des Gesichts der Toten, ihre weit geöffneten Augen, ließ ihn die ganze Zeit nicht mehr los. Er rief Abruzzi an.

»Was ist mit der Unbekannten, die ich gefunden habe?«

»Ist bereits in der Gerichtsmedizin. Sie haben den Chef-Obduzenten hinzugezogen. Wie's heißt, wird er die Autopsie noch vor Mittag persönlich vornehmen.«

»Ich bin gleich da. Sagen Sie ihm, dass ich komme.«

Als Harry Parker im Büro des Chef-Obduzenten ankam, war Dr. George Romano gerade dabei, ein Sandwich nebst einer Tasse Kaffee zu verdrücken.

»Harry, habe die Ehre! Was liegt an?«

»Diese Unbekannte da aus dem Fluss – die hab ich rausgeholt.«

»Und Sie nehmen die Sache deshalb irgendwie persönlich, stimmt's?«

»So könnte man sagen.«

»Ich bin mit der Autopsie so gut wie fertig. Mache gerade eine Pause. Was wollen Sie denn wissen? Ob sie hineingefallen ist oder hineingestoßen wurde?«

»So ähnlich.«

»Okay, Harry, dann kommen Sie mal mit, die Sache stinkt nämlich zum Himmel.« Romano spülte den restlichen Kaffee hinunter und ging vor.

Sie betraten den Obduktionssaal, in dem zwei Mitarbeiter des Obduzenten in ihrer Arbeitsmontur warteten. Romano streckte die Arme vor, und einer der beiden half ihm in seinen Kittel. Dann ging er zum Waschbecken und wusch sich sorgfältig die Hände.

»Da ist sie, Harry. Sie gehört ganz Ihnen.«

Katherine Johnson lag auf einem leicht geneigten OP-Tisch aus Edelstahl. Der Kopf ruhte auf einem Holzblock. Sie war nackt, und der Y-Schnitt der Voruntersuchung hob sich grell von ihrer bleichen Haut ab. Romano hielt die Hände hoch, und einer der Assistenten zog ihm die Gummihandschuhe über. Auf einem Rollwagen lagen zahllose Instrumente bereit. Auf einem Drehstativ war ein Videorecorder befestigt.

»Dienstag, 2. März«, sagte Romano, »Wiederaufnahme der Autopsie von Mrs. Katherine Johnson, Barrow Street zehn, Greenwich Village.«

»He, was soll denn das heißen?« fuhr Parker dazwischen.

»Wussten Sie das denn nicht?« Romano schien überrascht. »Der Mann, der sie gefunden hat – dieser Richardson –, der hat sich noch ein bisschen am Tatort rumgetrieben und ist dabei auf ihre Handtasche gestoßen. Sie muss sie verloren haben, als sie ins Wasser gefallen ist. Da war genug drin, um sie zu identifizieren.«

»Ach, so ist das. Machen wir weiter. Warum haben Sie gesagt, die Sache stinkt zum Himmel?«

»Sie ist eine hübsche Frau, wohlgenährt, in körperlich guter Verfassung, ungefähr vierzig Jahre alt.«

»Und?«

»Und? Sie ist an einer Überdosis Heroin gestorben. Genug, um sie zweimal ins Jenseits zu befördern. Das passt irgendwie nicht. Jemand wie sie, in ihrer Verfassung? Darüber hinaus würde jemand, der so weit ist, dass er sich den goldenen Schuss verpasst, am ganzen Körper mit Nadeleinstichen übersät sein. Sie hatte nur zwei – nur die, mehr nicht. Einen im linken Oberschenkel, den anderen in der rechten Gesäßhälfte. Dann ist immer noch ungeklärt, was sie im Fluss zu suchen gehabt hat.«

»Vielleicht hat sie sich versehentlich eine Überdosis verabreicht und ist dann reingefallen?«

»Möglich wäre das, aber ich bezweifle das. Wie gesagt, sie war kein Junkie. Und dann ist da noch was: Ihre Krankenversicherungskarte war in ihrer Handtasche, deshalb konnte ich die Unterschrift prüfen – sie war Linkshänderin.«

»Und?«

»Harry, ich wüsste beim besten Willen nicht, warum eine Linkshänderin sich in ihre rechte Gesäßhälfte spritzen sollte. Ist zwar durchaus möglich, aber unwahrscheinlich.«

Er griff nach einer Vibrationssäge.

»Sie wollen also andeuten, dass sie umgebracht wurde?«

»Harry, auch ich bin seit vielen Jahren im Todes-Business. Da entwickelt man für so was einen Riecher. Ja, ich bin der Meinung, dass sie beseitigt wurde.«

»Was bedeutet, dass ich es mit einem Mordfall zu tun habe.«

»Meiner Meinung nach, ja ... Jetzt werde ich gleich ihre Schädeldecke abnehmen ... Falls Sie sich also diesen Anblick ersparen wollen, würde ich an Ihrer Stelle gehen.«

»Guter Vorschlag, den nehme ich dankbar an«, sagte Parker, wandte sich um und verließ den Saal.

Er machte sich auf den Weg zu Abruzzis Dienststelle. Sie saß an ihrem Schreibtisch, ganz in ihre Arbeit versunken.

»Wie ich höre, haben Sie unsere Unbekannte schon identifizieren können«, sagte er. »Zeigen Sie mal her.«

»Ist ziemlich interessant. Sie hieß Katherine Johnson und war Reporterin bei der *Truth*. Ich habe mir ihre Daten ausdrucken lassen. Geschieden, keine Kinder. Ihr Mann war ein Typ namens Blake Johnson und hat fürs FBI gearbeitet.«

Parker bekam einen ganz trockenen Hals. »Blake Johnson?«

»Genau. Kennen Sie den?«

»Wir haben mal zusammengearbeitet. Nur dass er nicht mehr beim FBI ist – er arbeitet jetzt für den Präsidenten.«

»Um Gottes willen, haben wir es hier etwa mit dem sprichwörtlichen heißen Eisen zu tun, Captain?«

»Ich würde sagen, heißer geht's gar nicht. Sie werden von jetzt an eisern schweigen, Sergeant.«

»Sie sind der Boss.«

»Um Gottes willen«, sagte diesmal er. Er blickte sie an. »Sie haben nicht ganz zufällig irgendetwas Höherprozentiges vorrätig, Sergeant?«

Sie zögerte, nahm dann aber eine halbe Flasche irischen Whiskey aus einer Schreibtischschublade. »Zu medizinischen Zwecken«, sagte sie.

»Und weil man manchmal wirklich einen nötig hat. Sergeant, von jetzt an arbeiten Sie für mich. Ich regele das mit Ihrem Lieutenant. Als Erstes möchte ich, dass Sie für mich beim Weißen Haus anrufen und sich dort mit einer gewissen Alice Quarmby verbinden lassen. Haben Sie das? Sie ist Johnsons Mitarbeiterin. Ich muss mit ihr reden.«

Er wandte sich zum Fenster um, blickte hinaus und gönnte sich noch einen Schluck aus der Pulle. Nachdem Abruzzi die Verbindung hergestellt hatte, nahm er den Hörer entgegen.

»Alice? Hier ist Harry Parker. Ist Blake da?«

»Er ist beim Präsidenten, Harry.«

»Mist.«

Es folgte Schweigen. »Ist es wichtig?«

Also klärte er sie auf.

Präsident Jake Cazelet saß im Oval Office an seinem Schreibtisch. Ihm gegenüber saß Blake Johnson, und zusammen gingen sie die neuesten nachrichtendienstlichen Berichte über den Verlauf der Friedensbemühungen in Nordirland durch. Clancy Smith, ein großer schwarzer Golfkriegsveteran, ein Vertrauensmann des Präsidenten beim Secret Service, stand an der Tür. Das Telefon klingelte und Cazelet ging ran.

»Hier ist Alice Quarmby, Mr. President.«

»Hallo, Alice, Sie wollen sicher Blake?«

»Nein, Mr. President, ich muss Sie sprechen.«

Der Präsident, der an ihrem Tonfall sofort erkannt hatte, dass irgendeine schlimme Nachricht ins Haus stand, richtete sich auf.

»Schießen Sie los, Alice.«

Sie erzählte ihm alles, und eine Minute später legte er auf und wandte sich Blake zu. In seiner Miene lag echter Schmerz, denn er schätzte Blake wie kaum einen anderen. Es war Blake gewesen, der seiner geliebten Tochter das Leben gerettet, der ihn selbst vor einem Attentat geschützt hatte.

Blake, der mit hochgekrempelten Ärmeln vor einer Reihe von Unterlagen saß, sagte: »Was ist passiert, Mr. President? Was hat Alice gesagt?«

Cazelet erhob sich, ging zum Fenster und sah in den Regen hinaus, der über Capitol Hill hinwegpeitschte. Er nahm all seine Kraft zusammen und wandte sich um.

»Blake, Sie sind ein echter Freund und einer der besten Kerle, die ich kenne, aber ich werde Ihnen nun fürchterlich wehtun müssen. Aber wenigstens bin ich es, dem diese Aufgabe zufällt, Gott sei Dank.«

Blake wirkte verwirrt. »Mr. President?«

Und dann teilte Cazelet ihm die schlimme Nachricht mit.

Als er damit fertig war, rief er mit fester Stimme: »Whiskey, Clancy, und zwar einen kräftigen.«

Clancy eilte zur Anrichte und kehrte in Sekundenschnelle mit einem bis zur Hälfte mit Bourbon gefüllten Kristallglas zurück. Er reichte es Blake, der es stirnrunzelnd anstarrte und schließlich mit einem Schluck leerte. Blake stellte das Glas auf dem Schreibtisch ab.

»Tut mir Leid, Mr. President. Das ist ein schwerer Schlag. Obwohl meine Frau und ich geschieden waren, sind wir uns immer sehr nah geblieben, und jetzt... Kann ich Alice zurückrufen?«

»Natürlich. Gehen Sie doch ins Vorzimmer, dort sind Sie ungestört. Danach reden wir miteinander.«

»Danke.« Clancy öffnete die Tür, und Blake ging hinaus.

»Clancy«, sagte Cazelet. »Ich hab jetzt eine Zigarette nötig.«

Clancy hatte sogleich eine Packung zur Hand, klopfte eine Zigarette heraus und gab sie ihm.

»Mr. President.«

Cazelet inhalierte den Rauch tief ein. »Ohne diese Dinger hätte ich Vietnam kaum überstanden, Clancy. Und ich glaube, Blake ging es ebenso. Wie war's bei Ihnen? Im Persischen Golf?«

»Die nicht enden wollende Langeweile, die plötzlich von Momenten schieren Entsetzens unterbrochen wird? Ja, Sir, eine Zigarette tat einem da zuweilen schon gut.«

Cazelet nickte. »Alte Soldaten, wir drei.« Er seufzte. »Das hat er nicht verdient, Clancy. Wäre mir lieb, wenn wir irgendetwas für ihn tun könnten.«

»Ich kümmere mich darum, Mr. President.«

Zwanzig Minuten später kehrte Blake zurück, das Gesicht aschfahl, die Augen rot unterlaufen.

»Kann ich Ihnen irgendwie behilflich sein, Blake?«

»Nein, Mr. President, aber ich müsste jetzt nach New York. Wenn Sie mir also die Erlaubnis geben könnten ...«

Cazelet wandte sich Clancy Smith zu. »Rufen Sie an, und sorgen Sie dafür, dass die Gulfstream bereitsteht, um Blake unverzüglich nach New York zu fliegen.«

»Ist schon so gut wie erledigt, Mr. President«, sagte Clancy und eilte hinaus.

»Mein treuer Freund«, sagte Cazelet zu Blake, »haben Sie bereits irgendeine Ahnung, was da genau passiert ist?«

»Nein, Mr. President.« Blake schlüpfte in sein Sakko. »Aber ich habe die Absicht, es herauszufinden. Und mit Harry Parker an meiner Seite wird mir das auch gelingen.« Er streckte die Hand aus. »Vielen Dank für Ihr Verständnis, Mr. President.«

Er wandte sich um und ging hinaus.

3

Blake hörte sich die ganze Geschichte in Parkers Büro an der Police Plaza Nummer 1 an. Nachdem der Captain zu Ende erzählt hatte, nickte Blake.

»Ich würde gern das, was Romano gesagt hat, von ihm selbst hören, und dann möchte ich den Tatort sehen.«

»Kein Problem.« Parker griff zum Telefon. »Sorgen Sie dafür, dass mein Wagen in fünf Minuten am Haupteingang bereitsteht.«

Kurz darauf standen sie – immer noch bei Regenwetter, diesem scheußlichen Märzwetter – mit Regenschirmen am Rand des Kais und blickten in das von Treibgut und Abfall durchsetzte Wasser.

»Sie war bei der Treppe da vorn«, sagte Parker. »Dort hat der Nachtwächter sie entdeckt. Ich bin nur zufällig vorbeigekommen.«

»Und dann hast du sie an Land gezogen.«

»Konnte sie ja nicht einfach im Wasser lassen.«

Blake nickte. »Komm, gehen wir zu Romano.«

Sie trafen Romano in seinem Büro in der Gerichtsmedizin an. Er schlürfte gerade eine Minestrone aus einem Plastikbecher und aß dazu ein Baguette. Parker stellte die beiden einander vor.

»Mein Beileid«, sagte Romano.

»Erzählen Sie mir bitte doch noch einmal, was Sie Harry bereits gesagt haben.«

Romano gab seinen Bericht.

»Dann ist sie also ermordet worden?«

»Wenn Sie mich fragen, ja.«

»Aber warum?« sagte Parker hilflos. »Was hat eine hübsche, gut situierte Frau mit einer Wohnung im Village überhaupt in Brooklyn zu suchen – und dann so etwas?« Sie saßen einen Moment lang schweigend da. »Ihr habt keine Kinder gehabt, oder, Blake?«

»Nein.« Blake zuckte mit den Achseln. »Ging nicht. Sie war unfruchtbar – also hat sie sich ganz auf ihre Karriere konzentriert, und ich mich auf meine. Wir haben uns einfach irgendwie auseinander gelebt. Aber obwohl wir uns haben scheiden lassen, sind wir immer miteinander in Verbindung geblieben. Wir waren immer Freunde und umeinander besorgt.« Er wandte sich Romano zu. »Ich möchte die Leiche sehen.«

»Nein, das möchten Sie vielleicht lieber doch nicht.«

»Und ob ich das will, verdammt!« Jetzt wirkte Blake ganz wie der alte Vietnam-Veteran, der er war.

Parker legte Romano eine Hand auf die Schulter. »George, ich würde sagen, wir lassen dem Mann seinen Willen.«

»Okay, ich rufe kurz unten an.«

Sie lag im gleißenden Licht auf einem der Tische. Um den Schädel herum und an den Stellen, an denen Romano sie aufgeschnitten hatte, waren nun riesige Nähte.

Blake fühlte sich seltsam fremd. Dieses Geschöpf war seine große Liebe gewesen, seine Frau, die ihm in schlechten Zeiten zur Seite gestanden hatte, und jetzt…

»Ich war nie sonderlich religiös«, sagte er, »aber der Mensch ist ein ziemlich bemerkenswertes Wesen. Einstein, Fleming, Shakespeare, Dickens. Sieht so das Ende aus? Wo ist meine Kate? Das hier ist sie nicht.«

»Darauf habe ich leider keine Antwort«, sagte Romano. »Das Wesentliche des Menschen, seine Lebenskraft – das alles vergeht. Mehr kann ich Ihnen dazu auch nicht sagen.«

Blake nickte bedächtig. »Eines dürfte jedoch klar sein. Sie hätte ein besseres Ende verdient. Irgendwer wird dafür büßen!« Parker hatte noch nie ein solch furchterregendes Lächeln gesehen, als Blake noch hinzufügte: »Und ich werde dafür sorgen, dass diese Leute nicht davonkommen.«

Ins Büro zurückgekehrt, fand Parker eine Nachricht mit der Bitte vor, Helen Abruzzi anzurufen.

»Was gibt's Neues?« fragte Parker.

»Tja, wir haben uns Katherine Johnsons Wohnung angesehen und mussten feststellen, dass man dort eingebrochen hat.«

»Mist«, sagte Parker. »Okay, wir sind sofort da.« Er wandte sich zu Blake um und klärte ihn auf.

»Schauen wir uns dort mal um«, sagte Blake.

Helen Abruzzi war bereits vor Ort, als sie ankamen.

»Es gibt keinerlei Anzeichen für einen gewaltsamen Einbruch, aber das Arbeitszimmer oben ist völlig durchwühlt worden. Schwer zu sagen, was dort entwendet wurde.«

Sie ging voran, öffnete die Tür zum Arbeitszimmer und trat ein. Das Durcheinander ließ keinen Zweifel zu – der Boden war übersät mit Videokassetten.

»Noch irgendetwas in den Geräten?« sagte Parker.

»Nichts. Keine Disketten, keine Kassetten, keine Kopien, nichts im Computer.«

»Das hört sich gar nicht koscher an.«

»Irgendjemand hat hier etwas gesucht, Harry«, sagte Blake, »so viel ist klar – und er hat es wahrscheinlich gefunden. Die Frage ist, was und warum?« Er wandte sich an Abruzzi. »Sind die Leute von der Spurensicherung mit allem fertig?« Sie nickte. »Könnten Sie dann dafür sorgen, dass Ihre Leute die ganzen Kassetten, die hier noch herumliegen, durchschauen, Sergeant? Man kann nie wissen. Vielleicht werdet ihr ja fündig.«

»Ich kümmere mich drum, Sir.«

Blake machte sich Richtung Treppe auf, und Parker sagte: »Wohin jetzt?«

»Zur *Truth*. Ich will Kates Chefredakteur sprechen, um herauszufinden, an welcher Story sie gerade gearbeitet hat. Du brauchst mich ja nicht zu begleiten. Du hast bestimmt noch andere Fälle zu erledigen, Harry. Die Sache kannst du getrost mir überlassen.«

»Kommt gar nicht in Frage«, beschied Parker ihn. »Gehen wir.«

Der Chefredakteur der *Truth*, Rupert O'Dowd, war mittleren Alters und gehörte zu jenen Journalisten, die kaum noch etwas erschüttern konnte, die nur noch einen Rest an Vertrauen in die menschliche Natur besaßen. Und dennoch, als er mit hochgekrempelten Ärmeln in seinem Büro saß und die Nachricht von Katherines Ermordung vernahm, reagierte er mit Entsetzen.

»Bitte, sagen Sie mir, wie ich Ihnen helfen kann.«

»Indem Sie uns mitteilen, woran sie in letzter Zeit gearbeitet hat«, sagte Blake. »War sie an irgendeiner bestimmten Story dran, irgendetwas Riskantes?«

O'Dowd zögerte. »Tja, also, da bringen Sie mich gleich mit meinem journalistischen Gewissen in Konflikt.«

»Und wir haben die Frage zu lösen, wer meine Frau mittels einer Überdosis Heroin umgebracht hat, Mr. O'Dowd. Hören Sie also auf, sich so zu zieren, sonst wünschen Sie sich noch, nie geboren zu sein – dafür werde ich sorgen.«

O'Dowd wehrte ab. »Okay, okay, Sie brauchen nicht gleich die schweren Geschütze aufzufahren.« Er atmete tief durch. »Sie hat an einer großen Mafia-Enthüllung gearbeitet.«

Es folgte Schweigen. Dann sagte Parker: »Ist das nicht Schnee von gestern?«

»Nur weil die Mafia alles tut, damit die Leute genau das denken. Ich will mal so sagen: Die entscheidende Macht innerhalb der Mafia – die Kommission, okay? –, die hat 1992 in New York wegen des ganzen Wirbels in der Presse verfügt, dass die Bandenmorde aufhören müssen.«

»Und?«

»Letztes Jahr haben sie dann wieder damit angefangen. Im vergangenen Monat fünf Tote in Palermo, drei in New York, vier in London. Aber ganz anders als zuvor, alles Hinterzimmerverbrechen, die man ihnen nicht anhängen kann. Sie sind ehrenwerte Bürger. Sie tauchen zwar nicht in der *Forbes* auf, aber sie sind fraglos der größte zusammenhängend operierende Konzern in Europa. Der amerikanische Drogenmarkt ist gesättigt, also sind sie nach Osteuropa und Russland umgezogen – nur dass sie ihre Geschäfte inzwischen hinter einer ausgeklügelten Fassade abwickeln.«

»Was wollen Sie damit sagen?« fragte Blake.

»Dass die Zeiten der mit Goldketten behängten Männer vorbei sind. Sie tragen mittlerweile exklusive Anzüge und sitzen im Vier Jahreszeiten oder in der Piano-Bar des Dorchester in London neben Ihnen. Sie haben die Finger im Bau- und Immobiliengeschäft, im Fernsehen und im Freizeitbusiness drin. Es gibt nichts, was sie nicht machen.«

Wieder Schweigen. »Und was hat meine Frau mit alldem zu tun?« sagte Blake dann.

»Wie ich bereits angedeutet habe, heutzutage ist Image alles – das neue Image. Die einflussreichste Mafia-Gruppierung ist derzeit die Solazzo-Familie. Don Marco ist der alte Hase, der den Laden schmeißt, aber er hat einen außergewöhnlichen Neffen, Jack Fox. Fox' Mutter war Don Marcos Nichte, der gute Jack ist also zur Hälfte Italiener, obwohl er nach anglikanischem Ostküsten-Establishment klingt. Er war als junger Marine am Persischen Golf, ein mit Orden ausgezeichneter Kriegsheld, dann ein Jurastudium an der Harvard, und jetzt ist er das ehrenwerte Gesicht der Solazzos.«

»Aber was hat das alles mit Katherine zu tun?«

»Es war ihr gelungen, mit ihm anzubandeln. Sie wollte aus der Sache eine vernichtende Artikelserie machen, nicht nur für die *Truth*, sondern auch für unseren Fernsehbereich.« Sie schwiegen, dann sagte O'Dowd: »Sie wollte hinter dieses gesellschaftlich akzeptierte Gesicht der Mafia gelangen und es ans Licht der Öffentlichkeit zerren.«

»Was hieß, Fox' wahre Umtriebe aufzudecken«, sagte Parker.

»Und das konnte er nicht zulassen.« Blake nickte. »Jetzt wissen wir es also.« Er stand auf und sagte zu O'Dowd: »Spielen Sie die Sache möglichst herunter. Vertrauen Sie mir. Geben Sie uns ein bisschen Zeit, und Sie bekommen von uns dann doch noch die Story, an der Kate dran war.« Er streckte ihm die Hand entgegen. »Abgemacht?«

»Aber klar doch.«

Auf dem Weg nach unten klingelte Parkers Handy. Er ging ran und nickte. »Wir kommen.« Er wandte sich

Blake zu. »Das war Abruzzi. Sie hat die Videokassetten durchgesehen. Hat sich gedacht, dass du dir ansehen willst, was sie gefunden hat.«

»Warum nicht?« sagte Blake.

Im Arbeitszimmer in der Barrow Street war inzwischen aufgeräumt worden, und die Videokassetten standen säuberlich geordnet in den Regalen.

»In den beiden oberen Regalen habe ich die Kinofilme verstaut«, sagte Helen Abruzzi, »die Sprachkurse und die Do-it-Yourself-Bänder befinden sich in den unteren beiden Regalen.« Sie drehte sich zu Blake um. »Es gibt eine Kassette, die mit Ihnen zu tun hat, Sir. Hab mir gedacht, dass Sie das interessieren würde.«

»Was meinen Sie damit?« sagte Blake.

»Die Aufschrift besagt: Blakes Eltern.«

Blake schwieg einen Moment. »Meine Eltern sind gestorben, als ich noch sehr jung war. Ich habe sie nie richtig kennen gelernt. Meine Frau wusste das besser als jeder andere. Wäre nett, wenn Sie uns die Kassette vorspielen würden, Sergeant.«

Er setzte sich. Parker stand hinter ihm, und dann erschien ein Flimmern auf dem Bildschirm.

»Dies ist nur eine Art Rückversicherung, Blake, mein Liebling, für den Fall, dass irgendetwas schief geht. Ich weiß, dass du als jemand, der der Stolz des FBI war – und weiß der Himmel, was du im Weißen Haus so alles treibst –, dieses Tape früher oder später finden wirst.« Sie lächelte. »Ich bin zur Zeit dabei, ein paar ziemlich üble Leute zu entlarven – die Solazzo-Familie. Don Marco ist wie ein für den vierten Teil des Paten wieder auferstandener Brando, kalt, nicht aus der Ruhe zu bringen und immer sachlich-nüchtern, auch wenn er dir wie dein Lieblingsopa erscheinen mag.«

»Meine Fresse!« sagte Parker.

»Aber Don Marco ist noch die alte Schule. Jack Fox ist da gänzlich anders. Das Prachtexemplar eines amerikanischen Helden und der Strahlemann der Wall Street. Man würde ihn für einen wahrhaften blaublütigen Bostoner halten, aber in Wirklichkeit ist er ein kaltblütiger Psychopath, der Schlimmste von allen. Wer sich ihm in den Weg stellt, ist so gut wie tot. Nun, ich werde ihm das Handwerk legen. Ihn mit dem ersten Artikel einlullen, und dann *wumm!* Und zwar so schnell, dass er nicht einmal mitkriegt, was ihn zur Strecke gebracht hat.«

Blake schlug mit der geballten Faust auf den Kaffeetisch, worauf Helen Abruzzi das Band anhielt.

»Was zum Teufel tun Sie da?«

»Ihnen die Möglichkeit geben, tief durchzuatmen. Außerdem werde ich Ihnen etwas zu trinken besorgen. Sie brauchen erst mal eine Pause, Sir.«

Parker legte Blake eine Hand auf die Schulter. »Sie hat Recht, Blake.«

Helen Abruzzi kehrte mit einem Glas zurück. »Wodka, was anderes habe ich nicht gefunden. War im Gefrierfach.«

»War ihr bevorzugtes Getränk, eisgekühlter Wodka.« Blake kippte ihn hinunter. »Okay, machen wir weiter.«

Wieder flackerte der Bildschirm auf. »Ich habe echt Glück gehabt. Hab einen Typen kennen gelernt, einen gewissen Sammy Goff, der Jack Fox bei der Buchhaltung behilflich war. Netter Kerl, ziemlich schwul und ziemlich krank, Aids, weshalb Fox ihn schließlich auch rausgeworfen hat. Eines Tages habe ich mal mit Fox in Manhattan zu Mittag gegessen. Er ist etwas früher gegangen, da kam Goff auf einmal zu mir an den Tisch. ›Sie sehen wie eine nette Frau aus‹, hat er gesagt,

›passen Sie also auf sich auf. Er wird Ihnen nicht bekommen.‹«

Im Hintergrund klingelte ein Telefon. Katherine ging an den Apparat und kam dann wieder zurück.

»Also, Goff war am Sterben und er war verbittert. Ich habe fortan seine Bekanntschaft gesucht, und wenn er drei Martinis intus hatte, ist er aus dem Reden nicht mehr rausgekommen. Was er mir zu erzählen hatte, waren echte Insider-Informationen. Um es mal zusammenzufassen: Fox ist das Aushängeschild der Familie. Gescheit und äußerst gerissen, aber er macht mächtig Druck und ist unersättlich. Er hat mit einem Teil des Familienvermögens an der Börse spekuliert und verloren, insbesondere wegen der Krise in Asien. Inwiefern der Don darüber im Bilde ist, kann ich nicht sagen. Fox schafft es, sich weiter über Wasser zu halten, weil er in London für das wichtigste Solazzo-Casino, das Colosseum, verantwortlich ist. Der Cashflow daraus ist für ihn überlebenswichtig. Er kann zwar nichts aus den größeren Geschäftsfeldern der Familie abzweigen, beispielsweise dem Drogenmarkt in Osteuropa und Russland, aber aufgrund bestimmter persönlicher Einkünfte sind ihm akute Liquiditätsprobleme bisher fremd. Es gibt da ein Lagerhaus in Brooklyn, Hadley's Depositary. Deponiert wird dort einzig und allein Whiskey. Billiger Fusel. Das Zeug ist verwässert und wird dann mit Riesengewinnen an die Clubs verhökert.«

»Ich kann mir nicht vorstellen, dass der Don davon nichts weiß«, sagte Parker dazwischen.«

Blake bat mit einer Handbewegung um Schweigen. Sie hörten weiter Katherine zu. »In London fließen ihm weitere Einkünfte aus seiner Verbindung mit ein paar ziemlich schweren Jungs zu, den Brüdern Jago.

Bewaffneter Raubüberfall und ähnliches, wie Sammy Goff zu berichten wusste – stets eine Quelle für dringend benötigtes Bargeld. Fox' Fehlspekulationen im Fernen Osten saugen ihn aus. Wirklich ernst wird es jedoch, wenn es um seine Waffengeschäfte geht, insbesondere diejenigen für die IRA. Er hat einem gewissen Brendan Murphy, einem echten Hardliner, der gegen den Friedensprozess in Nordirland ist, nicht nur geholfen, Waffen zu kaufen, sondern auch einen Betonbunker in der County Louth in der irischen Republik zu bauen. Dort ist von Mörsern bis zu diesen Maschinengewehren, mit denen man Armee-Hubschrauber vom Himmel holen kann, alles vorhanden, was das Kriegerherz begehrt. Oh – und jede Menge Semtex natürlich auch.«

»Mein Gott«, sagte Helen Abruzzi leise.

»Goff hat mir erzählt, dass es da via Murphy auch eine Connection mit Beirut gibt. Waffen für Saddam und solche Sachen. Allerdings kannte er dazu die Einzelheiten nicht. Darüber hinaus hat er mir gesagt, dass Fox in London keine Wohnung hat. Für gewöhnlich quartiert er sich in einer Suite im Dorchester ein und leistet sich stattdessen eine kleine Extravaganz – ein altes Schlossgut in Cornwall. Sehr ländlich, sehr abgelegen. Ob du's glaubst oder nicht, es heißt Hellsmouth. Muss irgendwo in der Nähe von Land's End sein.«

Wieder klingelte im Hintergrund ein Telefon. Sie war vom Bildschirm verschwunden, kehrte dann aber nach einem kurzen Durcheinander wieder vor die Kamera zurück.

»Ist eine Wahnsinnsstory, die ich allein Sam Goff zu verdanken habe. Egal, Blake, obwohl ich sie gern veröffentlichen würde, kann das Leben manchmal ziemlich kurz sein. Erst vor ein paar Tagen ist der arme dahinsiechende Sammy in betrunkenem Zustand bei einem Unfall mit Fahrerflucht umgekommen. Ob es wirklich ein Unfall war? Ich glaube eher nicht. Er wusste einfach zu viel.«

Das Bild wackelte kurz, und ihr schien einen Moment lang die Stimme abhanden gekommen zu sein. Dann war wieder alles normal. Sie lächelte strahlend.

»Das wär's also, mein lieber Blake. Ich würde ja gern glauben, dass die Guten gewinnen, aber das Leben kann so gemein sein. Wenn du dies jetzt gerade siehst, dann heißt das wahrscheinlich, dass diesmal die Bösen gewonnen haben.« Das Lächeln fiel einen Moment lang in sich zusammen, kehrte dann aber zögerlich wieder. »Pass auf dich auf, und vergiss nicht, ich habe dich immer geliebt, trotz allem.«

Helen Abruzzi schaltete das Gerät aus. Blake saß mit finsterem Blick da. »Wäre nett, wenn Sie das Band zurückspulen, damit ich es mitnehmen kann, Sergeant.«

»Das ist ein Beweisstück, Sir.«

»Fertigen Sie dem Mann einfach eine Kopie an«, sagte Parker zu ihr.

Blake stand auf und wanderte im Zimmer umher. »Okay, Harry, organisier ein Treffen mit diesem Schwein.«

»Da muss ich aber erst mit dem Staatsanwalt Rücksprache halten.«

»Versuch's meinetwegen beim Papst, aber ich will Jack Fox Auge in Auge gegenüberstehen.«

»Vielleicht sollten Sie sich ein wenig Zeit lassen, Sir«, sagte Abruzzi.

Blake nahm ein Blatt Papier aus seiner Innentasche und faltete es auseinander. »Ein solches Schreiben haben Sie wahrscheinlich noch nie gesehen, Sergeant.

Harry dagegen schon. Das ist eine Ermächtigungsverfügung des Präsidenten. Sergeant, Sie unterstehen damit mir und nicht der New Yorker Polizei. Parker übrigens ebenfalls. Also, dann wollen wir mal.«

Gleich am nächsten Morgen holte Parker ihn mit einem Buick im Plaza ab. Die Frau auf dem Rücksitz des Polizeiwagens war eine äußerst angenehme Erscheinung, um die vierzig, schick angezogen. Neben ihr stand eine Aktentasche auf dem Boden.

Blake setzte sich nach vorn, und Parker stellte ihm die Frau vor: »Das ist die stellvertretende Bezirksstaatsanwältin Madge McGuire.«

Sie schüttelten sich die Hand. Dann ging die Fahrt los.

»Wie ich höre, sind Sie beim FBI, Mr. Johnson«, sagte Madge McGuire.

»War ich mal.« Er wandte sich an Parker. »Hast du's ihr gesagt?«

»Wie könnte ich?«

Blake nahm das Ermächtigungsschreiben heraus und reichte es nach hinten. Madge McGuire las es. »Du meine Güte.«

Sie gab es zurück, und Blake steckte es wieder ein. »Also, was ist Ihre Meinung?«

»Wir verschwenden unsere Zeit. Zum Teufel noch mal, Mr. Johnson, wir alle kennen die Realität, aber wir können sie nicht beweisen. Verstehen Sie doch – Fox wird die Liebenswürdigkeit selbst sein: Wo auch immer er uns helfen kann, wird er es tun, aber wenn wir fertig sind, sind wir genau dort, wo wir angefangen haben. Sein Anwalt, ein gewisser Carter Whelan, wird übrigens auch dort sein. Der Typ ist eine Schlange.«

»Hab nichts dagegen.«

»Okay, ich bin an dieses Schreiben gebunden, aber lassen Sie mich meine Arbeit trotzdem auf meine Weise tun, Mr. Johnson.«

»Nur zu.«

Als sie dort ankamen, saß Fox hinter seinem Schreibtisch. Er trug einen marineblauen Anzug, das Haar hatte er sich aus seinem wohl gestalteten Gesicht schnurgerade nach hinten gekämmt. Der Mann, der neben ihm saß, Carter Whelan, war klein und hatte schütteres Haar. Er trug einen schwarzen Anzug.

»Ich bin Madge McGuire, stellvertretende Bezirksstaatsanwältin, und dies hier ist Captain Harry Parker.«

»Freut mich, Sie kennen zu lernen, Miss McGuire. Bestimmt kennen Sie meinen Anwalt hier, Carter Whelan. Und sicherlich ist Ihnen bewusst, dass auch ich Anwalt bin. Darf ich fragen, wer dieser andere Herr ist?«

»Blake Johnson, ebenfalls Anwalt«, sagte Blake. »Allem Anschein nach kannten Sie meine Frau.«

»Er hat kein Recht, hier anwesend zu sein«, sagte Whelan.«

Fox wehrte ab. »Ich habe nichts dagegen. Also ich war tief betroffen, als ich von Katherines vorzeitigem Tod erfahren habe. Mein Beileid.«

»Es gibt eine Reihe von Hinweisen«, sagte Parker, »die nahe legen, dass Mrs. Johnsons Tod kein Unfall war. Können Sie uns vielleicht irgendetwas sagen, was uns da weiterhilft, Sir?«

»Jack, Sie brauchen auf all dies nicht zu antworten«, sagte Whelan.

»Warum nicht?« Fox zuckte mit den Achseln. »Ich habe nichts zu verbergen. Ich kannte Katherine Johnson, habe ihr Interviews gegeben, und sie hat über mich einen Artikel in der *Truth* veröffentlicht. Steht in der letzten Ausgabe. Ziemlich schmeichelhaft, ehrlich gesagt.«

»Abgesehen von den Anspielungen auf die Solazzo-Familie.«

»Wie gut kannten Sie sie genau, Sir?« fragte Parker.

»Ich kannte sie gut«, sagte Fox.

»Wie gut?«

Fox schien mit sich zu kämpfen. »Also gut, wir hatten ein kurzes Verhältnis. Nur ein paar Wochen lang, dann war es aus. Ich habe nichts davon hinausposaunt, weil ich ihrem guten Ruf nicht schaden wollte. O Gott, jetzt ist sie tot.«

Es war eine eindrucksvolle Vorstellung.

»Haben Sie jemals bemerkt, dass sie Heroin nahm?« sagte Madge McGuire.

Fox schien sich abermals unwohl zu fühlen. Er stand auf und legte ein virtuoses Mienenspiel auf. »Ja, einmal. Ich habe sie dabei in ihrer Wohnung erwischt. Ich war entsetzt und habe ihr deswegen Vorhaltungen gemacht. Sie hat behauptet, dass sie erst kürzlich damit angefangen hat, und versprochen, damit aufzuhören, aber ... allem Anschein nach hat sie es nicht getan.«

»Sie hatte offensichtlich nicht sehr viel Erfahrung im Umgang mit der Droge«, sagte Whelan, »und wird sich unabsichtlich zu viel gespritzt haben – oder sie hat eine besonders letale Mischung erwischt.«

»Trotzdem sind da gewisse Ungereimtheiten«, sagte Parker.

»Das dürfte wohl nichts mit meinem Mandanten zu tun haben.« Whelan wandte sich an Madge McGuire. »Sind wir nun fertig?«

»Ja«, sagte Madge. »Das reicht fürs Erste. Vielen Dank für Ihre Mitarbeit.«

Als sie aufstand, sagte Fox noch: »Hat Mr. Johnson denn nicht noch etwas zu sagen?«

Auch Blake hatte sich erhoben. Sein Gesicht war kreidebleich, der Blick stockfinster. »Eigentlich nicht. Die Sache ist ziemlich eindeutig.« Und damit verließ er den Raum.

Als sie wieder im Wagen waren, sagte Madge: »Wir können ihm nichts nachweisen, Leute. Eine Anklage wäre völlig aussichtslos. Er hat gerade eine Erklärung für die fehlenden Einstiche gegeben – sie hatte gerade angefangen zu spritzen und wusste mit dem Zeug nicht umzugehen.«

»Aber wenn sie zuvor bereits gedrückt hat, wären dann nicht zumindest ein *paar* Einstiche mehr zu sehen?«

»Wenn es nur wenige Male war, nicht unbedingt. Whelan würde dies vor Gericht mit einem Lachen abtun. Wir sind hier auf ziemlich üble Machenschaften gestoßen. Wir wissen wahrscheinlich noch nicht einmal die Hälfte, aber uns sind die Hände gebunden«, sagte Madge.

»Je älter ich werde, desto schwieriger wird es.« Parker wiegte den Kopf. »Also, ich war lang genug Polizist, um erkennen zu können, wenn etwas faul ist, und diese Sache stinkt bis zum Himmel.«

Blake zündete sich eine Zigarette an und lehnte sich zurück. »Aber wie sieht's mit der Gerechtigkeit aus?«

»Was meinen Sie damit?« fragte Madge.

»Was, wenn ihr nicht Genüge getan wird, wenn das Gesetz sich als machtlos erweist? Hat jemand dann das Recht, das Gesetz in die eigene Hand zu nehmen?«

»Nun, eines ist mir jedenfalls klar«, sagte Parker ihm, »es wäre nicht das Gesetz, dass derjenige in die Hand nehmen würde.«

»Wohl kaum.«

»Was hast du vor, Blake?«

»Ich werde nach Washington zurückkehren. Mich mit dem Präsidenten treffen. Die Beerdigung in die Wege leiten.« Der Wagen fuhr vor dem Plaza Hotel vor. Blake schüttelte Parker die Hand und wandte sich dann an Madge. »Vielen Dank, Miss McGuire.«

Er stieg aus und ging die Stufen zum Hotel hoch.

Als sie im Wagen weiterfuhren, sagte Madge zu Parker: »Denken Sie das Gleiche wie ich, Harry?«

»Wenn Sie damit meinen, Gott möge Jack Fox beistehen, dann ja.«

Fox wartete in seinem Büro auf den Computerausdruck über Blake Johnson. Das Blatt glitt schließlich heraus. Während er es las, klopfte es an der Tür und Falcone trat ein.

»Wollte mich nur mal melden, Signore. Kann ich irgendetwas für Sie tun?«

Fox gab ihm den Computerausdruck. Falcone las ihn. »Was für ein Lebenslauf.«

»Das kann man wohl sagen. Kriegsheld, FBI, Schussverletzung, als er dem Präsidenten das Leben gerettet hat. Aber dann ist da eine Sperre. Was hat er in letzter Zeit getrieben? Das sollen meine Top-Leute für mich herausfinden.«

»Ist er eine Gefahr?«

»Und ob er das ist. Er hat die Geschichte, die ich ihm über seine Frau aufgetischt habe, keinen Augenblick lang geglaubt. Aldo, ich habe im Irak dem Feind in die Augen geschaut, ich weiß deshalb, was ich in Blake

Johnsons Augen gesehen habe. Wut war darin nicht zu erkennen, nur der Wunsch nach Rache. Er wird wieder auftauchen, und wir müssen darauf vorbereitet sein.«

»Ganz sicher, Signore.«

Falcone ging hinaus und Fox trat ans Fenster. Dichter, undurchdringlicher Schneeregen wirbelte über Manhattan hinweg. Er fand es seltsam, dass er keine Angst verspürte. Es war ein echter Nervenkitzel.

4

Fox hatte eine unfehlbare Quelle, wenn es darum ging, in Computernetzwerke einzudringen: eine gewisse Maud Jackson, eine siebzigjährige pensionierte Informatikprofessorin am Massachusetts Institute of Technology – und gleichzeitig eine eingefleischte Pokerspielerin. Sie war eine nette jüdische Witwe – sie wohnte in Crown Heights – und war stets in Geldnöten, weil sie sich allzu leicht bluffen ließ und an dem Spiel auch dann noch ihren Spaß hatte, wenn sie verlor.

Fox traf sich mit ihr zu einem vereinbarten Zeitpunkt in einer Bar um die Ecke. Während er ihr alles über Blake Johnson erzählte, saß sie, an einer Zigarette saugend, da und trank Chablis.

»Die Sache ist die, dass über bestimmte Informationen zu diesem Typen eine Sperre verhängt wurde.«

»Jede Straßensperre, Jack, ist dazu da, umgangen zu werden.«

»Genau, und wer könnte das besser als Sie?«

»Mit Schmeicheleien bringt man's weit, aber wenn dieser Mann beim FBI war und ein Teil seiner Daten der Geheimhaltung unterliegt, dann ist das ein Spiel mit hohem Einsatz.«

Sie nahm die nächste Zigarette, und er gab ihr Feuer. Ihr schütteres rotgefärbtes Haar und ihre listigen alten Augen widerten ihn an, aber sie war ein Genie.

»Okay, Maud, ich zahle Ihnen zwanzigtausend Dollar.«

»Fünfundzwanzig, Jack, und dann müssen Sie mir immer noch dankbar sein.«

Er nickte. »Abgemacht. Da ist nur ein Problem. Ich hätte die Informationen lieber gestern als heute.«

»Kein Problem.« Sie kippte ihren Chablis hinunter, erhob sich und nickte in Richtung Falcone. »Wenn dieser Gorilla mich jetzt nach Hause bringen würde, mache ich mich sofort an die Arbeit.«

Falcone lächelte liebenswürdig. »Ist mir ein Vergnügen, Signora.«

Nachdem sie noch nicht einmal drei Stunden auf verschlungenen Computerpfaden gewandelt war, gelang ihr der Durchbruch: Blake Johnson, Ex-FBI, leitete zur Zeit für den Präsidenten das »Basement« des Weißen Hauses – und welch ein Edelladen das doch war! Das persönliche Killerkommando des Präsidenten, das darüber hinaus über eine äußerst interessante Querverbindung nach London verfügte. Allem Anschein nach unterhielt Johnson mit der persönlichen Geheimdiensttruppe des britischen Premierministers Kontakte, die von einem gewissen Brigadier Charles Ferguson geleitet wurde und für deren Schlagkraft ein ehemaliger IRA-Frontkämpfer namens Sean Dillon sorgte. Sie fand alles heraus – ihre Heldentaten aus der Vergangenheit, ihre Adressen, Wohnungen und Telefonnummern. Sie rief Fox an und ließ sich zu ihm durchstellen.

»Jack, ich bin's, Maud.«

»Sind Sie fündig geworden?«

»Jack, ich weiß nicht, um was es geht, aber was ich hier habe, ist reines Dynamit, treiben Sie also bitte nicht irgendwelche dummen Spielchen mit mir. Schicken Sie einfach Falcone mit dreißigtausend in bar vorbei.«

»Wir hatten fünfundzwanzig ausgemacht, Maud.«

»Jack, was ich hier habe, ist spannender als die Mitternachtsvorstellung im Kino. Glauben Sie mir, es ist die zusätzlichen fünf Riesen wert.«

»Also gut. In einer Stunde ist er bei Ihnen.«

»Und, Jack – keine krummen Touren.«

»Reden Sie keinen Unsinn. Dazu sind Sie mir viel zu wichtig.«

Anderthalb Stunden später kehrte Falcone mit dem Computerausdruck zurück. Allerdings wusste Fox nicht, dass jener unterwegs angehalten hatte, um sich eine Kopie davon anzufertigen.

Fox las den Computerausdruck – Johnsons Werdegang, seine London-Kontakte, Ferguson, Dillon; dazu sah er die Computerfotos – und schüttelte den Kopf.

»Mein Gott.«

»Ärger, Signore?«

»Nein, nur ein paar recht überraschende Neuigkeiten. Diese alte Schachtel hat gute Arbeit geleistet. Lies selbst.«

Das hatte Falcone bereits, tat aber so, als würde er es zum ersten Mal lesen. Er nickte und gab Fox mit unbeweglicher Miene den Computerausdruck zurück. »Interessant.«

Fox lachte. »Das kann man wohl sagen. Das hier ist Dillon.« Er deutete auf eines der Fotos und schüttelte den Kopf. »Goldiger Kerl. Dennoch, kann nie schaden, wenn man weiß, mit wem man es zu tun hat.«

»Natürlich nicht.«

»Gut. Du kannst gehen. Hol mich um acht zum Abendessen ab.«

Falcone ging – und traf eine halbe Stunde später im Trump Tower in Don Marcos Wohnung ein, wo der Alte mit großem Interesse den kopierten Computerausdruck las und sich die Fotos ansah.

»Gute Arbeit, Aldo.«

»Danke, Don Marco.«

»Wenn du Neuigkeiten hast, sag mir sofort Bescheid.«

Er streckte eine Hand aus und Falcone küsste sie. »Wie immer.«

Das Büro von Brigadier Charles Ferguson lag im dritten Stock des Londoner Verteidigungsministeriums, mit Blick auf die Horse Guards Avenue. Er saß an seinem Schreibtisch, ein großer, ungepflegter Mann, der einen zerknitterten Anzug mit Guards-Krawatte trug und sich durch riesige Aktenberge arbeitete.

Der Summer ertönte und er drückte auf einen Knopf. »Ist Dillon bereits hier?«

Eine Frauenstimme antwortete: »Ja, Sir.«

»Gut. Kommt rein.«

Die Tür ging auf. Die Frau, die hereinkam, mochte um die dreißig sein. Sie trug einen beigefarbenen Hosenanzug, hatte eine Hornbrille und kurz geschnittenes rotes Haar. Es handelte sich um Detective Superintendent Hannah Bernstein vom Special Branch, die Ferguson als Assistentin zugeteilt war. Eine Menge Leute hatten sie wegen ihres guten Aussehens unterschätzt – und es rasch bereut. Viermal hatte sie im Dienst getötet.

Der Mann hinter ihr, Sean Dillon, war gerade einmal eins fünfundsiebzig groß, mit blassblondem, beinahe weißem Haar. Er trug eine abgewetzte Lederjacke zu einer dunklen Kordhose und einen weißen Schal. Die Augen schienen farblos zu sein, aber die Lippen waren stets zu einem leisen Lächeln verzogen, das ein Hinweis darauf war, dass er das Leben nicht allzu ernst nahm. Er war einmal Schauspieler gewesen und dann zu dem gefürchtetsten Vollstrecker geworden, den die

IRA jemals hatte. Seit einigen Jahren arbeitete er in einer Truppe, die als die Privatarmee des Premierministers bekannt geworden war.

»Habt ihr schon was davon gehört?« sagte Ferguson. »Bei uns gehen Gerüchte über geheime Waffenlager der IRA ein. Genaueres scheint jedoch niemand zu wissen. Sean?«

»Nicht einen Ton«, sagte Dillon.

»Was sollen wir also tun, Sir?« fragte Hannah Bernstein.

Auf Fergusons Schreibtisch klingelte das Telefon. Er ging ran, und seinem Gesichtsausdruck nach zu urteilen, schien er ziemlich überrascht zu sein. »Ja, Sir. Natürlich ... nun, wollen Sie mit ihm persönlich sprechen? Er ist zufällig hier ... einen Moment.« Er hielt Dillon den Hörer hin. »Präsident Cazelet möchte Sie kurz sprechen.«

Dillon runzelte überrascht die Stirn und nahm den Hörer. »Mr. President?«

»Es geht um eine wirklich üble Sache, mein treuer irischer Freund, und Blake Johnson steckt mittendrin. Hören Sie zu ...«

Ein paar Minuten später gab Dillon die Neuigkeiten an Ferguson und Hannah Bernstein weiter.

»Übermorgen ist die Beerdigung. Da muss ich hin, Brigadier.«

Ferguson wedelte mit der Hand. »Sean, wir drei sind mit Blake Johnson durch dick und dünn gegangen. Wir werden alle hingehen. Das schulden wir ihm.« Er wandte sich an Hannah: »Lassen Sie das Flugzeug bereitstellen.«

Katherine Johnsons Bestattung zwei Tage später im Krematorium war eine ausgesprochen triste Angelegenheit. Von einem Tonband säuselte pseudoreligiöse Musik, und der Pfarrer, der aussah, als hätte er sich seinen Ornat beim Kleiderverleih fürs Fernsehen besorgt, ließ Plattitüden vom Stapel.

Als Ferguson, Dillon und Hannah eintrafen, war die Zeremonie bereits zur Hälfte vorüber. Sie sahen gerade noch, wie der Sarg durch den Plastikvorhang glitt. Abgesehen vom Bestattungspersonal waren sonst nur ein paar Leute von der *Truth* zugegen. Blake verteilte ein paar Dollarscheine an die Bediensteten, wandte sich um und entdeckte erst dann seine Freunde. Seine Miene sagte alles. Hannah Bernstein umarmte ihn, Ferguson schüttelte ihm die Hand. Nur Dillon hielt sich zunächst im Hintergrund, stumm und regungslos. Er senkte den Kopf und ging hinaus. Blake folgte ihm.

Sie standen auf dem Treppenabsatz, und der Regen, der von den Windstößen getragen wurde, fuhr auf sie nieder. Dillon zündete sich eine Zigarette an. »Ich habe gehört, was der Präsident gesagt hat, Blake, jetzt will ich es aus deinem Munde hören. Du hast mir mehrere Male das Leben gerettet, und ich dir. Zwischen uns gibt es keine Geheimnisse, Blake.«

»Nein, Sean, keine Geheimnisse.«

»Holen wir den Brigadier und Hannah. Wir setzen uns ins Auto, und du erzählst uns die schlechten Nachrichten.«

Blake erzählte ihnen alles, einschließlich dessen, was Katherine ihm über Video vermittelt hatte. Anschließend saßen sie alle einen Moment lang schweigend da.

»Meiner Meinung nach sind die Waffengeschäfte mit der IRA, diese Brendan-Murphy-Sache, das Schlimmste«, sagte Ferguson dann mit einem Kopfschütteln. »Und die Beirut-Connection, über die sie Saddam versorgen. Dagegen müssen wir etwas unternehmen.« Er wandte sich an Hannah. »Was meinen Sie dazu, Superintendent?«

»Dass Fox in Schwierigkeiten steckt. Er unterschlägt Geld, das der Kommission gehört, er steckt die Gewinne aus dem Londoner Casino, dem Colosseum, in die eigene Tasche. Beirut und Irland sind verzweifelte Versuche, zu Bargeld zu kommen.«

»Und diese Dinger, die er mit den Jago-Brüdern dreht, sind noch viel verzweifelter«, sagte Dillon.

»Schon von diesen Jungs gehört?« fragte Ferguson.

»Nein, aber ich bin sicher, dass Harry Salter sie kennt.«

»Salter?«

»Sie kennen ihn, Sir«, sagte Hannah. »Ein Londoner Gangster und Schmuggler. Ist Besitzer eines Pubs in Wapping. Dark Man heißt der Laden.

»Ah, jetzt erinnere ich mich«, sagte Ferguson.

»Er hat seine Finger in den Lagerhaus-Sanierungen an der Themse drin, darüber hinaus schmuggelt er Alkohol und Zigaretten vom Kontinent.«

»Aber mit Drogen und Prostitution hat er nichts am Hut«, sagte Dillon.

»Ja, er ist ein Gangster der alten Schule. Stets zuvorkommend, könnte man sagen. Er knallt seine Konkurrenten nur dann übern Haufen, wenn's nicht mehr anders geht.«

Dillon zuckte mit den Achseln. »Tja, dann haben seine Gangster-Kollegen eben den Beruf verfehlt. Ich bin mir jedenfalls sicher, dass er uns im Zusammenhang mit den Jago-Brüdern und Fox helfen wird. Hat 'ne tolle Truppe beisammen – sein Neffe Billy Salter, Joe Baxter, Sam Hall.«

»Dillon, diese Leute sind und bleiben Verbrecher«, sagte Hannah.

»Verglichen mit Jack Fox sind sie die Liebenswürdigkeit selbst.« Und dann lächelte Dillon. »Außer wenn man sie zu sehr reizt, dann werden sie zu Fox' schlimmstem Albtraum.«

Nach einer Pause sagte Ferguson: »Je nun, wir werden ja sehen. Wir reden da noch mal auf dem Rückweg nach London drüber.«

»Ich komme nicht mit, Brigadier. Hab seit zwei Jahren keinen Urlaub mehr gehabt. Ich finde, dass es dafür langsam Zeit wird.«

»Sean«, sagte Ferguson. »Sie werden doch wohl nicht aus irgendeiner plötzlichen Laune heraus ein paar Dummheiten begehen?«

»Sehe ich etwa so aus, Brigadier?« Er gab Hannah einen Kuss auf die Wange. »Ab mit euch! Wir sehen uns dann wieder in London. Ich schließe mich jetzt erst mal Blake an.«

Hannah sah finster drein. »Also, jetzt hör mal, Sean ...«

»Fahrt einfach«, sagte er, drehte sich um und ging mit Blake zu der bereitstehenden Limousine.

Auf dem Rückweg nach Manhattan ließ Dillon die Trennscheibe hochfahren.

»Ich gehe davon aus, dass wir Jack Fox nach allen Regeln der Kunst fertig machen werden.«

»Du sagst ›wir‹.«

»Mach mir nichts vor, Blake. Wenn du die Sache durchziehst, dann bin ich mit von der Partie, und zwar aus Gründen, über die wir hier nicht lang zu reden brauchen.«

»Kein Mensch hat es verdient, so zu sterben wie sie, Sean. Kannst du dir das vorstellen? Eine finstere Regennacht im Hafen? Und dann diese Überdosis verpasst zu bekommen?« Er schüttelte den Kopf. »Ich werde Fox die Hölle auf Erden bereiten, und komm mir nicht mit dem Gesetz und diesem ganzen Mist. Ich werde ihn fertig machen, egal wie, und deshalb rate ich dir, dich rauszuhalten.«

Dillon ließ die Trennscheibe wieder herunterfahren und sagte zum Fahrer: »Halten Sie mal für fünf Minuten an, und reichen Sie mir den Regenschirm.«

Der Mann tat, wie ihm geheißen. Dillon stieg aus und spannte den riesigen Golfschirm auf. Blake folgte ihm. Sie standen an einer Hauswand und blickten auf den East River hinaus. Dillon zündete sich eine Zigarette an.

»Hör zu, Blake, im Leben gibt's die Guten und die Bösen, und du gehörst zu den Ersteren, Jack Fox zu den Letzteren.«

»Und du, Sean, wohin gehörst du?«

Dillon wandte sich mit ausdrucksloser Miene um. »Oh, ich bin sein schlimmster Albtraum, Blake. Ich habe fünfundzwanzig Jahre lang bei etwas mitgemacht, was für mich ein Krieg zwischen den Briten und der IRA war. Fox und seine Mafia halten sich für knallhart. Nun, ich will dir eines sagen: In Belfast würden sie keine fünf Minuten lang durchhalten.«

»Worauf willst du hinaus?«

»Wir machen dieses Schwein fertig, aber auf meine Art. Ist viel zu simpel, ihn einfach so auf der Straße abzuknallen. Ich will, dass es langsam geht und weh tut. Wir zerstören sein kleines Imperium Schritt für Schritt, bis nichts mehr davon übrig ist. Und dann zerstören wir ihn.«

Blakes Lippen verzogen sich in ein unmerkliches Lächeln. »Also, das könnte mir gefallen. Wo fangen wir an?«

»Nun, Katherine zufolge gibt es diesen Laden in Brooklyn, Hadley's Depository, wo sie diesen billigen Fusel verticken.«

»Und?«

»Den heben wir aus.«

»Das meinst du im Ernst?«

»Na klar. Nur wir beide.«

Blake war ganz blass vor Aufregung. »Du meinst wirklich, was du sagst, oder?«

»Wär doch zumindest ein Anfang, alter Knabe.«

»Dann bist du mein Mann, ist doch wohl klar.«

Hadley's Depository lag an einer Pier in Brooklyn in der Nähe der Clark Street. Es war elf Uhr nachts, und es regnete pechschwarze Bindfäden. Dillon und Blake fuhren in einem alten Ford-Lieferwagen vor und parkten am Straßenrand.

Sie standen an einer Wand, und Dillon zündete sich eine Zigarette an, während sie die Lage peilten. »Dürfte eigentlich gar nicht so schwer sein«, sagte er. »Du und ich, und niemand sonst. Rein und sofort wieder raus, das ist alles.«

»Da ist nur eine Sache, Sean. Ich will nicht, dass irgendjemand dabei draufgeht.«

»Kein Problem. Falls dort eine Nachtschicht arbeitet, blasen wir die Sache ab. Wenn dort jedoch nur Wachpersonal rumläuft, werden wir damit schon fertig. Es wird nur ein Opfer geben, Blake: Jack Fox und seine Profite aus seinem Schnapshandel.« Er lachte und gab Blake einen Klaps auf die Schulter. »He, vertrau mir. Es funktioniert bestimmt.«

Tags darauf ging Blake zahllose Akten durch und drang in die Datenbanken der Stadtverwaltung und der Polizei ein, um so viel wie möglich über Hadley's

Depository herauszufinden. Als er sich mit Dillon in einem kleinen, von einer Familie geführten italienischen Restaurant zum Mittagessen traf, fühlte er sich wieder wie ein Fisch im Wasser, wahrscheinlich weil er nun ein Ziel vor Augen hatte.

»Seltsam, aber über diesen Laden ist nichts Amtliches bekannt. Die Polizei scheint nicht einmal zu wissen, dass er überhaupt existiert.«

»Also ist Fox ein ausgekochtes Schlitzohr. Hast du irgendwelche Einzelheiten darüber gefunden, wie der Laden funktioniert?«

»Ich weiß, welche Wachgesellschaft drauf aufpasst. Der Laden wird von zwei Männern bewacht. Aber andererseits – wenn das Lagerhaus nicht das ist, was es zu sein scheint – wer weiß? Vielleicht wird dort ja doch in Nachtschicht gearbeitet.«

»Wir werden ja sehen.« Dillon lächelte und wirkte dabei wie der leibhaftige Teufel. »Wir fackeln nicht lange, Blake. Wir marschieren rein und räuchern den Laden aus. Damit geben wir Fox ganz schön zu denken.«

»Wann?«

»Heute Nacht, verdammt noch mal.«

»Du hast Recht«, sagte Blake. »Zum Teufel mit ihm.«

Um Mitternacht fuhren sie in dem alten Ford zum Lagerhaus. Blake saß am Steuer. Sie bogen in eine Seitenstraße ein. Beide trugen sie dunkle Hosen und Pullover; noch im Wagen zogen sie sich Sturmhauben über. Dillon nahm eine Browning aus einer Umhängetasche und steckte sie sich hinten in den Gürtel.

»Nimm du die andere Tasche«, sagte er zu Blake. »Da sind die Semtex-Stifte drin. Bringen wir's hinter uns.«

Die Mauer war drei Meter hoch. Er verschränkte die Hände zu einer Räuberleiter, half Blake hinüber, reichte ihm die Tasche und griff dann nach Blakes ausgestreckter Hand, um sich selbst hinüberzuhangeln. Sie kauerten sich nieder. Es fing wieder einmal zu regnen an.

»Okay, los geht's«, sagte Dillon.

Es gab tatsächlich zwei Wachleute, die sich in einem kleinen, beleuchteten Häuschen am Eingang eines Hofes aufhielten. Dillon und Blake drangen durch ein Fabriktor vor, das überraschenderweise offen stand. Im Hauptgebäude entdeckten sie ein ganzes Arsenal an Geräten und Materialien, die augenscheinlich einzig und allein dem Panschen dienten. Riesige Fässer sowie ganze Berge von Flaschen mit exotischen Etiketten.

Dillon nahm eine heraus. »Highland Pride Old Scots Whisky.«

»Wer es glaubt, wird selig«, sagte Blake.

»Okay, machen wir weiter.«

Dillon öffnete die Tasche, die er sich um die Schulter gehängt hatte. Er nahm mehrere der Semtex-Zünder heraus, die Blake besorgt hatte, lief außen um das Gelände herum und platzierte sie an verschiedenen Stellen.

»Wie lange?« sagte Blake.

»Zehn Minuten. Wir holen jetzt die Wachleute hier raus und verschwinden erst mal.«

Als die Tür aufsprang und die beiden Kapuzengestalten hereinschlüpften, waren die Wachmänner gerade dabei, Trivial Pursuit zu spielen. Dillon nahm ihnen die Waffen ab.

»Wenn ihr weiterleben wollt, dann macht, dass ihr auf die Straße kommt, und zwar schnell.«

Sie gehorchten widerspruchslos und waren ein paar Augenblicke später mit Dillon und Blake schon vor das

Eingangstor gehuscht. Einen Moment später explodierten die Semtex-Zünder. Die Whiskey-Fässer gingen in Flammen auf.

Dillon packte einen der Wachmänner am Kragen. »Hör zu, du kriegst jetzt eine Mitteilung zum Weiterleiten, allerdings ist die nicht für die Polizei bestimmt, sondern für Jack Fox. Sag ihm, dass dies erst der Anfang ist, wegen Katherine Johnson. Kapiert? Okay, und jetzt macht, dass ihr hier wegkommt!«

Die beiden ließen sich das nicht zweimal sagen.

Dillon und Blake entfernten sich ein Stück mit dem Wagen. Dann warteten sie auf die Feuerwehr, während sie die emporschlagenden Flammen betrachteten.

»Komisch«, sagte Blake, »hab überhaupt keine Schuldgefühle.«

»Warum auch? Fox ist ein dreckiger Mörder.«

»Ich arbeite immerhin für den Präsidenten, Sean. Und du arbeitest für den britischen Premier.«

»Das ist mir egal. Wir machen Fox fertig – so oder so.«

Am Morgen darauf befand sich Jack Fox im Trump Tower. Don Marco hatte ihn telefonisch zu sich gerufen. Der Alte saß beim Kamin und nippte gerade an einer Tasse Kaffee.

»Schlimme Nacht, wie ich gehört habe, Jack.«

Fox zögerte, sagte sich dann aber, dass die Sache wohl besser mit einem Körnchen Wahrheit durchzustehen sei.

»Ja, Onkel. Das Feuer hat den Laden völlig zerstört. Gott sei Dank sind wir versichert.«

»Aber nur für die Geräte, Jack, nicht für die mehreren Millionen Dollar an Whiskey.« Der Don schüttelte den Kopf. »Äußerst unangenehme Sache. Na ja, so was passiert eben. Hast du noch etwas hinzuzufügen? Etwas, was du mir sagen willst?«

Fox biss sich auf die Zähne und sagte dann: »Nein, Onkel.«

»Alles klar. Wir sehen uns.«

Fox ging. Nach einer Weile steckte Falcone den Kopf zur Tür herein. »Sie haben gerufen, Don Marco.«

»Ist er weg?«

»Ja.«

»Gut. Bring den Wachmann herein. Mein Neffe scheint den ganz vergessen zu haben, Aldo, jedenfalls hat er nichts über ihn verlauten lassen.«

»Sein Problem, Signore.«

»Aber du hast daran gedacht, und dafür bin ich dir dankbar.«

Er schenkte sich noch eine Tasse Kaffee ein. Einen Moment später brachte Falcone den Wachmann herein.

»Dein Name?« sagte Don Marco.

»Mirabella, Signore.«

»Gut, ein Landsmann. Und jetzt erzähl mir, was passiert ist.«

Mirabella tat, wie ihm geheißen.

»Und das hat der vermummte Mann tatsächlich gesagt?« meinte Don Marco.

Mirabella klammerte sich an seine Mütze. »Ja, er hat gesagt, dass das nicht für die Polizei bestimmt ist. Und ich soll Jack Fox sagen, dass das erst der Anfang ist. Wegen Katherine Johnson.«

»Gut, danke.« Don Marco sah Falcone an. »Kümmere dich um ihn, und dann kommst du wieder her.«

Etwa zwanzig Minuten später kehrte Falcone zurück. Der Don stand am Fenster und befingerte eine kubanische Zigarre. Falcone reichte ihm Feuer. Don Marco lächelte.

»Du bist ein braver Junge, Aldo. Dein Vater war einer meiner treuesten Leute, bis diese Virelli-Schweine ihn auf seiner Reise nach Palermo ermordet haben. Er war immer loyal, und nur Loyalität zählt.«

»So sehe ich das auch, Don Marco.«

»Aber wem gehört deine Loyalität? Du und mein Neffe, ihr seid von Jugend an miteinander befreundet.«

»Bitte, Don Marco.« Falcone hob abwehrend die Hände. »Meine Loyalität gehört ganz und gar Ihnen.«

Don Marco gab ihm einen Klaps auf die Brust. »Beruhigend zu wissen, dass es dich gibt. Du wirst Jack zu Diensten sein, das versteht sich von selbst, aber mich wirst du stets über alles auf dem Laufenden halten, in Ordnung, Aldo?«

»Aber immer, Signore.«

»Gut. Jetzt mach dich auf den Weg.«

Jack Fox saß mit den Großen und Gerechten und den etwas weniger Gerechten im Grillroom des Vier Jahreszeiten, trank Champagner und versuchte sich mit den Geschehnissen der vergangenen Nacht abzufinden. Das Gespräch mit Mirabella war besonders ärgerlich gewesen, aber er hatte gegenüber seinem Onkel kein Wort davon erwähnt, aus Gründen, die nur allzu verständlich waren. Falcone und Russo lehnten an der Wand im Hintergrund.

Ein Kellner kam herbei. »Sir, Ihre Gäste sind eingetroffen.«

»Meine Gäste?« Als Fox aufblickte, tauchten Dillon und Blake auf. Falcone trat vor, aber Fox winkte ihn zurück. Die beiden setzten sich, und Dillon griff nach dem Champagner. Er probierte ihn, schüttelte den Kopf und sagte an Blake gewandt: »Der Mann hat keinen Geschmack.«

»Okay«, sagte Fox, »fasst euch kurz. Ich weiß, wer ihr seid. Sie sind Blake Johnson und arbeiten für das Weiße Haus, und Sie sind Sean Dillon. Sie waren früher mal bei der IRA, arbeiten zur Zeit jedoch für den Premierminister. Richtig?«

»Mann, o Mann, Sie sind aber gut informiert«, sagte Blake.

»Keine Datenbank, die nicht zu knacken wäre. Mit dem richtigen Experten an der Hand kommt man überall rein, und den habe ich. Wenn ihr mir also Ärger machen wollt, werdet ihr bald wünschen, nie das Licht dieser Welt erblickt zu haben.«

»Und wir werden Don Solazzo, was Sie betrifft, den gleichen Gefallen erweisen.« Dillon zuckte mit den Achseln. »Und wegen diesem ›früher mal in der IRA‹: Einmal dabei, immer dabei. Mein Erscheinen hier ist wirklich eine schlechte Nachricht für Sie, alter Junge. Und wissen Sie auch, warum? Weil es mir schnurzegal ist, ob ich lebe oder sterbe.«

»Vielleicht kann ich das ja ändern.«

»Die britische Armee und der SAS haben es nicht geschafft, ihn zur Strecke zu bringen«, sagte Blake, »ich bezweifle also, ob Sie damit mehr Glück haben werden. Irgendwie scheint das Glück Ihnen ja ohnehin nicht mehr ganz so hold zu sein, hab ich Recht, Jack? Wir wissen, dass Sie das Aushängeschild des Solazzo-Imperiums sind. Aber Sie haben darüber hinaus ein kleines Nebengeschäft am Laufen, eine billige Schwarzbrennerei in Brooklyn. Zumindest war das einmal.«

»He«, sagte Dillon. »Ist das nicht der Laden, der gestern Nacht abgebrannt ist? Welch ein Zufall!« Er lächelte süffisant. »Tja, ein herber Schlag, was den Cashflow betrifft, könnte ich mir vorstellen.«

»Ich weiß nicht, wovon Sie reden«, sagte Fox. »Ich habe mit dem Laden nichts zu tun.«

»Oh, und ich dachte, dass Sie damit durchaus zu tun haben«, sagte Blake. »Und dann sind da noch diese Riesensummen aus dem Familienvermögen, die Sie im asiatischen Bankenkrach verloren haben, Geld, das Sie gar nicht investieren durften. Oder war Don Marco eingeweiht und hat alldem seinen Segen gegeben? Was ich hier mal stark bezweifeln möchte.«

»Worauf wollen Sie hinaus?« sagte Fox mit ruhiger Stimme.

»Darauf, dass Ihnen mit Don Marco ein Riesenärger ins Haus steht, es sei denn, Sie treiben so schnell wie möglich eine beträchtliche Summe Bargeld auf.« Dillon lächelte. »Allerdings haben wir die Absicht, dafür zu sorgen, dass Ihnen das nicht gelingt.«

Fox winkte Falcone heran. »Aldo, sei so lieb und brich diesem kleinen Penner den rechten Arm.«

Falcone trat vor, aber Dillon ließ den linken Fuß vorschnellen und traf den Sizilianer damit genau unter dem rechten Knie. Im selben Moment zog Blake eine Walther unter Falcones Sakko hervor und legte sie auf den Tisch. Falcone hockte auf einem Knie da, griff nach dem Tisch und rappelte sich wieder hoch. Russo hatte die Hand auf seine Pistole gelegt, die er im Schulterhalfter trug.

»Wollen Sie das wirklich?« sagte Blake. »Eine Schießerei im Wildwest-Stil?«

»Eigentlich nicht«, sagte Fox. »Heben wir uns das für einen passenderen Moment auf. Gehen Sie einfach.«

»Mit Vergnügen.« Blake stand auf.

Dillon stellte sich neben ihn. »Ich habe da einen Spruch aus einem alten Kinofilm für Sie parat, den ich kürzlich im Fernsehen gesehen habe: Auf ein fröhliches Wiedersehen in der Hölle.«

»Da freue ich mich schon drauf«, sagte Fox.

Blake und Dillon verschwanden durch die Tür.

»Sie haben die Sache mit dem Lagerhaus gewusst«, sagte Falcone zu Fox.

»Wie viele andere auch. Es war ein offenes Geheimnis. Mit wie vielen Clubs haben wir Geschäfte gemacht? Ein Geheimnis hört auf, eines zu sein, wenn mehr als einer es kennt.«

»Sie glauben nicht, dass die beiden noch über andere Dinge im Bilde sind?«

»Nein, Sie haben nur geblufft. Komm. Wir müssen bald nach London.« Fox trank sein Glas Champagner leer und verzog dabei die Miene.« Weißt du, dieser kleine Penner hat Recht. Das Zeug schmeckt tatsächlich nicht.«

Als Ferguson und Hannah Bernstein die Bar des Plaza Hotels betraten, saßen Blake und Dillon dort gerade bei einer Kanne Tee und zwei Gläsern irischem Whiskey.

»Meine Güte«, sagte Ferguson. »Da sitzt ihr beiden hier und lasst's euch gut gehen, wo doch Captain Harry Parker zufolge gestern Nacht irgendjemand Mr. Jack Fox' Schwarzbrennerei abgefackelt hat.«

»Was Sie nicht sagen.« Dillon schüttelte den Kopf. »Wie schrecklich.«

»Wollen Sie nun nicht doch mit nach Hause kommen, Dillon?«

»Warum eigentlich nicht? Ich glaube, fürs Erste habe ich hier alles erledigt.«

»Ich möchte Sie noch mal darauf hinweisen, dass ich Ihnen damals, als ich Sie vor den Serben gerettet und in mein Team aufgenommen habe, angeboten habe, Sie mit einer weißen Weste auszustatten.«

»Und das haben Sie ja dann auch getan.«

»Sie dagegen haben immer noch nicht gelernt, sich ordentlich zu benehmen.«

»Das ist der Ire in mir.«

»Sean«, sagte Ferguson, »Sie arbeiten immer noch für mich. Halten Sie sich also an Ihren gesunden Menschenverstand, und mich halten Sie bitte auf dem Laufenden.«

»Aber, aber, Brigadier, ich werde Sie nicht enttäuschen. Da ist nur eines.«

»Und das wäre?«

»Ich habe die Absicht, Jack Fox und die Solazzo-Familie zu vernichten. In Irland, London oder Beirut – wohin auch immer es mich führt.« Dillon wandte sich Blake zu. »Geht das für dich in Ordnung?«

»Darauf kannst du Gift nehmen. Morgen spreche ich mit dem Präsidenten. Wenn nötig, werde ich aus dem Dienst ausscheiden.«

Dillon drehte sich lächelnd wieder Ferguson zu. »Da hören Sie's, Charles.«

Auch Ferguson lächelte jetzt. »Großartig. Wirklich köstlich.« Er lächelte noch einen Moment, aber dann wurde er plötzlich wieder ernst. »Wenn das so ist, dann bleibt mir wohl nichts anderes übrig, als euer Vorhaben gutzuheißen. Sie werden Superintendent Bernstein als Verbindungsagenten einsetzen. Es werden euch sämtliche Einrichtungen der Abteilung zur Verfügung stehen.«

Er stand auf, und Dillon sagte: »Sie sind einfach unschlagbar, Brigadier!«

»Tja, ich bin schließlich Halbire.«

»Ich werde dann also weitermachen.«

»Bis zum bitteren Ende. Machen Sie Fox und seine Familie fertig.«

»Betrachten Sie die Sache als erledigt.«

»Da ist allerdings noch was. Es ist irgendwie beunruhigend, dass Fox so viel über uns weiß. Was haben Sie mir noch mal vorhin am Telefon gesagt? Dass man mit dem richtigen Experten in jede Datenbank reinkommt?«

»Richtig.«

»Nun, ich kenne in London auch so einen Experten.«

Hannah Bernstein lächelte. »Roper, Sir?«

»Genau. Stellen Sie den Kontakt bitte gelegentlich her, Superintendent.«

Sie nickte.

»Gut. Tja«, er stand auf, »Zeit, zu gehen. Wir sehen uns dann im Flugzeug.«

Sie gingen. Dillon wandte sich an Blake. »Damit hast du wohl nicht gerechnet, was? Und wie soll's weitergehen?«

»Ich muss mir erst grünes Licht vom Präsidenten holen.«

»Und dann?«

»Dann knöpfen wir uns das Schwein in London vor.«

»Klingt gut.«

Cazelet war zu seinem alten Familiensitz auf Nantucket gefahren. Blake wollte nicht bis zu dessen Rückkehr warten, also ließ er sich im Namen seiner Abteilung einen Hubschrauber bereitstellen und flog dort hoch.

Der Präsident spazierte gerade mit Murchison, seinem Jagdhund, am Strand entlang, gefolgt von Clancy

Smith. Die Brandung toste, der Himmel war grau, und es regnete leicht. Der Präsident las zum fünften Mal das Fax, das er von Harry Parker erhalten hatte. In der Ferne war plötzlich ein Dröhnen zu hören. Clancy hielt sich ein Ohr zu und murmelte irgendetwas in sein Mikro. Er blickte auf. »Hubschrauber, Mr. President. Es ist Blake.«

»Gut. Kehren wir zum Haus zurück.«

Auf halbem Weg tauchte Blake auf.

»Ich gehe mit Blake ein Stück voraus, Clancy, bleiben Sie in unserer Nähe«, sagte der Präsident.

Sie gingen am Strand entlang, während Murchison umherrannte und sich ein ums andere Mal ins Wasser stürzte. »So ein Dummkopf. Werd ihn nachher abspritzen müssen.«

»Tja, das Meerwasser wird seinem Fell nicht gut tun.«

Cazelet winkte Clancy herbei, der unaufgefordert eine Marlboro anzündete und sie ihm reichte.

Der Präsident gab Blake das Fax. »Nun, ich habe Ihren Freund in die Pflicht genommen. Harry Parker. Hab ihn gefragt, wie sich diese traurige Angelegenheit inzwischen entwickelt hat.«

»Und er hat Sie ins Bild gesetzt.« Blake lächelte. »Nun, das versteht sich von selbst. Schließlich habe ich ihn der präsidialen Vollmacht unterstellt. Dann sind Sie also über alles informiert, Mr. President.«

»Ja. Sieht düster aus. Finde es aber großartig, dass Brigadier Ferguson und Superintendent Bernstein hergeflogen sind, um Ihnen beizustehen.«

»Und Sean Dillon.«

»Wie immer!« Cazelet lächelte. »Wissen Sie, ist schon ein bemerkenswerter Zufall, dieser Brand von Fox' Lagerhaus.«

»Mr. President …«

»Nein, Blake, ich sage Ihnen jetzt was. Sie wirken in letzter Zeit recht erschöpft. Ich glaube, ein Urlaub, würde ihnen gut tun. Schauen wir mal, ob ein Monat genügt. Sie sollten reisen. Fahren Sie nach London, Europa. Schauen Sie sich die Sehenswürdigkeiten an. Hm? Sollte Ihnen die Abteilung irgendwie von Nutzen sein, so stehen Ihnen sämtliche Einrichtungen zur Verfügung.«

»Was kann ich da noch sagen, Mr. President?«

»Gar nichts«, sagte Cazelet mit entschlossener Miene. »Wenn es Ihnen und Dillon gelingt, diesen Schweinen das Handwerk zu legen, geht's uns allen besser.« Er grinste breit. »Wie dem auch sei, es würde mir beträchtliche Unannehmlichkeiten bereiten, falls Sie von Ihren Ferien nicht heil und unversehrt zurückkehren sollten.«

»Ja, Mr. President. Ich werde aufpassen.«

»Gut.« Cazelet schnipste die Zigarette in die Brandung. »So, aber jetzt kommen Sie mit mir erst mal zum Mittagessen ins Haus, bevor Sie sich auf den Weg machen.«

Don Marco hörte sich in seinem Apartment im Trump Tower Falcones Bericht über den Zwischenfall im Vier Jahreszeiten an.

Schließlich nickte er. »Was hat mein Neffe nun vor?«

»Wir fliegen nach London, Landung in Heathrow.«

»Er fliegt mit der Gulfstream?«

»Jawohl, Signore.« Falcone zögerte. »Das wussten Sie nicht?«

»Oh, ich bin sicher, dass er es mir noch sagt, wenn er sich dazu bereit fühlt. Du hast die Nummer von meinem verschlüsselten Handy. Halt mich auf dem Laufenden. Ich will ständig über all seine Schritte informiert sein.«

Er hielt Falcone die Hand hin. Dieser küsste sie und entfernte sich anschließend. Don Marco stand auf, ging zum Klavier und nahm das Foto von Jack Fox, dem Kriegshelden in Uniform der Marines, das dort stand, in die Hand.

»Wie schade«, sagte er leise. »So viele Tugenden – und ebenso viel Eitelkeit und Dummheit.«

Er stellte das Foto zurück aufs Klavier und verließ dann das Zimmer.

LONDON

5

Am Tag darauf landete Fergusons Maschine mit den üblichen Piloten im Cockpit – die Flight Lieutenants Lacey und Parry – in Farley Field. Darüber hinaus war noch Flight Sergeant Madoc an Bord gewesen, der sich um das Wohlbefinden der Passagiere gekümmert hatte.

Das Märzwetter machte seinem Namen alle Ehre. Der Regen schlug auf den bereitstehenden Jaguar ein. Als Ferguson, Dillon, Bernstein und Johnson vorangingen und die Treppe hinunterstiegen, holte Madoc einen Regenschirm hervor. Sie kletterten in den schweren Jaguar. Ferguson lehnte sich noch kurz zu den beiden Piloten hinaus.

»Könnte sein, dass es demnächst einiges zu tun gibt – macht also keine Pläne.«

Sie lächelten beide. »Hört sich gut an, Sir«, sagte Lacey.

»Da ist nur eine Sache, Lacey. Ich finde, dass Sie korrekt uniformiert sein sollten.«

Lacey zeigte sich verblüfft. »Wie darf ich das verstehen, Brigadier?«

»Schauen Sie doch mal in der Beförderungsliste nach. Ich habe Sie zur Beförderung vom Hauptmann zum Major, also zum Squadron Leader, vorgeschlagen, und das Verteidigungsministerium hat sich ausnahmsweise vernünftig verhalten. Darüber hinaus, in Anbetracht der äußerst riskanten Verfolgungsjagden, die Sie neulich auf meinen Befehl geflogen sind, ist Ihnen beiden das Fliegerkreuz verliehen worden.«

Sie starrten ihn an. »Gütiger Gott, Sir«, sagte Parry. »Aufrichtigen Dank!«

»Papperlapapp. Verschwinden Sie, und begießen Sie die Sache mit einem Drink.«

Ferguson schloss die Tür, und der Chauffeur fuhr los.

»Ich hab's ja immer gewusst«, sagte Dillon. »Tief in Ihrem Inneren sind Sie ein höchst sentimentaler Mensch.«

»Reden Sie keinen Unsinn, Dillon, das haben die beiden sich redlich verdient.« Ferguson wandte sich zu Hannah um. »Wir setzen die beiden bei Dillons Haus ab und fahren dann zu meiner Wohnung am Cavendish Square. Ich schlage vor, dass Sie so schnell wie möglich mit Roper Kontakt aufnehmen, um ein Treffen zu vereinbaren.«

»Könnte mich bitte jemand über diesen Roper-Typen aufklären?« sagte Blake.

»Nun, du erinnerst dich doch an diese Weiße-Haus-Connection und Lady Helen Grant, oder? Sie wollte wissen, was man so alles mit Computern in der gesetzlichen Grauzone anfangen kann«, sagte Hannah. »Sie hat die Londoner Abteilung ihrer Organisation um Hilfe gebeten, und die haben ihr Roper geschickt.«

»Er ist ein bemerkenswerter Mensch«, sagte Ferguson. »Er war Captain bei den Pionieren, den Royal Engineers, und hat dort als Experte für Bombenentschärfungen fungiert. Er hatte schon das militärische Verdienstkreuz und das Georgskreuz in der Tasche, da ist er auf einmal unvorsichtig geworden. Wegen einer kleinen dummen Autobombe in Belfast ist er im Rollstuhl gelandet. Deshalb hat er dann die Laufbahn als Computerexperte eingeschlagen und sich als eine wahre

Begabung entpuppt. Das hat jedenfalls Lady Helen festgestellt.«

Blake schwieg. Er dachte an Lady Helen und den Fall um die Weiße-Haus-Connection, der beinahe in einer Katastrophe geendet wäre. Dann war dieser Roper also Lady Helens Computermensch gewesen.

»Ich kann's gar nicht erwarten, ihn kennen zu lernen«, sagte Blake.

Der Jaguar bog in die Stable Mews ein, wo Dillon und Blake ausstiegen.

»Ich werde mich sofort mit Roper in Verbindung setzen«, sagte Hannah noch.

Blake trug das Gepäck. Dillon schloss die Tür der ehemaligen Stallung auf und ging voran. Es war ein kleines viktorianisches Gebäude mit türkischen Teppichläufern und Bohlenboden. Das wunderschöne Wohnzimmer war mit einer schwarzen Ledergarnitur ausgestattet, die ganz zwanglos zwischen mehreren kleineren Teppichen aufgestellt war. Über dem Kamin hing ein meisterhaftes Gemälde.

»Mein Gott, das ist ja großartig«, sagte Blake.

»Ein hervorragender viktorianischer Maler, Atkinson Grimshaw. Liam Devlin hat es mir gegeben. Erinnerst du dich noch an ihn?«

»Wie könnte ich ihn jemals vergessen? Er war unsere Rettung. Ist er immer noch auf Achse?«

»Neunzig Jahre alt und tut so, als wäre er fünfundsiebzig. Komm, ich zeig dir dein Zimmer. Dann verschwinden wir ins King's Head gleich gegenüber – dort gibt es hervorragendes Pub Grub, wie wir in England sagen.«

»Sean, ich weiß, was Pub Grub ist. Es ist für gewöhnlich das beste Essen, das man in London bekommt. Also, wo ist mein Zimmer?«

Sie saßen bei Shepherd's Pie, einem Kartoffelauflauf mit Hackfleisch, und einem Guinness im King's Head. Dillons verschlüsseltes Handy klingelte leise.

Hannah war dran. »Ich habe mich bereits mit Roper in Verbindung gesetzt. Er wohnt am Regency Square, nur einen knappen Kilometer von euch entfernt.«

»Sollen wir bei ihm vorbeischauen?«

»Nein, er will sich lieber ein bisschen in Schuss halten und kommt deshalb zu euch. Er fährt einen dieser elektrischen Rollstühle, die mit allen Schikanen ausgestattet sind. Er verabscheut es, als Krüppel behandelt zu werden.«

»Hab schon verstanden, meine Liebe.«

»Er trifft sich mit euch um halb drei in der Stable Mews.«

»Wir werden dort sein.«

»Noch was: Ich habe zwischendurch kurz einen Suchbefehl in den Computer vom Special Branch, dem Verfassungsschutz, eingegeben. Und jetzt rate mal, wer heute Abend in Heathrow eintrifft? Jack Fox, Aldo Falcone und Giovanni Russo.«

»Einfach köstlich, wie Ferguson sagen würde. Wird bestimmt interessant.«

Er legte das Handy beiseite und teilte Blake die Neuigkeiten mit.

Eine Stunde später saß Blake in der Stable Mews am Wohnzimmerfenster und blickte auf die Straße hinaus, bis schließlich ein seltsam aussehender Mann in einem elektrischen Rollstuhl auftauchte. Der Mann trug eine blaue Seemannsjacke und hatte sich einen weißen Schal um den Hals gebunden. Als Blake in den Eingangsflur trat, hatte Dillon bereits die Tür geöffnet.

»Ah, Mr. Dillon. Ich habe Ihr Gesicht in meinem Computer gesehen. Roper, wenn Sie gestatten.«

Er hatte schulterlanges Haar, hohle Wangen und leuchtend blaue Augen. Seine Gesicht war eine straffgezogene Maske aus vernarbtem Hautgewebe – unverkennbare Folge einer Brandverletzung.

»Immer herein in die gute Stube«, sagte Dillon fröhlich.

»Sie müssen mir aber über die Stufe helfen. Das schafft selbst dieses Hightech-Ding hier nicht von alleine.«

Dillon war so hilfsbereit und schob ihn anschließend den Flur hinunter in die Küche. Blake folgte.

»Eine Tasse Tee wäre jetzt genau das Richtige«, sagte Roper. »Er wandte sich zu Blake um. »Lieutenant, stehen Sie nicht rum.«

Blake lächelte. »Soll ich ›Sir‹ sagen?«

»Natürlich. Ich stehe rangmäßig über Ihnen.«

Eine Dreiviertelstunde später erklärten sie ihm im Detail, was sie von ihm benötigten.

»In Ordnung«, sagte Roper. »Ich werde mir alles ansehen. Die Solazzo-Familie, Jack Fox, die Colosseum-Geschäfte, diese Jago-Brüder. Oh, und diesen Brendan Murphy. Der Name ist mir noch aus meiner Dienstzeit in Irland geläufig. Ein knallharter Typ, das weiß ich noch.«

»Ein richtiger Fanatiker ist er«, sagte Dillon. »Hatte in den alten Zeiten mit ihm zu tun. Hat einen wahnsinnigen Hass auf den Friedensprozess, und jetzt haben wir erfahren, dass er Waffenlager anlegt. Wahrscheinlich macht es die ganze Sache sogar noch schlimmer, wenn man diesen Hinweis auf eine Verbindung mit Saddam in Beirut bedenkt.«

»Ich werde mich also in die Dateien des Armeehauptquartiers in Lisburn reinklicken, der Ulster-Polizei, der Garda in Dublin und vielleicht auch noch der amerikanischen Geheimdienste.«

»Das können Sie?« sagte Dillon.

»Dillon, in komme sogar in euren Laden rein. Ferguson weiß das wahrscheinlich sogar. Ich bin die Hand Gottes, überlassen Sie die Sache also mir.«

»Okay«, sagte Blake. »Für den Fall, dass Sie es noch nicht wissen – Fox kommt heute Abend mit zwei Bodyguards im Schlepptau in London an.«

»Falcone und Russo.« Roper lächelte gelassen. »Mafia-Gorillas. Ich war zwölf Jahre in Irland im Einsatz, und meine Feinde waren Terroristen, aber auf eine seltsame Art lernt man, sich in seine Feinde hineinzuversetzen, sowohl in die IRA als auch in die Loyalisten. Unsere beiden Pappenheimer hier würden in Londonderry oder Belfast keine halbe Stunde überleben.«

»Und was passiert nun?« fragte Blake.

»Tja, wie man mir gesagt hat, wollen Sie das Colosseum ins Kreuzfeuer nehmen.«

»Genau.«

»Gut. Dann rollen Sie mich jetzt hinaus. Ich werde von zu Hause aus alles organisieren.«

»Schaffen Sie das wirklich alles?« sagte Blake.

Roper nickte. »Kein Problem. Gott hat einige wenige Menschen mit Verstand gesegnet, um zu verhindern, dass der Abschaum die Welt übernimmt.« Er wandte sich zu Dillon um. »Wir sehen uns um sechs in meiner Wohnung am Regency Square. Und dann werden Sie die Sache so angehen, wie ich's Ihnen sage. Einverstanden?«

»Ganz schön forsch«, sagte Dillon, aber dann lächelte er. »Natürlich sind wir einverstanden. Spucken wir in die Hände!« Und damit rollte er ihn hinaus.

Ropers Wohnung am Regency Square lag im Erdgeschoss und war mit einem zur Eingangstür leicht ansteigenden Aufgang für den Rollstuhl ausgestattet. Die gesamte Wohnung, vom Badezimmer bis zur Küche, war behindertengerecht eingerichtet. Im Wohnzimmer hatte man ein regelrechtes Computerlabor untergebracht. Die gesamte Ausrüstung war wie zur Ansicht auf einer großen, einfachen Arbeitsplatte ausgestellt.

Als Dillon, Blake und Hannah eintrafen, öffnete er die Tür. »Ah, da seid ihr ja.«

Er führte sie ins Wohnzimmer. »So, da wären wir.« Nachdem er ein paar Befehle in die Tastatur eingetippt hatte, füllte sich der Bildschirm mit Daten – Colosseum Casino, Smith Street. Geschäftsführer: Angelo Mori. Aufseher: Francesco Cameci, Tino Rossi.

Nach einer Weile gab er wieder ein paar Befehle ein und verschiedene Grundrisse erschienen.

»Der Laden scheint schwer bewacht zu sein«, sagte Blake.

»Nicht für den, der sich auskennt.«

»Worum geht's uns denn eigentlich?« sagte Dillon.

»Ein erstklassiges Casino lebt von seinem Ruf. Sollte auch nur ein Hauch von Skandal ruchbar werden, marschiert die Glücksspielaufsicht ein, und der Laden wird unter Umständen geschlossen.«

Schweigen. Dann sagte Dillon: »Und wie erreichen wir das?«

»Das werde ich euch heute Abend erklären – falls ihr tut, was ich euch sage, und ohne viel Federlesen zur Sache geht.«

»Sie meinen, im Sinne einer Straftat, Captain«, sagte Hannah.

»Das trifft es genau. Sie wollen diesen Mistkerl drankriegen, also packen wir ihn uns bei der Gurgel.«

»Das soll mir nur recht sein«, sagte Dillon. »Und wie Superintendent Bernstein weiß, ist mir die volle Unterstützung von Brigadier Fergusons Abteilung versichert worden. Hören wir uns also an, an was Sie dabei denken.«

»Es ist ganz einfach. Was ist das älteste Glücksspiel der Welt? Zur Blütezeit des Römischen Reiches war es überaus beliebt. Und die Menschen lieben es immer noch.«

Blake lächelte. »Würfeln.«

»Genau. Sie lassen die Würfel rollen und beten, dass die gewünschte Zahl erscheint. Die Leute finden's unwiderstehlich.«

»Also, worauf wollen Sie hinaus?« sagte Dillon.

»Würfel, alter Junge. Stehlen Sie mir ein paar Würfel.«

»Warum?« fragte Blake.

»Weil jedes Spielcasino seine eigenen Würfel anfertigen lässt. Sonderexemplare – vor allem dann, wenn ich sie einmal auf meiner Werkbank gehabt habe. Ich werde eine winzige Veränderung vornehmen, ein Tröpfchen Blei hineingießen, und schon werden sie zu dem, was in einschlägigen Kreisen als getürkte Würfel bekannt ist. Wenn das Casino solche einsetzt, müssen die Spieler ja verlieren.«

»Aber wie wollen Sie es hinkriegen, dass das Casino die präparierten Würfel benutzt?« fragte Blake.

»Die Tatsache, dass mit hauseigenen Würfeln gespielt wird, ist unsere Chance. Sie oder Dillon mischen sich unter die Leute und machen Ihren Einsatz. Wenn Sie an der Reihe sind und der Croupier Ihnen die Würfel gibt, verstecken Sie sie im Ärmel und benutzen die Würfel, die ich präpariert habe. Sie sind mit dem Logo des Casinos bedruckt, und alle werden glauben, dass es die echten sind. Natürlich ist es unsere Pflicht, die anderen Spieler auf den bedauerlichen Umstand aufmerksam zu machen, dass die Dinger getürkt sind. Die Konsequenzen dürften für das Casino verheerend sein.«

»Sie sind aber gemein«, sagte Dillon.

»Meiner Meinung nach sollten Sie oder Blake derjenige sein. Ich würde nicht im Traum daran denken, Superintendent Bernstein zu fragen.« Er lächelte Hannah an. »Zufällig weiß ich, dass Sie orthodoxe Jüdin sind und Ihr Großvater ein Rabbi ist.«

Auch Hannah lächelte nun. »Wenn Sie sich da mal in meinem Großvater nicht täuschen. Sein Pokerspiel sucht seinesgleichen.«

»Hört sich alles gut an. Wie gehen wir also im Einzelnen vor?« sagte Dillon.

Am selben Abend um zehn traf Jack Fox mit Falcone und Russo im Gefolge im Colosseum ein. An der Tür wurde er von einem breitschultrigen, förmlich gekleideten Mann aufgehalten.

»Ihre Mitgliedskarte, Sir.«

»Ich brauche keine. Ich bin der Besitzer dieses Casinos.«

»Selten so gelacht.«

Als der Türsteher Fox eine Hand die Schulter legte, sagte Russo: »Willst du, dass ich dir deinen rechten Arm breche? Du hast gerade den größten Fehler deines Lebens begangen.«

»Signor Fox, wie schön, Sie zu sehen«, tönte es plötzlich, und Angelo Mori, der Geschäftsführer, kam mit zwei Bodyguards im Schlepptau die Treppe heruntergeeilt. »Gibt es ein Problem?«

»Aber, nein«, sagte Fox und lächelte den Türsteher an. »Wie heißen Sie?«

»Henry, Sir.« Er wirkte völlig verängstigt.

»Sie leisten gute Arbeit, Henry.« Fox holte seine Brieftasche hervor, zog einen Fünfzigpfundschein heraus und steckte ihn in Henrys Brusttasche. »Wirklich großartige Arbeit. Falls irgendwelche anderen Leute hier eintreffen und behaupten, dass sie den Laden besitzen, verpassen Sie ihnen einen Tritt in die Eier.«

Henrys Stirn war schweißgebadet. »Ja, Sir, ganz wie Sie wünschen.«

Der Hauptsaal war gut gefüllt. Es waren sämtliche Arten von Glücksspiel vertreten. Fox nickte beifällig. »Sieht gut aus. Wie sind die Umsätze?«

»Hervorragend.«

Fox wandte sich zu Moris Bodyguards um, Cameci und Rossi. »Und ihr zwei – benehmt ihr euch auch gut?« Er sprach Italienisch.

»Aber sicher«, sagte Rossi. »Wie geht's Don Marco?«

Die Frage klang nur scheinbar zu vertraulich. Rossi kam aus demselben Dorf, aus dem auch die Solazzo-Familie stammte, ganz in der Nähe von Corleone in Sizilien.

»Mit ihm ist alles bestens«, fuhr Fox auf Italienisch fort. »Danke der Nachfrage.« Er wandte sich wieder Mori zu. »Wir sind gerade erst am Flughafen eingetroffen, und ich sterbe vor Hunger. Das Restaurant ist doch hoffentlich noch geöffnet.«

»Für Sie doch immer, Signore.«

»Ausgezeichnet. Louis Roederer Cristal, 90er Jahrgang, geräucherter Lachs, Rühreier und gehackte Zwiebeln. Ich muss auf meine Gesundheit achten.«

»Aber Sie sehen hervorragend aus, Signor Fox.«

»Himmel, ich bin hier heute Abend der Einzige, der sich im Golfkrieg eine Kugel in der linken Brust eingefangen hat, Angelo. Ich muss aufpassen.«

Sie durchquerten den Hauptsaal und betraten das kleine Restaurant. Mori führte sie zu einer Sitzecke.

»Ist Ihnen der Tisch genehm, Signore?«

»Ausgezeichnet. Setzen Sie Falcone und Rossi an den Nebentisch. Die beiden werden sich wahrscheinlich mit Spaghetti Bolognese voll stopfen – aber egal, was sie wollen, sorgen Sie dafür, dass sie es bekommen.«

»Natürlich.«

»Und noch was. Ich erwarte die Jago-Brüder, Tony und Harold.«

»Ja, sie haben bereits angerufen.« Mori setzte eine Leidensmiene auf.

Fox lachte. »Schreckliche Typen, ich weiß. Halten sich für die Reinkarnation der Kray-Brüder. Haben sich bereits vor Jahren in ihre eigene Legende verliebt, aber die Kray-Brüder waren etwas Besonderes. Da können die Jago-Brüder nicht mithalten. Und dennoch, sie arbeiten mit uns zusammen. Wenn sie eintreffen, hieven Sie sie irgendwie rein.«

Mori zog sich zurück. Fox holte eine Zigarette heraus, und Falcone gab ihm Feuer. »Irgendwelcher Ärger mit diesen englischen Arschgesichtern, Signore?«

»Nein. Sie haben zwar zu viele Gangsterfilme gesehen, aber sie sind uns nützlich. Nichts, was du oder Russo nicht in den Griff kriegen könnten. Und jetzt hol mir einen Martini.«

Eine halbe Stunde später – er hatte gerade seine Rühreier aufgegessen – trafen die Jago-Brüder ein. Harold, der ältere, war vierzig, gute eins achtzig groß, hatte bereits angegrautes Haar und ein Pockennarbengesicht. Tony war dreißig und in jeder Hinsicht kleiner. Die rechte Wange war von einer Narbe entstellt. Das Einzige, was ihnen gemein war, waren ihre maßgeschneiderten Savile-Row-Anzüge.

»Jack, freut mich, Sie zu sehen.« Harold schüttelte ihm die Hand.

»Nehmt doch Platz«, sagte Fox. »Kann euch vielleicht ein kleines Geschäft zuschanzen, wie man hier in London sagt.«

»Aber gern«, sagte Harold begeistert. »Also, dieser Geldtransport-Fischzug war einfach himmlisch.« Er wandte sich zu Tony um. »Ähm, stimmt doch, Tony, oder?«

Tony, ein hart gesottenes Ekelpaket, das englisch genug war, keine Ausländer zu mögen, sagte: »Wenn du das sagst, Harold.«

»Nun, das tut er«, sagte Fox trocken und schnipste mit den Fingern in Richtung Falcone. »Die Aktentasche.«

Falcone hatte sie den ganzen Abend bei sich gehabt. Er holte sie unter dem Tisch hervor und gab sie Fox, der sie an Harold weiterreichte.

»Steht alles drin, Seite für Seite. Das Team könnt ihr meinetwegen selbst zusammenstellen.«

»Und worum geht's dabei?« wollte Harold wissen.

»Das neue Anwesen in Wapping. St. Richard's Dock. Die White Diamond Company.«

Harold war entsetzt. »Das ist unmöglich. Der Laden ist die reinste Festung.«

»Tja, nun, aber leider haben sie was übersehen. London wird von unterirdischen Flüssen und Tunnels durchzogen, von denen einige über einhundert Jahre alt sind, und einer davon verläuft genau unter St. Richard's Dock. Steht alles in den Unterlagen. Lesen Sie sich's durch, und dann unterhalten wir uns noch einmal. Falls Sie nicht interessiert sein sollten, besorge ich mir andere Leute.«

»Wie viel?« sagte Tony schließlich.

»Zehn Millionen, Minimum, vielleicht mehr. Euer Anteil ist vierzig Prozent.«

»Fünfzig«, sagte Tony.

»Halt die Klappe«, sagte Harold und wandte sich dann wieder Fox zu. »Ich werd die Unterlagen durchlesen, aber ich kann Ihnen jetzt schon sagen, dass wir das Ding drehen, Jack. Das mit dem Team überlassen Sie mir.«

»So einen Mann lob ich mir.« Fox lächelte. »Na, dann wollen wir die Sache mal mit einer Flasche Champagner begießen.«

Das Casino schloss um zwei Uhr nachts; um drei war alles ruhig, und im Büro am Haupteingang saß nur noch ein Nachtwächter vor eingeschaltetem Fernseher.

In der Nähe des Kellereingangs stand ein grauer Lieferwagen der British Telecom am Straßenrand geparkt. Die hintere Ladetür ging auf, und Blake Johnson stieg aus. Er trug einen Schutzhelm und eine gelbe Öljacke. Mit zwei Greifhaken hob er sogleich einen Kanaldeckel aus dem Bürgersteig. Dillon reichte ihm eine Taschenlampe und ein rotes Warndreieck mit der Aufschrift: VORSICHT! BAUARBEITEN. Dann reichte er ihm ein paar Zeltleinwände und eine Plane gegen den Regen. Blake hatte nun einen Wirrwarr aus Kabelsträngen und Schaltern vor sich und versuchte interessiert zu wirken.

Roper saß im Wageninnern auf seinem Rollstuhl vor einem verhältnismäßig simpel wirkenden Computeraufbau. Dillon kauerte sich in seinem schwarzen T-Shirt und seiner schwarzen Jeans neben ihn. Roper tippte Befehle in den Computer ein.

»Wie sieht's aus?« fragte Dillon.

»So weit, so gut. Keine Sorge, der große Roper irrt sich nie.« Als er hörte, wie draußen ein Wagen herangerollt kam, hob er eine Hand. »Moment.«

Blake blickte unter der Plane hervor. Der Regen war unerbittlich. Der Streifenwagen kam langsam näher, und der Fahrer beugte sich zum Fenster hinaus.

»Verdammt hart, sich zu dieser nachtschlafenden Stunde seinen Lebensunterhalt verdienen zu müssen.«

»Ihr habt's nicht leichter«, sagte Blake mit seinem bestmöglichen britischen Akzent.

Der Polizist lächelte und fuhr davon.

»Los, auf geht's«, sagte Dillon.

»Okay. Wie gesagt, kann ich das gesamte Sicherheitssystem lahm legen, aber nur fünfzehn Minuten lang – ihr müsst also schnell sein.«

»Keine Sorge, ich hab die Grundrisse, die Sie mir gezeigt haben, genau studiert. Ich kenne sie wie meine Westentasche.«

»Schlecht, wenn's anders wäre. Ich fange jetzt an. Sie zählen bis zehn und gehen zur Kellertür hinunter.«

Auf dem Bildschirm flackerten verschiedene rote und grüne Lichter auf. Ein leises Geräusch wurde hörbar, und dann war Dillon bereits draußen, schoss an Blake in Richtung Keller vorbei und zog sich die Maske über den Kopf.

Er hatte eine kleine Taschenlampe dabei, die aber eigentlich überflüssig war, da überall kleine Notlichter brannten. Um die Überwachungskameras machte er sich keine Sorgen. Laut Roper waren auch die außer Gefecht gesetzt.

Er rief sich die Grundrisse ins Gedächtnis, die er auf dem Bildschirm gesehen hatte, eilte die Treppen hoch, durchquerte die Küchenräume und trat durch den Eingang ins Restaurant. Er konnte das Glaskabäuschen am Haupteingang einsehen. Der Nachtwächter fummelte an dem Fernseher herum, der aus für ihn uneinsichtigen Gründen ausgegangen war.

Dillon schlüpfte durch die Dunkelheit in den Hauptsaal und ging um den Spieltisch zu seiner Rechten herum. Auf dem Tisch lag ein Tablett mit Würfeln, alle fein säuberlich aufgebaut. Er schenkte ihnen jedoch keine weitere Beachtung, sondern kniete sich stattdessen an der rechten Seite des Tischs auf den Boden, wo normalerweise der Croupier stand. Dort lagen ein paar Würfel aufeinandergestapelt. Er nahm sich sechs davon, nicht mehr, steckte sie in die Tasche und eilte hinaus.

Der Nachtwächter mühte sich weiter mit seiner Flimmerkiste ab. Dillon stahl sich durch die Dunkelheit davon, stieg die Treppen hinunter, sprintete durch den Keller und schloss dann die Tür hinter sich. Er trat an Blake vorbei, gab ihm zu verstehen, dass alles nach Plan gelaufen sei, und stieg in den Lieferwagen. Er nahm die sechs Würfel aus der Tasche und legte sie vor Roper auf den Tisch.

»Hier.«

»Dreizehn Minuten«, sagte Roper. »Gut gemacht.« Er gab ein paar Befehle in den Computer ein und lehnte sich dann zurück. »Alles wieder wie gehabt.«

»Was nun?«

»Wir bauen alles ab und verschwinden.«

Dillon nahm die Maske ab und ging zu Blake hinaus. »Ist alles im Kasten. Verschwinden wir also hier. Warte, ich helfe dir.«

»Okay«, sagte Blake.

Dillon baute die Zeltwände samt der Plane ab und legte sie in den Wagen, während Blake den Kanaldeckel wieder über den Schacht hob. Kurz darauf fuhren sie davon. Dillon saß am Steuer.

Wieder in Ropers Wohnung am Regency Square, sahen sie ihm dabei zu, wie er die Würfel an seiner Werkbank mit einer Lupe untersuchte.

»Wird es gehen?« fragte Blake.

»Natürlich, alter Junge. Als überzeugter Perfektionist ziehe ich es jedoch vor, allein zu sein, wenn ich mich mit kniffligen Aufgaben befasse. Tut mir also den Gefallen und geht jetzt. Ihr werdet diese Dinger ohnehin nicht vor morgen Abend zum Einsatz bringen können; ich habe also alle Zeit der Welt.«

Dillon nickte Blake zu, und sie standen auf. »Dann kommen wir also morgen vorbei.«

»Tun Sie das«, sagte Roper und nahm, ohne sie weiter zu beachten, einen kleinen elektrischen Edelmetallbohrer zur Hand.

Am nächsten Morgen um acht klingelte Dillons Telefon. Ferguson war dran: »Da bei mir keine Katastrophenmeldungen eingegangen sind, gehe ich davon aus, dass ihr die Sache gestern Nacht durchgezogen habt.«

»Völlig richtig. Wir sind jetzt in Ropers Hand.«

»Was haben Sie und Blake vor?«

»Ins King's Head zu gehen und uns ein komplettes englisches Frühstück zu bestellen.«

»Kann's kaum erwarten, euch dort zu treffen.«

»Eine halbe Stunde später traf er dort dann auch in Begleitung von Hannah Bernstein ein. Sie bestellten sich alle ein Frühstück.

»Ihr habt noch nicht wieder mit Roper gesprochen?« fragte Ferguson.

»Der kriegt das schon hin, Sir«, sagte Hannah, als der Kellner mit einem großen Tablett erschien.

»Deinen gebratenen Speck kannst du mir geben, Hannah«, sagte Dillon. »Ich möchte dich nicht mit deinen jüdischen Prinzipien in Konflikt bringen.«

»Du bist ja so nett, Dillon.«

Urplötzlich sprang die Tür auf. Roper kam hereingeplatzt. »Riecht ja großartig.« Er wandte sich an den Kellner. »Für mich das Gleiche.«

»Ich muss schon sagen, Sie sehen erstaunlich gut aus«, sagte Ferguson.

»Sie meinen, für einen Krüppel, der sich die Nacht um die Ohren geschlagen hat?« sagte Roper. Er nahm die sechs Würfel aus seiner Tasche und rollte sie auf den Tisch. Sie kamen alle mit einer Eins obenauf zum Stehen. »Schlangenaugen. So nennt ihr den Einserpasch doch in Vegas, stimmt's?« sagte er zu Blake.

»Stimmt genau.«

»Großartig. Dann kann heute Nacht nur der liebe Gott Jack Fox und dem Colosseum helfen. Ich glaube, ich werde ebenfalls hingehen und zuschauen.«

»Sie müssen Mitglied sein«, sagte Hannah Bernstein.

»Was ich dank meines Computers auch bin. Ehrlich gesagt, Sie alle werden dort als Mitglieder geführt.« Der Kellner kam mit dem Frühstück. »Mein Gott, das sieht aber lecker aus.« Er nahm Messer und Gabel und machte sich ans Werk. »Es wird Ihnen doch bestimmt klar gewesen sein, dass Sie ebenfalls Mitglied sein müssen, wenn Sie heute Nacht dabei sein wollen, wie Dillon und Blake das Colosseum ins Chaos stürzen?«

»Aber natürlich«, sagte Ferguson lächelnd. »Und ich bin davon ausgegangen, dass Sie das regeln würden. Ich glaube, uns steht eine interessante Nacht bevor.«

»Das kann man wohl sagen, verdammt noch mal«, stimmte Blake zu.

6

Roper, das Computergenie, hatte es also fertig gebracht, sie alle mit Mitgliedskarten auszustatten. Zudem hatte er die Fotos von Rossi und Cameci, den beiden Aufsehern, ausgedruckt. Um acht abends wurden sie von Henry ins Colosseum eingelassen. Roper war in einem leichten, faltbaren Rollstuhl gekommen und wurde von Dillon geschoben.

Im Hauptsaal herrschte bereits reger Betrieb. Kellnerinnen in superkurzen Miniröckchen schoben sich mit Champagner-Tabletts durch die Menge. Dillon nahm ein Glas und verdrehte dann die Augen.

»Taugt das Zeug nichts?« sagte Blake.

»Wenn man Schaumwein mag, geht's, aber Champagner ist es nicht.«

»Tja, Fox und seine Gewinnmargen«, sagte Ferguson lapidar.

Sie standen in einer kleinen Gruppe an der Bar, und Hannah sagte: »Wir befinden uns hier übrigens in Gesellschaft von ein paar Verbrechern, die Sie vielleicht interessieren werden, Sir. Die Jago-Brüder, Harold und Tony – dort drüben am Ende der Theke stehen sie.«

Die anderen schauten hinüber.

»Äußerst zwielichtige Burschen«, sagte Ferguson.

»Die können wir uns später noch vorknöpfen«, sagte Dillon. »Also was ist? Wer fängt mit dem Würfeln an?«

»Nun, ehrlich gesagt, ich hätte da so einen Vorschlag«, sagte Ferguson. »Wir haben sechs Würfel, warum ziehen wir die Sache nicht zu dritt durch?«

»Brigadier, mir ist schon klar, warum Sie es zu solch hohen Offiziersehren gebracht haben«, sagte Blake. »Einverstanden, Sean?«

»Warum nicht?« Dillon wandte sich zu Roper um. »Auf geht's. Showtime!«

Roper gab ihm die Würfel, und Dillon verteilte je zwei an Ferguson und Blake. »So, das hätten wir.«

»Auf in den Kampf«, sagte Ferguson. »Legen wir los.« Er bewegte sich in Richtung Würfeltisch. »Macht mir keine Schande, Gentlemen.«

Im Restaurant ließ Fox es sich unterdessen wieder bei Rühreiern und geräuchertem Lachs gut gehen. Was den Champagner betraf, versuchte er es diesmal mit einem Krug.

»Erstklassiges Gesöff«, sagte er schwärmend zu Falcone. »Aber nicht das Jahrgangszeug. Das andere ist viel spezieller. Andere Traubensorte.«

Russo tauchte auf. »Ich glaube, wir haben ein Problem, Signore. Erinnern Sie sich noch an diese beiden Typen aus dem Vier Jahreszeiten in New York, Dillon und Johnson?«

»Ja, was ist mit denen?«

»Sie sind hier, im Hauptsaal.«

»Wirklich?« Fox leerte sein Glas. »Nun, schauen wir uns die Sache mal an.«

Falcone zog ihm den Stuhl zurück, und Fox ging in den Teil des Casinos, in dem am meisten Betrieb herrschte.

»Da vorn, Signore«, sagte Russo. »Neben dieser einen

Frau und dem anderen Typen. Dem im gestreiftem Anzug, sehen Sie?«

Fox schnaubte. »›Diese eine Frau‹, Russo, ist Detective Superintendent Hannah Bernstein von Scotland Yards Verfassungsschutzeinheit. Und ›dieser andere Typ‹ ist Brigadier General Ferguson, Chef einer Spezialeinheit des Nachrichtendienstes, die direkt dem Premierminister unterstellt ist. Ein altes heimtückisches Schwein. Ich garantiere dir, dass sie nicht hier sind, um eine harmlose Partie Karten zu spielen.«

»Was sollen wir also tun, Signore?« sagte Falcone. »Werfen wir sie raus?«

»Stell dich doch nicht blöd«, sagte Fox. »Wir sind hier in einem der angesehensten Glücksspielclubs Londons. Nichts wäre schlimmer als ein Skandal. Glaubst du wirklich, dass ich den Brigadier und seine Freunde an die Luft setze? Nein, wir warten ab und versuchen rauszukriegen, was sie im Schilde führen.«

Der Würfeltisch schien sich großer Beliebtheit zu erfreuen, denn er war von einer Traube von Menschen umringt.

»Wollen Sie's mal versuchen, Superintendent?« sagte Ferguson zu Hannah.

»Nein, Sir. Ich habe mit Würfelspielen nichts am Hut. Gehört nicht zu meinen Lastern.«

»Nun, zu den meinen schon«, sagte Blake. »Auf geht's.«

Es dauerte zehn Minuten, dann war er an der Reihe. Er nahm die Würfel, die man ihm reichte, und fing an. Seltsamerweise schlug er sich bei den ersten drei Versuchen recht gut und gewann sogar etwas. Dann ließ er unbemerkt die Würfel im Ärmel verschwinden und spielte mit Ropers präparierten weiter.

»Einserpasch.«

Ein Raunen ging durch die Menge.

Der Croupier gab Dillon ein neues Würfelpaar, der damit auch zweimal Glück hatte. Dann, als er sein gesamtes Geld auf einen Wurf gesetzt hatte – »Einserpasch!«

»He«, sagte er zerknirscht, »ist wohl Pech, aber hier geht es wirklich mit dem Teufel zu.«

Ferguson schaltete sich ein. »Lassen Sie mich mal, alter Junge. Die Würfel scheinen allerdings wirklich ein wenig abgenutzt zu sein.« Er wandte sich an den Croupier. »Geben Sie mir ein neues Paar.«

Der Croupier tat, wie ihm geheißen. Ferguson würfelte und bekam gleich beim ersten Mal zwei Einsen. Er wandte sich zu einem Mann mit zackiger, militärischer Ausstrahlung und fein säuberlich gestutztem Schnauzbart um. »Wie seltsam.« Er lachte. »Wir bekommen alle das Gleiche.«

»Ja«, sagte der Mann zögerlich. Dann, als der Croupier mit dem Rechen nach den Würfeln langte, ging er dazwischen. »Nicht so eilig«, sagte er und schnappte sich die Würfel.

»Ich hoffe, der Herr will damit nicht andeuten, dass es hier nicht mit rechten Dingen zugeht?« sagte der Croupier.

»Schauen wir mal.«

Der Mann ließ die Würfel über den ganzen Tisch rollen: wieder Einserpasch. Der Croupier fuhr mit dem Rechen nach den Würfeln aus, aber der Mann war schneller.

»O nein, das lassen Sie bitte! Das waren zu viele Einserpasche hintereinander. Diese Würfel sind präpariert.« Unter der Menge hob ein Stimmengemurmel an. Der Mann wandte sich zu einem älteren Gentleman um. »Überzeugen Sie sich selbst. Es werden zwei Einsen kommen, unter Garantie.«

Der Mann würfelte, und das Ergebnis war wie gehabt. Die Menge war sichtlich empört. Mori kam die Treppen heruntergeeilt.

»Ladies and Gentlemen, ich bitte Sie. Ein Missverständnis.«

»Sind Sie der Geschäftsführer?« fragte Ferguson mit fester Stimme.

»Ja, der bin ich«, sagte Mori.

»Dann tun Sie uns bitte den Gefallen und würfeln Sie.«

Mori zögerte.

»Nun machen Sie schon«, riefen einige der Umstehenden.

Mori würfelte. Die Würfel rollten. *Einserpasch*.

Aus der Menge wurde Wutgeschrei laut. »Das ist der Beweis«, sagte der Mann mit dem soldatischen Aussehen. »Präparierte Würfel, und ich habe hier in den letzten Wochen eine Menge Geld verloren. Dies ist ein Fall für die Polizei.«

»Ladies and Gentlemen, ich bitte Sie!« rief Mori.

Fox, Falcone und Russo hielten sich im Hintergrund.

Hannah Bernstein trat vor und sagte zu Mori: »Die Würfel, wenn ich bitten darf, Sir. Ich werde sie in Gewahrsam nehmen.«

»Und wer zum Teufel sind Sie?« Er war so außer sich, dass er sie in seiner Muttersprache fragte.

Hannah antwortete ihm in fließendem Italienisch. »Detective Superintendent Bernstein, Special Branch.« Sie betrachtete die Würfel, die sie an sich genommen hatte. »Wie ich sehe, sind diese Würfel dem Glücksspielgesetz entsprechend mit dem offiziellen Logo des Casinos gekennzeichnet. Stimmen Sie dem zu?«

»Nun, ja«, sagte Mori halblaut und fügte hinzu: »Irgendjemand muss sie vertauscht haben.«

»Stellen Sie sich nicht dumm«, sagte der militärisch-zackige Typ. »Was in aller Welt könnte ein Spieler damit bezwecken, die echten Würfel mit einem Paar zu vertauschen, mit dem er verlieren würde?«

Ein Raunen ging durch die Menge. Mori stützte sich schlaff auf dem Tisch ab.

»Gemäß der Bestimmungen des Glücksspielgesetzes bin ich gezwungen, das Casino mit sofortiger Wirkung schließen zu lassen«, sagte Hannah, »bis das Amtsgericht von Westminster sich der Sache angenommen hat. Soweit ich weiß, haben Sie noch zwölf Wettbüros in der City. Stimmt das?«

»Ja«, sagte Mori.

»Ich fürchte, ich muss auch diese schließen lassen. Jede Missachtung dieser Anordnung bewirkt eine Geldstrafe von einhunderttausend Pfund, zusätzlich zu etwaigen späteren Bußgeldfestsetzungen.«

»Natürlich.« Dann rief Mori mit brüchiger Stimme: »Ladies and Gentlemen, wir müssen leider auf Anordnung der Polizei schließen. Bitte verlassen Sie das Casino. Vergessen Sie nicht, Ihre Garderobe mitzunehmen.«

Die Menge zog in Richtung Ausgang. Ferguson, Bernstein, Dillon, Blake und Roper mit seinem Rollstuhl gingen als Letzte. Dillon wandte sich an der Tür noch einmal um und winkte Fox zum Abschied zu.

»He, ganz schöne Schlappe, was, alter Junge? Schlafen Sie gut!«

Nachdem sie gegangen waren, sagte Fox zu Falcone: »Ich will wissen, wo sie hingehen. Wir müssen doch irgendwo ein paar Jungs abrufbereit haben, aber nicht Rossi oder Cameci.«

»In der Küche sind noch Borsalino und Salvatore«, sagte Russo.

»Bringt sie sofort her! Die meisten von den Typen gerade eben kenne ich, nur nicht diesen Typen im Rollstuhl. Den sollen sie bis in die Hölle verfolgen, wenn's sein muss.«

Sie hoben Roper aus seinem Rollstuhl und setzten ihn in den Jaguar. Nachdem sie den Rollstuhl zusammengeklappt hatten, stiegen auch sie ein.

»Und was nun?« sagte Blake.

»Wir warten Fox' nächsten Zug ab«, sagte Dillon.

»Hat jemand Hunger?« fragte Ferguson.

»Ich nicht, Brigadier«, sagte Roper. »Ich möchte mich noch einmal an den Computer setzen. Bringen Sie mich nach Hause, und dann zieht los und macht euch einen schönen Abend.«

Der Jaguar wurde von einem einfachen Ford verfolgt, an dessen Steuer ein junger Mann namens Paolo Borsalino saß. Auf dem Beifahrersitz befand sich sein Freund Alex Salvatore. Zwei *piciotti,* wie man in Sizilien sagte, junge Gangster, die sich Respekt verschaffen wollen und den einen oder anderen Mord begehen, um sich in der Hackordnung nach oben zu arbeiten. Borsalino war bereits dreimal als Henker in Aktion getreten, Salvatore zweimal, und beide konnten es kaum erwarten, sich ein weiteres Mal zu beweisen.

Der Jaguar hielt am Regency Square. Dillon stieg aus, klappte den Rollstuhl auf und hob Roper hinein. Die anderen waren auch ausgestiegen. Dillon nahm Ropers Schlüssel und öffnete die Eingangstür.

»Wir sprechen uns morgen«, sagte Ferguson. »Hervorragende Arbeit, Captain.«

»Bei uns ist der Kunde König, Brigadier.«

Dillon schob Roper die Schräge hoch und weiter in die Eingangsdiele. »Sie sind 'n toller Kerl, Roper.«

»Tja, wenn man Ihren Background bedenkt, kann man das wohl als Kompliment auffassen.«

Dillon zog die Tür hinter sich zu und kehrte zu den anderen zurück. »Und was nun?«

»Gehen wir zu Fredo's – ist gleich um die Ecke vom Cavendish Square. Ein kleines nettes italienisches Restaurant«, sagte Ferguson. »Da überlegen wir uns dann, was wir als Nächstes tun.«

Der Jaguar fuhr los. Borsalino und Salvatore parkten am Ende der Straße und sahen ihnen hinterher. »Was jetzt?« sagte Salvatore.

»Du passt auf den Wagen auf«, sagte Borsalino. »Bin gleich zurück.«

Er ging auf die andere Seite des Platzes und fand dort an der Ecke einen kleinen Laden, der bis Mitternacht geöffnet hatte. Der Mann hinter dem Tresen war ein Inder. Borsalino bat um zwei Packungen Marlboro.

»Sagen Sie, ich habe heute im Laufe des Tages diesen Mann im Rollstuhl gesehen, wie er auf dem Platz aus einem Taxi gestiegen ist. Kam mir irgendwie bekannt vor, ich bin aber nicht drauf gekommen, wer's ist.«

»Das muss Mr. Roper gewesen sein«, sagte der Inder. »Er war Captain bei den Royal Engineers. Ist in Irland von einer Bombe zerfetzt worden.«

»Ach so. Na, da muss ich mich wohl geirrt haben. Trotzdem danke.«

Borsalino kehrte zum Ford zurück, rief Fox mit seinem Handy an, klärte ihn auf und teilte ihm mit, wo genau sie sich gerade befanden.

»Bleibt dort«, sagte Fox. »Ich rufe zurück.«

Er war immer noch in Moris Büro im Casino. Er griff zum Telefon und rief Maud Jackson in New York an. Dort war es später Nachmittag, und sie ruhte sich gerade bei einer Tasse Tee und etwas Gebäck aus.

»Maud«, sagte Fox, »Ferguson und seine Kumpane bereiten mir hier in London ernsthafte Probleme. Und dann gibt es da noch eine unbekannte Größe – ein Captain der Royal Engineers, der in Irland von einer Bombe zerfetzt wurde. Der Mann heißt Roper. Ich muss sofort wissen, wer er ist.«

»Wo sind Sie?«

»Ich gehe gleich ins Dorchester zurück. Wir hatten im Colosseum Schwierigkeiten.«

»Klingt wie eine schlechte Nacht für Sie. Geben Sie mir eine Stunde Zeit.«

Fox trank in der Oliver-Messel-Suite des Dorchester Champagner und genoss von der Terrasse aus den wunderschönen Ausblick auf das nächtliche London. Russo war unten in der Suite, die er sich mit Falcone teilte. Falcone jedoch war bei Fox und hielt sich wie immer für alles bereit.

»Noch mehr Schwierigkeiten, Signore?«

»Bald werden wir's wissen, Aldo.«

Das Telefon klingelte und er ging ran.

»Mann, o Mann«, sagte Maud Jackson, »ich habe echt ein paar heiße Nachrichten für Sie. Dieser Roper ist tatsächlich von der IRA in die Luft gejagt worden, aber jetzt ist er eine lebende Legende – was Computer betrifft. Jack, wenn er in Ihren Angelegenheiten herumschnüffelt, sind Sie in ernstlichen Schwierigkeiten.«

»Danke, Maud, Sie sind ein Engel.«

»Tja, also, wenn Sie nur nicht vergessen, den Scheck zu schicken.«

Fox legte auf und sagte zu Falcone: »Liquidiert ihn.«

»Ich persönlich, Signore?«

»Natürlich nicht. Fahr zum Regency Square. Sprich mit Borsalino und Salvatore. Gib die Anweisung an die beiden weiter. Sorg dafür, dass der Typ ins Jenseits befördert wird. Sonst sehe ich einen Riesenärger auf uns zukommen.«

»Zu Befehl, Signore«, sagte Falcone. »Ich sage Russo, dass er hier bleiben soll.«

Er nahm Fox' Mercedes, der von Fabio, dem italienischen Chauffeur, gesteuert wurde. Er ließ die Trennscheibe hochfahren, rief Don Marco über das Handy an und brachte ihn auf den neuesten Stand.

»Hört sich gar nicht gut an«, sagte Don Marco. »Ich sehe allmählich selbst Ärger auf uns zukommen. Halten Sie mich weiter auf dem Laufenden, Aldo.«

Falcone stieß zu Borsalino und Salvatore, die in ihrem Ford ganz in der Nähe von Ropers Wohnung parkten. Sie waren natürlich ganz Ohr.

»Ihr bleibt noch eine Weile hier. Dieser Typ im Rollstuhl, ja? Ihr macht ihn kalt, aber seht zu, dass es wie ein Unfall aussieht. Wartet ruhig die ganze Nacht, wartet bis morgen, wenn's sein muss, aber der Typ ist tot. *Capisce*?«

»Ganz wie Sie wünschen«, sagte Borsalino.

Falcone ging zum Mercedes zurück.

»Zurück zum Dorchester?« sagte Fabio.

»Nein, ich habe Hunger. Bring mich zu irgendeinem Laden in der Nähe, wo ich was Einfaches bekomme. Du weißt schon, ein Sandwich mit gebratenem Speck und Ei.«

»Da kenne ich genau den richtigen Ort für Sie, Signore.«

»Gut. Danach kehren wir hierher zurück und checken die Lage.«

Roper saß vor seiner Computeranlage und surfte noch einmal durch sämtliche Dateien, von Jack Fox bis Brendan Murphy, dem Stolz der Provos, dem terroristischen Zweig der IRA. Es gab da eine Reihe faszinierender Fakten. Dann überprüfte er die Jago-Brüder und stieß auf eine ellenlange Liste von Straftaten, die sich wie ein Dickens-Roman las. Er lehnte sich zurück. *Hervorragend.*

Er warf einen Blick auf die Uhr. Elf. Er hatte jetzt Lust, etwas zu essen, was aber kein Problem war, da Ryan's Restaurant auf der gegenüberliegenden Seite des Platzes bis eins geöffnet hatte. Man kannte ihn dort gut.

Er zog sich einen Regenmantel über, setzte sich in den elektrischen Rollstuhl um und machte sich in Richtung Eingangstür auf.

Es regnete heftig. Während er die Schräge hinunterrollte und sich anschickte, den Bürgersteig entlangzufahren, hob er einen ausziehbaren Schirm über den Kopf. Falcone sah ihm von seinem Mercedes aus hinterher.

»Signore?« sagte Fabio.

»Das sollen die Jungs erledigen.«

Roper rollte dahin und war mit seinem aufgespannten Regenschirm eine recht auffallende Erscheinung. Borsalino und Salvatore, die weiterhin im Ford saßen, bemerkten ihn.

»Und was nun?« sagte Salvatore.

»Wir machen ihn kalt«, sagte Borsalino. »Auf!«

Einen Moment später war er aus dem Ford ausgestiegen. Salvatore hielt sich dicht hinter ihm. Sie rannten dem Rollstuhl hinterher.

»He, Signore, können wir Ihnen helfen?«

Als Roper die beiden erblickte, ahnte er sofort, dass Ärger bevorstand. »Nein, danke, das schaffe ich schon«, sagte er.

Salvatore war nun auf der einen Seite des Rollstuhls, Borsalino auf der anderen.

»Nein, wirklich«, sagte Borsalino, »wir sollten Ihnen helfen – also, bei dem ganzen Verkehr. Wie fänden Sie das?«

»Höchst bedauerlich«, sagte Roper.

Falcone, der vom Mercedes aus zusah, sagte zu Fabio: »Du arbeitest seit vielen Jahren für die Familie. Was hältst du davon?«

»Sieht schlecht aus, Signore. Wo haben sie diese Kids bloß aufgetrieben?«

»Bin ganz deiner Meinung. Folge ihnen im Schritttempo. Mal sehen, was passiert.«

Die Hauptstraße am Ende des Platzes lag dunkel und verwaist da.

»Scheiße!« sagte Borsalino. »Kein Verkehr. Was tun wir jetzt?«

»Schieb ihn die Straße runter«, sagte Salvatore. »Wird sich schon noch was ergeben. Macht's Ihnen auch Spaß, mein Guter?«

»Ganz wie man's nimmt.« Ropers Hand tauchte aus der rechten Seitentasche des Rollstuhls mit einer Walther PPK auf, die mit einem Carswell-Schalldämpfer bestückt war. Er rammte Salvatore die Waffe in die Kniekehle und drückte ab. Es folgte ein gedämpftes Zischen, und dann schrie der Italiener auf und stolperte in den Rinnstein.

Roper wandte sich mit erhobener Waffe kurz um. Borsalino sprang zurück. »Du wärst in Belfast wirklich nicht zurechtgekommen, mein Sohn«, sagte Roper. »Keine Sekunde lang.« Als Borsalino sich umwandte, um wegzurennen, schoss er ihm in den rechten Oberschenkel.

Die beiden Italiener lagen auf dem Bürgersteig. Roper blieb stehen und betrachtete sie. Er nahm sein

Handy und wählte die Notrufnummer. Als die Vermittlung sich meldete, sagte er: »Auf dem Regency Square liegen zwei Männer. Sieht nach einer Schießerei aus.«

»Ihr Name, Sir?«

»Für wie dumm halten Sie mich?«

Er schaltete sein verschlüsseltes Handy ab und rollte weiter.

Im Mercedes sagte Fabio zu Falcone: »Mein Gott, Signore, was tun wir jetzt?«

In der Ferne hörten sie bereits eine Polizeisirene.

»Nichts«, erwiderte Falcone. »Wir tun nichts.« Er blickte zu den beiden Männern hinüber, die aufzustehen versuchten. »Verschwinden wir hier einfach.«

Gerade als Fabio den Wagen vom Platz hinunter lenkte, bog ein Streifenwagen ein, und als sie die Hauptstraße hochfuhren, tauchte auch schon ein Krankenwagen auf.

In Ryan's Restaurant angekommen, bestellte Roper erst mal Irish Stew und eine Halbe Guinness. Dann rief er Ferguson an und teilte ihm die schlechten Nachrichten mit.

»Wo sind Sie jetzt?« fragte Ferguson. Roper sagte es ihm. »In Ordnung, bleiben Sie, wo Sie sind. Wir holen Sie ab.«

Ferguson legte auf. Er war in seiner Wohnung am Cavendish Square nicht allein – auch Hannah, Dillon und Blake waren dort. »Das war Roper. Er wollte noch ausgehen, um eine Nachtmahlzeit einzunehmen. Zwei Männer italienischen Schlags haben sich an ihm versucht. Haben ihm angeboten, ihn durch den nächtlichen Verkehr zu schieben.«

»Was ist passiert, Sir?« sagte Hannah.

»Er hat ihnen jeweils einen Beinschuss verpasst«, sagte Ferguson. »Unglaublich, oder? Hat sie einfach auf dem Bürgersteig liegen lassen.«

»Ehrlich gesagt, wüsste ich nicht, warum ich das nicht glauben sollte«, sagte Dillon. »Jack Fox hat nicht lange gefackelt.«

»Wie geht's jetzt weiter?« sagte Blake.

»Superintendent, was meinen Sie?« sagte Ferguson zu Hannah.

»Ich bezweifle, dass sie auspacken werden, Sir – nicht wenn ihnen ihr Leben lieb ist. Ich bezweifle aber auch, dass dies Fox' letzter Versuch war.«

»Sie haben Recht«, sagte Ferguson. »Wir bringen Roper in der konspirativen Wohnung in Holland Park unter. Er soll dort alles haben, was er braucht, versteht ihr, all seine Geräte und so weiter – sorgt also dafür, dass er sie bekommt! Ich glaube, wir werden ihn auch weiterhin benötigen. Könnten Sie das bitte in die Wege leiten, Superintendent?«

»Wie Sie wünschen, Sir.« Hannah ging hinaus.

»Also gut, die Sache mit dem Casino ist gelaufen«, sagte Blake zu Dillon. »Was knöpfen wir uns als Nächstes vor?«

Dillon wandte sich zu Ferguson um. »Die Jago-Brüder? Das Waffenlager der IRA? Beirut?«

»Wir wollen erst mal dafür sorgen, dass Roper in der konspirativen Wohnung unterkommt. Sobald er seine Computerausrüstung installiert hat, entscheiden wir alles Weitere.«

Fox hörte sich im Dorchester Falcones Bericht über die Ereignisse am Regency Square an. Er lachte sogar.

»Dieses kleine Scheißerchen im Rollstuhl hat den beiden allen Ernstes ins Bein geschossen?«

»So ähnlich, Signore.«

Fox schüttelte den Kopf. »In Anbetracht dessen, was ich über ihn in Erfahrung gebracht habe, überrascht mich das allerdings keineswegs. Du kannst ja nachprüfen, ob er in seiner Wohnung ist. Wenn nicht, blasen wir die Sache ab. Wir haben andere Dinge zu tun.«

»Und das wäre, Signore? Ich habe mit Mori gesprochen. Das Colosseum wird geschlossen bleiben – ebenso die Wettbüros –, bis die Polizei und der Staatsanwalt darüber befunden haben. Das kann Monate dauern.«

»Wir konzentrieren uns auf andere Projekte. Zum Beispiel die Libanon-Connection, die Murphy organisiert hat.«

»Beirut, Signore?«

»Nein, Al Shariz, weiter im Süden, glaube ich. Murphy wird in der kommenden Woche in Beirut erwartet. Wir treffen uns und verständigen uns über die Liste der von uns zu liefernden Waren. Vergiss das Casino! In der anderen Sache ist ein Vermögen für uns drin, Aldo, und er zahlt in Gold. Wir sehen uns morgen früh.«

Falcone machte kehrt, ging auf sein Zimmer und rief Don Marco an.

»Er reitet sich immer tiefer rein, was?« sagte der Don.

»Soll ich etwas unternehmen?«

»Nein. Bleib einfach mit mir in Verbindung.«

»Sehr wohl, Don Marco.«

Bei der konspirativen Wohnung in Holland Park handelte es sich um ein mehrstöckiges Einfamilienhaus aus der Zeit Edward des Siebten. Der etwa einen Hektar große Garten war von einer hohen Mauer umgeben. Auf dem Schild am Eingangstor stand Entbindungsklinik »Pine Grove« – was es nun wirklich nicht war.

Roper wurde von einem Sondertrupp abgeholt, den Hannah auf die Beine gestellt hatte – größtenteils unauffällig wirkende junge Männer und Frauen, die eigentlich dem Special Branch angehörten, über die Ferguson aber je nach Lage verfügen konnte. Zwei weibliche Sergeants packten Ropers Kleidung zusammen, während drei Männer seine Computerausrüstung hinausschafften. Um ein Uhr morgens konnte er sich in der Pine Grove bereits wie zu Hause fühlen. All seine Computer und anderen Hightech-Geräte waren im vormaligen Wohnzimmer aufgebaut und angeschlossen worden.

Nachdem der Polizeitrupp abgezogen war, sagte eine kleine, sehr charmante Frau: »Ist alles zu Ihrer Zufriedenheit erledigt, Major?«

Roper war verwirrt. »Captain.«

»O, nein, Sir. Brigadier Ferguson hat Major gesagt.«

»Und wer sind Sie?«

»Helen Black, Sir, Royal Military Police. Sergeant Major.«

»Gütiger Gott«, entfuhr es Roper. »Das ist ja ein Armani-Anzug.«

»Tja, mein Vater hat mich recht begütert zurückgelassen.«

»Riecht nach Oxford.«

»Nein, Cambridge. New Hall. Ich habe als Undercover-Agentin für die Vierzehnte Intel in Londonderry gearbeitet. Sie waren dort so etwas wie eine Legende.«

»Sie sehen ja, was mir das eingebracht hat. Einen verdammten Rollstuhl, und keinen einzigen heilen Knochen.«

»Mut wird niemals aus der Mode kommen, Sir, ob im Rollstuhl oder nicht. Was mich betrifft, so halte ich Sie für einen der mutigsten Männer, denen ich jemals begegnet bin. So, und nun wird Ihnen wahrscheinlich langsam der Magen knurren. Ich werde Ihnen ein paar Sandwiches besorgen.«

»Sagen Sie mal, Sergeant Major – sind Sie mein Leibwächter? Da draußen sind nämlich ein paar ziemlich üble Typen hinter mir her.«

»Das ist mir klar, Sir.« Sie machte ihr Jackett auf, unter dem eine Colt-Automatik sichtbar wurde. »Fünfundzwanzig Millimeter, mit Hohlkugeln.«

»Nun, das müsste reichen.«

Sie lächelte und ging hinaus.

Roper rief trotz der vorgerückten Stunde Ferguson an. Als er den Brigadier am Apparat hatte, sagte er: »Was soll dieser Major-Unfug?«

»Nun, Sie sind immer noch in der Armee. Ich dachte mir, dass Ihnen eine Beförderung etwas mehr Autorität verleihen würde. Sind Sie in Holland Park gut untergekommen?«

»Ja, mit der ehrfurchtgebietenden Mrs. Sergeant Major Black.«

»Ehrfurchtgebietend ist das richtige Wort. Hat Geld geerbt, weshalb sie recht unabhängig gesinnt ist. Ihr Mann ist Major beim Blues-and-Royals-Regiment der Armee. Sie hat dort eine Offiziersstelle abgelehnt. Eine der wenigen Frauen mit militärischem Verdienstkreuz. Hat im Dienst zwei Provos in Londonderry erschossen. Sie sind in guten Händen.«

Roper stieß einen Pfiff aus. »Das kann man wohl sagen. Was soll ich nun als Nächstes für Sie herausfinden?«

»Ich hole Dillon an den Apparat.«

Nach einer kurzen Pause war Dillon am Apparat: »Na, ich muss jetzt wohl Billy the Kid zu Ihnen sagen, was?«

»He, diese Kerle hatten nichts Gutes im Sinn, also habe ich mir gedacht, gib's ihnen.«

»Kann ich nur zustimmen.«

»Was soll ich nun tun? Wen knöpfen wir uns als Nächsten vor?«

»Nun, wir haben zwei Möglichkeiten: die Jago-Brüder oder Brendan Murphy. Was wissen Sie über die Jagos?«

»Nicht viel. Sie überfallen gern Geldtransporter. Ein wenig angestaubt das Ganze. Abgesägte Schrotflinten – wie aus irgendeinem englischen Gangsterfilm. Das Problem ist nur, dass es schwierig ist, etwas über die Zukunftspläne solcher Leute herauszufinden«, fuhr Roper fort. »Wenn Fox seine Pläne nicht zufällig auf Computer festgehalten hat, wie soll ich dann etwas darüber in Erfahrung bringen?«

»Ist alles eine Frage des richtigen Tipps«, sagte Dillon.

»Und wo bekommt man den?«

»Die Jagos sind wie gesagt Gangster, oder?«

»Und was bringt mir das?«

»Einen Gangster fängt man am besten mit einem Gangster.«

»Worauf wollen Sie hinaus, zum Teufel noch mal?«

»Harry Salter. Sein Name ist in den einschlägigen Londoner Kreisen legendär. Hat in den Siebzigern sieben Jahre wegen Bankraub abgesessen, seither ist er nicht mehr im Knast gewesen. Ist mittlerweile Eigentümer mehrerer Lagerhäuser, hat Landbesitz, und auf der Themse sind ein paar Vergnügungsboote von ihm unterwegs. Ist immer noch Eigentümer des Dark Man in Wapping, direkt am Flussufer. Hat sich dieses Pub damals als erstes Objekt zugelegt.«

»Sie hören sich an, als würden Sie ihn mögen.«

»Nun, er ist mir in der Vergangenheit ein paar Mal zur Rettung geeilt, und ich ihm. Der Mann ist ein Dinosaurier, aber ein stinkreicher Dinosaurier. Selbst die Cops lassen inzwischen die Finger von ihm. Arbeitet mit seinem Neffen zusammen, Billy, und mit ein paar Gorillas, Baxter und Hall. Der Rest sind Buchhalter.«

»Dann werden Sie sich also mit ihm treffen?«

»Das habe ich vor.«

»Okay. Halten Sie mich auf dem Laufenden. In der Zwischenzeit werde ich schauen, was ich über Mr. Murphy herausfinden kann.« Roper lächelte. »Ich sitze nicht gern untätig herum.«

»Dann sehen wir uns morgen im Laufe des Tages.«

Roper saß grübelnd da, als die Tür aufging und Helen Black mit zwei getoasteten Sandwiches mit gebratenem Speck hereinkam.

»Reicht das?«

»Kann's gar nicht erwarten. Sind Sie müde?«

»Nicht besonders.«

»Gut, haben Sie vielleicht Lust zuzusehen, wie wirkungsvoll ein Computer sein kann, wenn man weiß, wie man damit umgeht?«

»Was ist denn der Zweck der Übung?«

»Es geht darum, einen besonders abscheulichen Mistkerl der terroristischen Fraktion der IRA namens Brendan Murphy aufzuspüren.«

»Einen Moment. Ich glaube, ich erinnere mich an ihn. Londonderry 1994.«

»Und die Jahre davor.« Roper probierte eines der Sandwiches. »Hervorragend. Also, folgen Sie nun meinen Anweisungen, dann sehen Sie bald, wie's gemacht wird.«

7

Am Morgen darauf kamen sie in Fergusons Büro zusammen. Nachdem es sich alle bequem gemacht hatten, sagte Ferguson: »Bringen Sie uns erst mal auf den neuesten Stand, Superintendent.«

»Also, bei den Angreifern handelt es sich um ein paar kleine Handlanger, die in der Küche des Colosseums angestellt waren, Borsalino und Salvatore. Sie befinden sich derzeit im Westminster Hospital, wo sie von uns bewacht werden. Salvatore hat seine linke Kniescheibe verloren, und Borsalino hat eine Schusswunde im Oberschenkel davongetragen.«

»Meine Güte, mit Major Roper ist wahrlich nicht zu spaßen.«

»Kann man wohl sagen«, meinte Hannah.

»Welche Story haben die beiden uns denn als Erklärung aufgetischt?«

»Sie haben den Beamten, die den Fall behandeln, erzählt, dass sie von zwei großen, dunkelhäutigen Männern überfallen wurden, als sie den Platz überquerten. Es kam zu einem Kampf. Den Rest kennen Sie.«

»Heutzutage scheint niemand mehr vor Verbrechern sicher zu sein.« Ferguson wandte sich zu Dillon um. »Und was nun?«

»Blake und ich werden bei Harry Salter vorbeischauen. Ich werde ihn auf die Jagos ansetzen. Vielleicht findet er ja etwas heraus. Wenn irgendwo ein großes Ding gedreht wird, kriegt er davon bestimmt was mit. Er schuldet mir noch einen Gefallen. Ehrlich gesagt, schuldet er Blake einen Gefallen. Haben ihm mal flussabwärts von Wapping auf der *Lynda Jones*, einem seiner Vergnügungsboote, die Haut gerettet, als das Hooker-Gesindel ihn ins Jenseits befördern wollte.«

»Ja, da kann ich mich irgendwie sogar noch erinnern«, sagte Ferguson. »Gut. Aber was ist mit Brendan Murphy? Das bereitet mir viel größeres Kopfzerbrechen.«

»Roper arbeitet dran«, sagte Hannah. »Er meint allerdings, dass es die Sache um einiges erleichtern würde, wenn er mehr Informationen zur Verfügung gestellt bekäme. Gibt es irgendeine Möglichkeit, mehr herauszufinden?«

»Nun, da habe ich einen Vorschlag zu machen«, sagte Dillon. »Warum ruft ihr nicht Liam Devlin in Kilrea an, während Blake und ich Salter unsere Aufwartung machen?«

»Du meine Güte«, sagte Ferguson. »Gibt's den immer noch?«

»Und ob. Unkraut vergeht nicht. Er hat seine Zuneigung für dich nicht verhehlen können, Hannah, als du ihn damals kennen gelernt hast. Erzähl ihm die ganze Geschichte, mit allen Details. Bitte ihn, so viel wie möglich über Brendan Murphy herauszufinden. Er ist immer noch die lebende Legende der IRA und die beste Informationsquelle über sie.«

Hannah wandte sich zu Ferguson um. »Brigadier?«

»Keine schlechte Idee. Ich würde aber vorschlagen: Rufen Sie ihn nicht an, sondern treffen Sie ihn persönlich. Brechen Sie noch heute nach Dublin auf.«

»Wie Sie wünschen, Sir.«

»So, Leute, jetzt aber ran an die Arbeit.«

Hannah kehrte mit Blake und Dillon in ihr Büro zurück. Sie rief sofort beim Flugplatz von Fairley Field an und ließ sich eine Maschine reservieren.

»Pass dort auf dich auf, meine Liebe«, sagte Dillon. »Friedensprozess hin oder her, das Land ist immer noch Kriegsgebiet.«

»Was sollen die guten Ratschläge, Dillon?«

»Dort laufen genügend Leute rum, die dir die Augen rausschießen würden, wenn sie könnten.«

Sie holte tief Luft. »Du hast Recht. Ich werde es beherzigen.«

»Genau – achte darauf, stets bewaffnet zu sein!«

»Das werde ich.«

»Dann mach's mal gut.«

Er und Blake gingen. Sie kramte ihr Notizbuch aus der Handtasche und blätterte darin nach Devlins Telefonnummer in Kilrea, einem kleinen Dorf außerhalb von Dublin. Nach dem Wählen ging sofort jemand an den Apparat.

»Wer untersteht sich, mir da gerade meine Morgenruhe zu rauben?«

»Hannah Bernstein.«

»Jesses, Mädchen, was habe ich da nicht alles von Ihnen gehört? Sie haben es inzwischen zum Superintendent gebracht.«

»Mr. Devlin, wir haben hier ein großes Problem, bei dem wir Ihre Hilfe benötigen.«

»Ist Dillon denn nicht mehr dabei?«

»Doch, aber der ist gerade anderweitig beschäftigt, zusammen mit Blake Johnson.«

»Das ist doch der FBI-Mann, mit dem Dillon und ich nach Tullamore gefahren sind, um Dermot Riley aus der Klemme zu helfen, oder? Guter Mann das. Okay, raus mit der Sprache. Wann kann ich Sie erwarten?«

»Ich fliege gleich los. Um zwölf Uhr mittags könnte ich bereits bei Ihnen sein.«

»Ich freue mich auf Sie.«

Er legte auf und stand mit einem Lächeln in der Küche da.

Dillon fuhr in einem grünen Mini Cooper die Horse Guards Avenue hinunter.

»Dann kann Harry es also immer noch nicht lassen«, sagte Blake.

»Natürlich nicht, liegt ihm im Blut. Aber wie gesagt, es sind alles nur Schmuggelgeschäfte – Alkohol, Diamanten und so weiter –, keine Drogen. Ein irgendwie altmodischer Mensch, der auf traditionelle Familienwerte setzt.«

»Tun wir das nicht alle?«

Sie erreichten Wapping und fuhren vor dem Dark Man vor. Es handelte sich um ein typisches Londoner Pub. Auf dem handgemalten Schild war ein finsterer Mann in schwarzem Mantel abgebildet.

Es war erst halb zwei – etwas zu früh, um sich ein Glas zu genehmigen –, aber es war geöffnet. Sie gingen in das Lokal, das klassisch viktorianisch gehalten war. Die Flaschen reihten sich vor verspiegelten Wänden aneinander. Die riesige Mahagonitheke roch nach Wachspolitur, und die Porzellangriffe der Zapfhähne schienen nur darauf zu warten, endlich in Aktion treten zu dürfen.

In der Ecknische saßen drei Männer, die gerade Tee tranken und Zeitung lasen: Billy Salter – Harrys Neffe – sowie Joe Baxter und Sam Hall.

»Was heckt ihr denn gerade aus?« sagte Dillon.

Billy blickte auf, und seine Gangstervisage war plötzlich ein einziges Lächeln. »Du liebe Zeit, du bist's,

Dillon! Und unser amerikanischer Freund, Mr. Johnson. Wir haben Sie noch in bester Erinnerung.«

Baxter und Hall lachten, während Billy fortfuhr: »Tja, wir sind nicht im Knast, und das ist schon einmal recht positiv. Was führt dich denn hierher?« Er lächelte voll gespannter Ungeduld. »Du sitzt doch wohl nicht in der Klemme?«

»Wieso, langweilst du dich etwa, Billy?« sagte Dillon. »Gehen wir zu Harry, dann wirst du schon sehen.«

»Er ist unten beim Boot.«

»Der *Lynda Jones?*«

»Na klar. Ist gerade generalüberholt worden und sein ganzer Stolz. Ich werd sie dir zeigen. Komm, gehen wir ein paar Schritte.«

Sie gingen am Kai entlang und kamen an ein paar Booten und dem einen oder anderen schweren Lastkahn vorbei. Als sie die *Lynda Jones* erreichten, fing es an zu regnen. Harry Salter saß unter einer Markise an einem Tisch und las die *Times*. Dora, die Chef-Bardame des Dark Man, schenkte gerade Tee ein. Er gab ihr einen Klaps auf den breiten Hintern.

»Ich kann's nur wiederholen, Dora, du hast einen fantastischen Arsch.«

»Na, wenn da nicht der Dichter aus ihm spricht!« sagte Dillon. »Welche Sprachgewalt!«

Salter blickte auf und nahm seine Lesebrille ab. »Himmel, Dillon, du bist's.« Er sah Blake an. »Und der verdammte Yankee. Was ist denn los?« Die blauen Augen in seinem zerfurchten Gesicht wirkten plötzlich ganz hart. »Ärger?«

»Nun, sagen wir mal so. Du schuldest mir noch was, und jetzt ist die Zeit gekommen, die Schuld zurückzuzahlen. Als das Hooker-Gesindel dich beim Kragen hatte, wärst du erledigt gewesen, wenn Blake und ich nicht dazwischen gegangen wären.«

»Kein Problem. Ich zahle immer meine Schulden. Ich mag dich, Dillon. Du erinnerst mich an meinen Billy hier. Das heißt, du scherst dich auch den Teufel um alles und jeden. Du bist genauso ein Totalverrückter.«

»Du sprichst wohl von einer gewissen Todessehnsucht?« sagte Dillon.

»Genau«, sagte Billy. »Du und ich, wir sind im Grunde gleich. Also, wie sieht das Problem aus?«

»Wenn's eins ist, dann heißt es Jago.«

Billy wurde ganz bleich. »Harold und Tony, diese Schweine.«

»Ihr mögt sie nicht?«

»Dillon, wir sind doch Freunde, oder?« sagte Salter. Ich verdiene ganz gut an der Zigaretten-Connection mit dem Kontinent. Die Gewinnspanne ist wegen dem Wegfall der Besteuerung ziemlich groß. Aber in den letzten zwei Monaten sind drei meiner Frachter überfallen worden. Die Ladungen sind futsch. Ich weiß, dass es die Jagos waren, kann's aber nicht beweisen. Und was hast du mit denen zu schaffen?«

»Es geht um einen Typen namens Jack Fox, der als eine Art Aushängeschild der Solazzo-Familie fungiert.«

»Das ist doch der vom Colosseum, oder?« sagte Billy. »He, das sind für uns keine Unbekannten. Die Jagos haben mit denen ein paar Dinger gedreht. Blitzschnelle Überfälle, Geldtransporter und so.«

»Immer Bargeld«, sagte Salter. »Warum interessiert ihr euch für sie?«

»Fox hat Blakes Frau umbringen lassen. Sie war Reporterin und hat über diese Leute ziemlich viel herausgefunden, zu viel, also wurde sie beseitigt.«

»Jesses«, sagte Salter. »Dieses gemeine Schwein.« Er wandte sich zu Blake um. »Also, mir fehlen da einfach die Worte.«

»Vielleicht können Sie uns ja helfen.«

»Darauf können Sie sich verlassen, zum Teufel noch mal. Also, was steht denn an?«

»Fox braucht dringend Bargeld. Vielleicht habt ihr davon noch nichts mitbekommen, aber wir haben gestern Nacht das Colosseum und die Wettbüros schließen lassen.«

»Wie habt ihr denn das fertig gebracht?«

»Komm, erzähl du's ihm«, sagte Dillon zu Blake, was sich dieser nicht zweimal sagen ließ. Salter und seine Jungs konnten sich vor Lachen kaum halten.

»O Mann«, sagte Billy. »Das ist ja echt klasse.«

»Als wir da waren, haben wir dort auch die Jagos gesehen. Wir gehen davon aus, dass Fox ziemlich bald ein großes Ding landen wird. Halt also die Ohren auf, Harry, und schau, dass du was herausfindest!«

»Da kannst du dich drauf verlassen.« Salter rieb sich die Hände. »Das Leben macht plötzlich wieder richtig Spaß, was, Billy?«

Billy wirkte wie ein hungriger Wolf. »Und ob.« Er wandte sich zu Dillon um. »Ich lese gerade so ein Taschenbuch über Philosophie. Hab ich beim Friseur abgestaubt. Das ist besser als jeder Roman. Von so 'nem Typen, der heißt Heidegger. Schon mal was von dem gehört, Dillon?«

»Das war ein Deutscher. Himmler soll ein großer Fan von ihm gewesen sein.«

»Darum geht's jetzt nicht. Also, dieser Heidegger sagt, dass Leben Tat und Leidenschaft ist, und dass ein Mensch, dem es nicht gelingt, an den Taten und Leidenschaften seiner Zeit teilzunehmen, Gefahr läuft, als jemand betrachtet zu werden, der nicht gelebt hat.«

»Du bist ja äußerst versiert, Billy.«

»Du brauchst mich hier nicht zu verarschen, Dillon. Ich hab nicht viel Bildung abgekriegt, und ich weiß, dass ich ein ungehobelter Klotz bin, aber ich weiß auch, dass ich was im Hirn hab. Ich mag Bücher, und ich weiß, was versiert bedeutet, nämlich dass ich 'n cleverer Arsch bin.«

»Hab ich nie bezweifelt.« Dillon nahm ein Kärtchen heraus und kritzelte eine Reihe von Telefonnummern darauf. »Meine Wohnung, mein Handy und Ferguson in seiner Cavendish-Square-Wohnung. Häng dich rein, Harry!«

»Mach ich bestimmt, alter Junge.«

Dillon und Blake gingen zum Landungssteg. Dillon bemerkte ein paar Sauerstoffflaschen. »He, Billy, immer noch mit Tauchen beschäftigt?«

»Inzwischen bin ich ein Meistertaucher«, sagte Billy. »Da kannst du nicht mehr mithalten.«

»Soll ich's dir beweisen?«

»Wer's glaubt, wird selig, Dillon. Also, wir bleiben in Verbindung«, sagte Billy und kehrte zu seinem Onkel zurück.

Die Gulfstream war nicht mit einem RAF-Abzeichen gekennzeichnet. Als die Maschine also am Dubliner Flughafen landete, wurde sie einfach auf das Gelände umgeleitet, auf dem Privatflüge abgewickelt wurden. Flight Sergeant Madoc öffnete die Tür. Wie Lacey und Parry trug auch er jene marineblaue Uniform, die in der ganzen Welt von Luftwaffenmitgliedern getragen wird. Er hielt einen Schirm hoch, um Hannah vor dem heftigen Regen Schutz zu bieten.

»Am Hangar steht ein Wagen für Sie bereit«, sagte Madoc und führte sie dann zu einem wartenden schwarzen Mercedes.

Sie wurde jedoch noch von einem anderen Wagen erwartet, einem Streifenwagen der Garda mit einem Polizeioffizier am Steuer, einem großen, kräftigen Mann in einem rehfarbenen Trenchcoat und einer Tweedmütze, die er auf dem Beifahrersitz abgelegt hatte.

Der Mann stieg lächelnd aus. »Dan Malone, Special Branch, Chief Superintendent. Wir kennen uns noch nicht.«

»Ah, dann stehen Sie also rangmäßig über mir.«

»Hab schon gehört, dass Sie zum Superintendent befördert worden sind. Ich gehe jede Wette ein, dass die Jungs vom Special Branch bei Scotland Yard davon alles andere als begeistert sind.«

»Malone, das ist doch ein alter irischer Name. Wir haben da einen Detective Terry Malone beim Special Branch.«

»Das ist mein Neffe. Seine Mutter ist Engländerin, er ist in London geboren. Können wir uns vielleicht kurz unterhalten? Wenn möglich, etwas abseits von der RAF-Meute hier.«

Nachdem sie sich vor dem Regen im Hangar untergestellt hatten, nahm er eine Zigarette aus einer zerknitterten Schachtel. »Behelfen Sie sich auch mit dem Glimmstängel?«

»Nein.«

»Sie Glückliche. Dann werden Sie länger leben als ich. Hören Sie, wir sind ja heutzutage sozusagen alle eine große Familie, ich meine, mit Europa und diesem ganzen Friedensprozess. Ich weiß alles über Sie, Superintendent. Sie sind hier beim Dubliner Special Branch kein unbeschriebenes Blatt. Ihr Ruf eilt Ihnen voraus. Das gleiche gilt für Ferguson und Dillon.«

»Worauf wollen Sie hinaus?«

»Dass wir nicht wegschauen, wenn es um die IRA geht. Und wenn Ferguson sie rübergeschickt hat, dann ist da irgendetwas im Busch. Ich will ehrlich mit Ihnen sein. Ich habe Ihren Fahrer ein bisschen in die Mangel genommen, und er hat mir gesagt, dass er sie nach Kilrea bringen soll. Das kann nur eins bedeuten, nämlich dass Sie sich mit Liam Devlin treffen wollen, diesem alten Hund.«

»Ah, dann mögen Sie ihn also auch?«

»Ja, das tue ich sogar tatsächlich, verdammt noch mal. Also – gibt es da irgendetwas, über das ich informiert sein sollte?«

»Ich bin auf der Suche nach Information.«

»Nach einer heißen Information?«

»Könnte sein.« Sie beschloss, es drauf ankommen zu lassen. »Von Bulle zu Bulle?«

»Bulle zu Bulle.«

»Sagt Ihnen der Name Brendan Murphy etwas?«

»Dieses Schwein? Gütiger Gott, um den geht's hier also?« Er runzelte die Stirn. »Ist aber kaum anzunehmen, dass Sie ihn in unserem Zuständigkeitsbereich antreffen. Hält sich immer nördlich der Grenze auf. Worum geht's denn?«

»Es ist vorerst nur ein Gerücht, aber es könnte um ein Waffenlager in der County Louth gehen. Oder um eine Verbindung zu arabischen Terroristen im Libanon.«

»Und deshalb wollen Sie sich mit Devlin treffen?«

»Genau. Wenn irgendjemand davon gehört hat, dann er.«

»Das glaube ich gern.« Malone sah finster drein. »Sie halten mich auf dem Laufenden?«

»Natürlich. Wir werden vielleicht sogar Ihr hervorragend organisiertes Büro benutzen müssen.«

»In Ordnung. Bis dann also.« Er begleitete sie zum Wagen zurück und öffnete die Tür. »Und passen Sie auf sich auf, Frieden hin oder her.«

»Welcher Frieden?« sagte sie. Sie stieg in den Wagen und zog die Tür zu.

Kurz nach Mittag erreichte sie Devlins viktorianisches Landhaus, das in der Nähe eines Klosters lag. Sie bat den Fahrer, auf sie zu warten, ging den Pfad hoch und klopfte an die Tür. Die Tür öffnete sich, und da stand er: ein Mann, der nie alt zu werden schien, in schwarzer Armani-Hose und T-Shirt, mit silbergrauem Haar und tiefblauen Augen, ein Mann, der als Gastprofessor Literatur-Seminare am Trinity-College gehalten hatte, der jedoch zeit seines Lebens Mitglied der IRA war – und oft getötet hatte.

»Gott im Himmel, Mädchen, Sie sehen wundervoll aus!« Er umarmte sie. »Sie sehen wirklich fantastisch aus. Immer hereinspaziert.«

»Sie sehen aber ebenfalls gut aus.«

Er führte sie ins Wohnzimmer.

»Hätten Sie gerne einen Drink oder so was?«

»Nein, ich möchte lieber gleich zum Thema kommen.«

Sie nahm Platz, und er setzte sich ihr gegenüber. »Dann schießen Sie los.«

»Kennen Sie einen Mann namens Brendan Murphy?«

Seine Züge wurden plötzlich ganz hart. »Hat dieser Hund etwa damit zu tun?«

»Ist es denn ein gemeiner Hund?«

»Gemeiner geht's nicht.« Er nahm eine Zigarette aus einem alten Silberetui und zündete sie sich an. »Am besten, Sie erzählen mir alles von Anfang an.«

Nachdem sie damit fertig war, saß er mit düsterer Miene da. »Ja, klingt ganz nach Murphy.«

»Ich habe mich Folgendes gefragt: Wie beschafft sich Murphy die Unsummen, um sich ein unterirdisches Waffenlager anzulegen?«

»Drogen. Schutzgelderpressung. Diese Gefangenenamnestie, die die Regierung durchgeführt hat, hat Ulster wieder in die Hände der Paten auf beiden Seiten gespielt, sowohl der Loyalisten als auch der Katholiken.«

»Haben Sie irgendetwas darüber gehört, was Murphy zur Zeit ausheckt?«

»Nur ganz allgemein. Es geht das Gerücht um, dass er einige Zeit im Libanon verbracht hat, nicht nur in Ausbildungslagern, sondern auch als aktives Mitglied verschiedener arabischer Terroristenkommandos. Er wird in diesem Libanon-Deal für Fox die Kontakte hergestellt haben.«

»Aber Genaueres wissen Sie nicht?«

Er schüttelte den Kopf, dann kniff er die Augen zusammen. »Wie dem auch sei, vielleicht kenne ich jemanden, der uns da weiterhelfen könnte. Aber Sie müssen mir Ihr Wort geben, dass die Sache vertraulich bleibt.«

»IRA?«

»Genau.«

Sie nickte. »Da gebe ich Ihnen die Hand drauf.«

Er griff zum Telefon. »Schauen wir mal.«

In Dublin schlüpfte Michael Leary gerade in seinen Regenmantel, als plötzlich das Telefon klingelte.

»Michael, alter Junge, hier ist Liam Devlin.«

»Mann, Liam, da wird mir doch gleich ganz bang ums Herz. Das kann nur heißen, dass du irgendetwas von mir willst.«

»Ist doch immer das Gleiche mit mir, was? Wir treffen uns auf einen kleinen Snack im Irish Hussar. Ich werde einen Superintendenten vom Special Branch mitbringen.«

»Was? Die Garda kann ich wahrlich nicht gebrauchen.«

»Nein, hier geht es um eine Scotland-Yard-Variante, heißt Bernstein. Eine Frau mit Hirn, und schön ist sie obendrein, Michael. Arbeitet mit Sean Dillon zusammen.«

»Mein Gott.« Leary seufzte. »Ich will das alles gar nicht wissen.«

»Du wirst es großartig finden, mein Junge. Also, bis bald«, und damit legte Devlin auf.

Als sie kurz darauf in Hannahs Wagen nach Dublin unterwegs waren, ließ Devlin die Trennscheibe hochfahren und klärte sie über Michael Leary auf.

»Michael ist ein netter Kerl. Hat an der Queen's University in Belfast studiert – Anglistik – und dann eine Weile unterrichtet.«

»Und dann hat er sich der glorreichen Sache verschrieben.«

»Er hatte seine Gründe.«

»Aber ein gebildeter Mann, der die Waffe zur Hand nimmt und Bomben legt – was soll man davon halten?«

»Sie meinen, dass alle IRA-Mitglieder von Baustellen stammen oder Holzschuhe tragen? Hannah, nach dem Zweiten Weltkrieg haben die Juden für einen Staat Israel gekämpft. Die Mitglieder der Irgun- und der Stern-Gruppe haben Waffen und Bomben eingesetzt, aber viele von ihnen hatten die besten Universitäten Europas besucht.«

»Sie haben wohl Recht.«

Er zündete sich eine Zigarette an und öffnete das Fenster, um den Rauch hinauszziehen zu lassen. »Vielleicht sollte ich noch mit meiner gewohnten Bescheidenheit erwähnen, dass ich von Jesuiten unterrichtet wurde und am Trinity mit summa cum laude abgeschlossen habe.«

»Also gut, ich ergebe mich. Ich sollte niemanden verurteilen. Ich habe selbst Menschen getötet. Aber ich habe einfach was gegen Bomben.«

»Ich ebenso.«

»Also, was können Sie mir noch über Leary sagen.«

»Michael hat jahrelang zu den aktiven Mitgliedern gehört. Wir haben zusammengearbeitet. Allerdings mochte er Bomben im Gegensatz zu Ihnen oder mir. Er sollte damals eine im Lastwagen über die Grenze nach Ulster bringen, aber das Ding ist unterwegs losgegangen. Dabei sind seine beiden Begleiter umgekommen, und er hat sein linkes Bein verloren. Er konnte von Glück reden, dass er noch in der Republik war, weshalb er auch nicht im Maze-Gefängnis gelandet ist.«

»Seine Aktiven-Karriere war also beendet?«

»Oh, er hat für den Stabschef den Dubliner Nachrichtendienst geleitet, aber als der Friedensprozess eingeleitet wurde, hatte er die Nase voll. Dillon und er kennen sich gut aus den alten Zeiten in Londonderry, als sie noch gegen Soldaten kämpften.

»Und was macht er zur Zeit?«

»Er schreibt Thriller. Diese Schmöker, die man in den Ständen am Flughafen sieht. Lebt davon nicht schlecht.«

»O Mann.« Sie schüttelte den Kopf. »Wird er uns denn weiterhelfen können?«

»Sagen wir so: Er ist wie viele Leute heutzutage. Ein großer Friedensbefürworter. Warten Sie's ab.«

Devlin dirigierte den Chauffeur zu einem Kai am Liffey, wo sie vor dem Irish Hussar parkten.

»Ist ein Stammlokal von Republikanern und Sinn-Fein-Anhängern, und das Essen ist hervorragend«, sagte Devlin.

Die Bar war ganz im alten Stil gehalten, mit Mahagoni und Spiegeln und ganzen Reihen von Flaschen mit allen erdenklichen Spirituosen. Es herrschte reger Betrieb, und die Leute ließen sich das gute, einfache Pub-Essen schmecken. Leary saß an einem Ecktisch im hinteren Teil. Er hielt ein Guinness in der rechten Hand. Vor ihm stand ein Teller Irish Stew auf dem Tisch.

»Bleib ruhig sitzen«, sagte Devlin. »Darf ich vorstellen – das ist Hannah, eine alte Bekannte von mir. Fangen wir also an.«

Leary, ein gut aussehender Mittvierziger mit schwarzem, von silbernen Strähnen durchzogenem Haar, blickte sie an. Er zögerte kurz, streckte ihr dann aber die Hand entgegen. Hannah zögerte ebenfalls, schüttelte sie dann jedoch.

»Setzen Sie sich.«

»Das Stew sieht aber gut aus«, sagte sie, als die Kellnerin erschien. »Würd ich gern probieren.«

»Und Sie, Professor Devlin?« fragte die Kellnerin.

»Na, das sind aber Streicheleinheiten.« Er wandte sich zu Hannah um. »Eileen studiert an der Trinity. Zu ihrem Unglück besucht sie meine gelegentlichen Seminare.«

»Unsinn, Sie sind der Beste, das weiß jeder«, sagte Eileen.

»Womit Sie sich schon jetzt eine Eins für Ihre nächste Seminarbarbeit verdient haben. Ein kräftiges Frühstück für mich. Der große Theaterschriftsteller und Romancier namens Somerset Maugham hat einmal gesagt, um in England gut zu essen, sollte man sich dreimal täglich an ein Frühstück halten. Bushmills für mich, meine Liebe.«

»Mir genügt ein Mineralwasser«, sagte Hannah.

»Schreibst du immer noch die Nächte durch, Michael?«

»Das Bein, Liam. Die Schmerzen rauben mir nachts den Schlaf, aber ich weigere mich, Morphium zu nehmen.«

»Ich an deiner Stelle würde mich sowieso an Bushmills halten.«

Eileen brachte die Getränke und ging dann wieder. Leary wandte sich wieder seinem Stew zu. »Worum geht's also?«

»Um Brendan Murphy. Ein Freund von dir?«

»Der Typ hat keine Freunde. Was mich betrifft, ist er ein Gangster. Eine Schande für die Bewegung.«

»Glaubst du, dass der Stabschef deine Meinung teilt?«

»Natürlich. All die alten Kämpfer wollen, dass der Frieden funktioniert, Liam, außer Leute wie Murphy ...«

»Die ein persönliches Interesse daran haben, dass alles so weiterläuft wie gehabt«, sagte Hannah.

»Genau. Splittergruppen wie die Continuity IRA und die Real IRA verfolgen ganz andere Ziele.«

Nachdem ihnen das Frühstück und das Irish Stew gebracht worden war, aßen sie erst mal in Ruhe.

»Und wo könnte Murphy sich zur Zeit aufhalten?« fragte Hannah dann.

»Weiß der Himmel, Superintendent.« Leary ließ ein bisschen Ungeduld erkennen. »Sie müssten eigentlich besser als die meisten wissen, dass in der Republik sowie in Ulster und in England die Leute rausgelassen und nicht mehr eingesperrt werden. Murphy kann kommen und gehen, wie er lustig ist. Er bringt sich nur dann in Schwierigkeiten, wenn er vom Kurs der Provisional IRA abweicht.«

»Würden die sich ihn dann vorknöpfen?«

»Natürlich. Keine Frage. Wir sind eine Armee, Hannah, mit Vorschriften und Regeln. Also, worum geht's hier überhaupt? Warum soll ich dir überhaupt helfen, Liam?«

»Weil ich dir vor fünfzehn Jahren in der County Down das Leben gerettet habe, nachdem du dir eine Kugel eingefangen hattest. Hab dich über die Grenze geschafft. Schon vergessen?«

»Liam, wir sind längst quitt – seit du mit Dillon und diesem Yankee hinter Dermot Riley her warst und ich dir gesteckt habe, dass er zurückgekehrt ist und sich wahrscheinlich auf der Farm in Tullamore aufhält. Ihr seid doch damals sofort hingefahren.«

»Aber du hast auch den Stabschef darüber informiert, und der hat Bell und Barry runtergeschickt, zwei leibhaftige Affenmenschen. Sie haben Bridget Riley gefoltert und Zigaretten in ihrem Gesicht ausgedrückt.«

»Dillon hat aber dann Bell umgelegt, und du hast Barry in den Rücken geschossen. Dermot hat uns alles erzählt.«

»Ja, eine Schande für einen Mann meines Alters.« Devlin nickte. »Also gut, erzählen Sie ihm alles, Hannah.«

Sie legte ihm alles dar – das unterirdische Waffenlager in der County Louth, Fox, die Libanon-Connection. Alles.

Leary saß mit düsterer Miene da. Dann sagte er: »Ich will eines klarstellen – und ich spreche hier für die Provos im Allgemeinen. Wir werden unsere Waffen nicht abgeben. Der Gang der Geschichte beweist, dass das äußerst unklug wäre.«

»Dann sind Sie also glücklich darüber, dass dieses Lager existiert und dass Murphy die Kontrolle darüber hat?«

»Nein, das bin ich verdammt noch mal nicht, und der Stabschef wird es ebenfalls nicht sein.«

»Sie werden es an ihn weiterleiten?« sagte Hannah.

»Mir bleibt gar nichts anderes übrig.«

»Da zieht ihr ausnahmsweise mal am gleichen Strang«, sagte Devlin. »Was kannst du also für sie tun, Michael?«

»Wir könnten die County Louth durchforsten, aber das ist eine verdammt weitläufige Gegend, und Murphy hat dort viele Freunde – richtige Hardliner –, allzu großen Hoffnungen würde ich mich also nicht hingeben.« Er kniff plötzlich die Augen zusammen. »Mir fällt da gerade etwas ein. Sean Regan. Erinnerst du dich noch an den, Liam?«

»Aus Londonderry«, sagte Devlin. »Hat einen Militärpolizisten umgenietet und ist dann nach Amerika getürmt. So weit ich weiß, hat der Bulle überlebt.«

»Das war vor zwei Jahren. Regan ist zurückgekehrt und hat mit Murphy zusammen auf dem Kontinent gearbeitet. Offensichtlich war er vor drei Wochen in einer Maschine von Paris nach Dublin unterwegs, die dann aber wegen Nebel nach Heathrow umgeleitet worden ist. Sein Name ist bei der Sicherheitsüberprüfung im Computer aufgetaucht, da haben sie ihn einkassiert.«

»Warum weiß ich nichts davon?« sagte Hannah ungläubig.

»Nun, meinen Informationen nach haben sich ihn die Leute vom SIS in Heathrow mit einem ihrer Sonderhaftbefehle geschnappt und dann verschwinden lassen. Komisch, dass Sie das nicht wissen. Oder gibt es innerhalb eurer Abteilungen keinen Informationsaustausch?«

»Nicht immer.«

»Was halten Sie davon?« sagte Devlin zu Hannah.

»Falls Regan für Murphy gearbeitet hat, weiß er vielleicht tatsächlich etwas. Ehrlich gesagt, scheint der Mann bisher unsere beste Spur zu sein.«

»Mehr kann ich für euch wahrscheinlich auch nicht tun«, sagte Devlin.

»Michael wird die Neuigkeiten also an den Stabschef weiterleiten, und wenn ich dann irgendwie noch etwas aufschnappe, gebe ich euch Bescheid.«

Sie standen auf und gingen zur Tür. Als sie draußen waren, schüttelte Leary Hannah die Hand. »Superintendent, es war mir eine echte Freude, aber wir sollten so etwas nicht zur Gewohnheit werden lassen.« Er machte sich davon.

Devlin lächelte. »Ein Dickschädel, aber ein verdammt anständiger Kerl. Na ja, sehen wir zu, dass wir Sie in Ihrem Luxuskarren wieder zurück zum Flughafen kutschieren. Ich setze Sie dort ab. Der Chauffeur kann mich dann ja nach Hause bringen.«

Leary saß in einem Vorort von Dublin im Wohnzimmer des Stabschefs. Der große Mann hörte ihm zu, während seine Frau Tee und Gebäck servierte.

»Hab ich das richtig gemacht?« sagte Leary.

»Natürlich haben Sie das. Murphy ist eine giftsprühende Bestie. Ich bringe sowieso keine Geduld mehr für ihn auf, und dem Armeerat geht's genauso.«

»Wie geht's also weiter?«

»Ich werde dafür sorgen, dass unsere Leute sich einmal in Louth umschauen, obwohl ich kaum glaube, dass dabei sehr viel herauskommt.«

»Und?«

Der Stabschef lächelte. »Wenn sich Ferguson und Dillon dieses Falles angenommen haben …« Er lächelte weiter. »Tja, ausnahmsweise stehen wir da mal auf der gleichen Seite. Sean kann für uns die Drecksarbeit erledigen.«

Hannah und Devlin kamen im Hangar an, wo Lacey und Parry sie bereits erwarteten. Die Gulfstream stand draußen im Regen. Als Hannah und Devlin ausstiegen, fuhr wieder der Streifenwagen der Garda vor. Malone stieg aus.

»Liam, du alter Stinker«, sagte er.

»Und du kannst mich genauso«, sagte Devlin fröhlich. Sie schüttelten sich die Hand.

»Haben Sie etwas in Erfahrung bringen können?« sagte Malone zu Hannah.

Hannah wirkte einen Moment lang verunsichert, aber Devlin sagte: »Erzählen Sie's ihm nur, er ist auf Ihrer Seite.«

Sie berichtete also von ihrem Treffen mit Leary.

»Dann ist also alles, was auf Murphys Konto geht, nicht von der IRA abgesegnet«, sagte Malone schließlich.

»Und was ist mit dieser Sean-Regan-Sache?« fragte sie.

»Hab ich nichts von gehört, obwohl ich eigentlich davon wissen müsste.«

»Dann hat also irgendjemand Scheiße gebaut«, sagte Devlin.

Hannah nickte. »Wenn ich zurück bin, werde ich die Sache klären.« Sie streckte ihre Hand aus. »Liam, Sie sind ein Schatz.«

»Himmel, nicht so förmlich, meine Liebe.« Er gab ihr einen dicken Schmatz. »Seien Sie auf der Hut, und sagen Sie auch Sean, dass er auf sich aufpassen soll.«

»Darin ist er ja wohl ein wahrer Könner. Wiedersehen, Superintendent.«

Lacey und Parry befanden sich bereits an Bord. Flight Sergeant Madoc führte Hannah die Gangway hoch. Nachdem die Tür verschlossen war, sprangen die Motoren an, und die Gulfstream rollte davon.

»Ein Teufelsweib«, sagte Malone.

»Das kann man wohl sagen«, sagte Devlin lächelnd. »Und jetzt schick deinen Wagen zurück, und setz dich zu mir in den Luxusschlitten, den mir zu leihen Miss Superintendent so nett war. Wir fahren zum Irish Hussar, wo du mich zu einem großzügig eingeschenkten Bushmills einladen kannst.«

»Ich – in dieser Brutstätte republikanischer Waffenträger?«

»Ich meine mich noch daran erinnern zu können, dass Fergus, dein jüngerer Bruder, auch einer war.«

»Darüber reden wir nicht.«

»Also, ins Irish Hussar.« Devlin lächelte immer noch. »Es wird meinem Ruf kaum zur Ehre gereichen, in Begleitung eines Polizisten gesehen zu werden. Welch ein Trost.«

Während die Gulfstream immer höher in den Luftraum über die Irische See hinaufstieg, rief Hannah Ferguson auf ihrem verschlüsselten Mobiltelefon an.

»Ah, da sind Sie ja. Wie ist es gelaufen?«

Sie brachte ihn auf den neuesten Stand, einschließlich der Regan-Sache. »Jetzt wissen Sie alles, Sir. Wir hätten informiert werden sollen. Die verschiedenen Abteilungen sollten doch eigentlich miteinander kooperieren, oder etwa nicht?«

»Solange Simon Carter stellvertretender Direktor des Secret Intelligence Service ist, wird das nie klappen. Überlassen Sie die Sache mir.«

Er saß eine Weile grübelnd an seinem Schreibtisch. Dann griff er zum Telefon und sprach mit Dillon, der sich mit Blake im Vorzimmer aufhielt.

»Kommt mal kurz rein. Hab gerade unseren Superintendent am Apparat gehabt. Könnte sein, dass wir da ein Problem haben.«

8

Dillon und Blake waren ganz Ohr, als Ferguson ihnen von Hannah Bernsteins Abenteuern erzählte. Nachdem Ferguson geendet hatte, sagte Blake: »Das ist wirklich ein Unding – eine Hauptabteilung des Nachrichtendiensts hortet Geheimnisse, die für die anderen unter Umständen von entscheidender Bedeutung sind.«

»Tja, Carter war schon immer gut darin, sein eigenes Süppchen zu kochen, und die anderen können sehen, wo sie bleiben.«

»Mir scheint, dass der Zeitpunkt gekommen ist, Carter daran zu erinnern«, sagte Ferguson, »dass mir aufgrund der besonderen Umstände meiner Aufgabe als Chef des direkt dem Premierminister unterstellten Sicherheitsdiensts außergewöhnliche Befugnisse zuteil werden – die sich auch auf ihn erstrecken.«

»Das würde ich nur zu gern miterleben«, sagte Dillon.

Ferguson lächelte, griff zum Telefon und wählte eine Nummer.

»Ah, sind Sie das, Carter? Hören Sie, da ist ein Problem aufgetaucht, und ich muss Sie unbedingt unter vier Augen sprechen. Ich hätte gern in einer bestimmten Angelegenheit Ihren Rat eingeholt, bevor ich mit dem Premierminister darüber spreche … Ja? Gut. Dann treffen wir uns in einer halben Stunde im Grenadier am St. James's.«

»Geht doch nichts über Entschlossenheit«, sagte Blake.

»Nun, wie ihr Yankees sagt, das war noch gar nicht nichts. Lassen Sie den Wagen bereitstellen, Dillon. Ich treibe noch ein, zwei Vollmachtsurkunden auf, und dann machen wir uns auf den Weg.«

Der Grenadier war ein gemütlicher traditioneller Londoner Pub mit uralten Sitznischen aus dunklem Eichenholz. Carter saß bereits an einem Ecktisch und nippte an einem Glas Sherry. Er war ein kleiner, aschfahler Mann mit schlohweißem Haar. Als er Dillon erblickte, reagierte er wütend.

»Also wirklich, Ferguson, ich hab's Ihnen schon einmal gesagt. Ich protestiere gegen die Anwesenheit dieses mörderischen Lumpen.«

»Sie können Ihre Einwände ja dem Premierminister vortragen. Er hat ihn immerhin eingestellt.«

»Welch eine Ehre«, sagte Dillon fröhlich. »Es ist schon ein Segen, sich mit einem so großen Mann wie Ihnen im gleichen Raum aufhalten zu dürfen.

»Ach, scheren Sie sich doch zum Teufel.«

»Bestimmt erinnern Sie sich noch an Blake Johnson«, sagte Ferguson.

»Ja, der Amerikaner.« Carter streckte widerwillig die Hand aus und wandte sich dann wieder Ferguson zu. »Worum geht's also?«

»Um einen Abtrünnigen der IRA namens Brendan Murphy, der zur Zeit nichts Gutes im Schilde führt. Ich will herausbekommen, was er genau vorhat.«

»Unsinn, das sind doch alte Kamellen, Ferguson. Murphy ist längst kein Problem mehr, nicht seitdem der Friedensprozess von dem Land Besitz ergriffen hat.«

»Wenn Sie sich da mal nicht vertun«, sagte Dillon und drehte sich zu Blake um. »Dies hier ist also der stellvertretende Direktor des Secret Service, ein gesichtsloser Mann, der niemals draußen an der Front gekämpft hat.«

»Zum Teufel mit Ihnen, Sie irisches Dreckschwein.« Carter war wutentbrannt.

»Also, das war eindeutig eine diskriminierende Bemerkung«, sagte Dillon. »Ich könnte Sie deshalb gerichtlich belangen.«

»Durchaus«, stimmte Ferguson zu. »Da meine selige Mutter Irin war, nehme ich so etwas als Halbire auch sehr persönlich.«

»Ich glaube, Sie haben gerade das Gedenken seiner Mutter beleidigt«, warf Blake ein.«

»Können wir nun fortfahren?« sagte Dillon. »Sie haben vor drei Wochen in Heathrow einen Mann namens Sean Regan festgenommen, nachdem sein Flugzeug, das eigentlich nach Dublin sollte, umgeleitet worden ist. Warum?«

»Spielen Sie hier nicht den Ahnungslosen, Dillon. Der Mann hat vor ein paar Jahren in Londonderry auf einen Militärpolizisten geschossen und ist danach geflohen. Der Polizist wäre beinahe gestorben.«

»Dann werden Sie also Regan im Old Bailey den Prozess machen?« fragte Ferguson.

»Unter Umständen.«

»Aber wegen des Friedensprozesses werden Sie es dann doch nicht tun. Wir lassen die Leute ja inzwischen frei, anstatt sie weiter einzusperren.«

Carter war seltsam verwirrt. »Kommen Sie schon, Ferguson, wir hängen alle am Gängelband unserer politischen Herren.«

»Nicht soweit es mich betrifft. Wir unterstehen allein dem Gesetz. In Wahrheit halten Sie Regan fest, um alles aus ihm herauszuquetschen, was sich vielleicht in Zukunft als nützlich erweisen könnte.«

»Na und?«

»Damit ist jetzt Schluss. Wo halten Sie ihn gefangen?«

»In Wandsworth«, antwortete Carter reflexartig.

»Damit ist jetzt wie gesagt Schluss.« Ferguson holte ein Formular aus seiner Innentasche hervor. »Dies ist eine von mir als Chef der Sicherheitseinheit des Premierministers ausgestellte Vollmacht, die mich dazu ermächtigt, wie es im Juristenkauderwelsch heißt, Sean Regan in Verwahrung zu nehmen.«

Carter war empört. »Also, jetzt hören Sie mal, Ferguson!«

»Nein, Sie hören mir zu. Im Gegensatz zu Ihnen habe ich nämlich an der Front gekämpft. Ich habe 1952 mit achtzehn als Lieutenant in Korea gedient, und ich habe in meinem Leben öfter mit Schurken zutun gehabt, als Sie sich jemals an den Frühstückstisch gesetzt haben. Keine Widerrede also. Unterschreiben Sie die Vollmacht einfach. Hier haben Sie meinen Federhalter.«

Er hielt ihn Carter hin, der ihn nahm und die Urkunde mit zitternden Händen gegenzeichnete. »Meine Zeit wird kommen, Ferguson.«

»Das glauben Sie.« Ferguson blies die Tinte trocken. »Und jetzt verschwinden Sie bitte.«

Carter wirkte plötzlich ganz hilflos. Er stand auf und wankte davon.

»Warum tut er mir nicht Leid?« sagte Blake.

»Weil er es nicht wert ist«, sagte Ferguson. »Also, Gentlemen, nächste Haltestelle, Wandsworth Prison.«

Ferguson, Dillon und Blake warteten im Sprechzimmer des Gefängnisses. Die Tür ging auf, und einer jener typischen Gefängniswärter, die aussehen, als hätten sie als Sergeant im Guards-Regiment gedient, schob Regan herein.

»Ich grüße mich auch, Sean«, sagte Dillon. Er wandte sich zu den anderen um. »Hat uns immer sehr verwirrt, die Sache, dass wir beide Sean heißen.«

»Mann, bist du das, Dillon?« sagte Regan.

»In voller Lebensgröße. Bin gekommen, um dich aus deiner Zelle rauszuholen und dich vom Gestank des Toiletteneimers zu befreien. Das hier ist Brigadier Charles Ferguson, dein neuer Chef. Der andere Typ ist ein Yankee, FBI, nimm dich also in Acht.«

»Was zum Teufel soll das alles?«

»Lassen Sie uns bitte einen Moment allein«, sagte Ferguson zu dem Gefängniswärter.

»Jawohl, Sir«, sagte der Wärter und ging hinaus.

»Es geht um Brendan Murphy«, sagte Dillon. »Wir wissen, dass du seiner Gang angehört hast.«

Regan schien verblüfft zu sein, versuchte jedoch, sich nichts anmerken zu lassen. »Ich hab Brendan schon jahrelang nicht mehr gesehen.«

»Dann hat Carter es also nicht geschafft, dich zum Reden zu bringen?«

»Ich weiß wirklich nicht, wovon du redest.«

»Vergeuden Sie hier nicht meine Zeit«, sagte Ferguson. »Sie haben in Londonderry einen Militärpolizisten angeschossen und sind dann in die Staaten geflüchtet. Seither haben Sie auf dem Kontinent für Murphy gearbeitet.«

»Das ist eine Lüge.«

»Sei nicht albern«, sagte Dillon. »Du hast auf 'nen Bullen geschossen. Der Typ ist zwar nicht gestorben, aber im Old Bailey handelst du dir damit zehn Jahre wegen versuchten Mordes ein. Stell dir nur vor, wie das sein wird, Wandsworth oder Parkhurst, Jahr für Jahr. Du würdest dich nicht einmal mehr trauen, in die Dusche zu gehen.«

»Nein.« Regan war geschockt. »Mr. Carter hat gesagt, wenn ich mich kooperationswillig verhalte, muss ich nicht in den Knast.«

»Tja, leider habe ich hier nun das Sagen«, sagte Ferguson. »Entscheiden Sie sich also. Eine gemütliche konspirative Wohnung, in der Sie uns darüber aufklären, was Brendan Murphy zur Zeit so alles treibt, oder eine äußerst unangenehme Zukunft.«

»Brendan würde mich in Stücke reißen. Er ist ein Sadist«, sagte Regan verzweifelt.

»Weshalb wir uns Ihrer annehmen und uns um Sie kümmern müssen.«

Ferguson nickte Dillon zu, der daraufhin an die Tür klopfte. Die Tür ging auf, und der Gefängniswärter erschien. Ferguson zückte seine Vollmacht.

»Führen Sie den Gefangenen zu seiner Zelle, wo er seine Sachen packen soll. Und zeigen Sie dieses Dokument anschließend dem Direktor mit der Bitte, Sean Regan in meinen Gewahrsam zu geben.«

»Selbstverständlich, Brigadier.«

Regan wurde zur Tür hinausgeschoben.

»Bringen wir ihn also nach Holland Park, Dillon«, sagte Ferguson, »und quetschen wir ihn dort bis auf den letzten Tropfen aus.«

»Wird mir ein Vergnügen sein, Brigadier«, sagte Dillon.

Sie brachten Regan nach Holland Park. Sie fuhren durch das sich automatisch öffnende Tor, das von zwei Männern bewacht wurde, die marineblaue Blazer und Flanellhosen trugen.

»Entbindungsklinik? Was soll das?« sagte Regan.

»Es ist eher eine Festung«, sagte Ferguson. »Und die Herren im Blazer gehören alle der Militärpolizei an. Es gibt hier kein Entkommen, wie Sie selbst feststellen werden.« Er wandte sich zu Dillon. »Sagen Sie Helen, dass sie ihm alles zeigen und ihm dann etwas zu essen geben soll. Sie und Blake bleiben hier. Ich bin gleich zurück.«

Sein Jaguar fuhr davon. Sie führten Regan, der weiterhin in Handschellen war, zwischen sich die Stufen hoch. Die Tür ging auf und ein großer, breitschultriger Mann erschien.

»Mr. Dillon, Sir.«

»Der ist wieder für Sie, Sergeant Miller, ein gewisser Sean Regan. Hat vor zwei Jahren auf einen Militärpolizisten in Londonderry geschossen.«

»Das muss Fred Dalton gewesen sein.« Millers Gesicht war plötzlich wie aus Stein. »Hat überlebt, musste aber aus Gesundheitsgründen aus dem Dienst ausscheiden. O ja, ich werde mich schon um Sie kümmern, Mr. Regan.«

Er packte Regan mit seiner riesigen Pranke bei der linken Schulter. Helen Black kam die Treppe herunter.

»Ist das der Gefangene, Sergeant Miller?«

Miller schlug die Absätze zusammen. »Ja, Ma'am.«

»Gut. Zimmer Nummer zehn. Helfen Sie ihm beim Auspacken, und dann treffen wir uns zum Tee mit Sandwiches im Salon.«

»Wie Sie wünschen, Ma'am.«

Regan machte ein ratloses Gesicht. »Was soll das? Wer ist diese Frau?«

»Sergeant Major Black. Führ dich hier aber bloß nicht wie ein Chauvi auf, Regan«, sagte Dillon. »Sie hat in Londonderry zwei IRA-Leute erschossen und trägt das militärische Verdienstkreuz.«

»Leck mich, Dillon.«

»So etwas sagt man nicht im Beisein einer Dame. So

etwas können wir nicht dulden, nicht wahr, Sergeant?« sagte Dillon zu Miller.

»Auf gar keinen Fall, Sir.« Miller umklammerte Regans Arm und drückte fest zu. »Und jetzt schön brav nach oben, mein Lieber.«

»Und was nun?« sagte Blake.

»Es gibt hier irgendwo eine Kantine. Verhungern werden wir hier also nicht.« Dillon lächelte. »Wir knöpfen uns Regan später vor.«

Als Regan oben war, staunte er erst einmal Bauklötze. Er hatte ein richtiges Schlafzimmer mit Bad und Blick auf den Garten, allerdings mit der Einschränkung, dass das Fenster vergittert war. Es lag sogar ein frisches Hemd für ihn bereit, samt Blazer und Flanellhose, ganz wie die Wachtposten. Miller führte ihn anschließend nach unten in einen kleineren Aufenthaltsraum, in dem ein Gasherd brannte. Es gab Suppe, Schinkensandwiches und ein Glas trockenen Weißwein. Miller blieb mit undurchdringlicher Miene in der Nähe.

Regan, der aufgrund des Unterschieds zu Wandsworth ein gewisses Glücksgefühl verspürte, sagte: »Könnte ich noch ein Glas Wein haben?«

»Natürlich, Sir.«

Miller füllte sein Glas mit Chablis auf. Ferguson, Dillon, Hannah – die gerade eingetroffen war – und Helen Black sahen unterdessen hinter einem Spiegel zu.

»Sie sind also alle im Bilde«, sagte Ferguson. »Es geht hier ums Ganze. Wir müssen also unbedingt dafür sorgen, dass er auspackt. Ich möchte, dass Sie nun da reingehen, Sergeant Major, und Sie auch, Dillon. Ich brauche Fakten.«

»Selbstverständlich, Sir.« Helen Black nickte Sean zu. »Ich bin die Böse, Sie sind der Gute, einverstanden, Sean?«

»Na klar. Erinnert mich an meine Tage am National Theatre.«

»Ja, Sie erzählen die Geschichte nicht zum ersten Mal. Packen wir's an.« Sie ging voran. »Aber ich gebe die Einsätze.«

»Soll ich gehen, Ma'am?« fragte Miller, als sie ins Zimmer traten.

»Nein, vielleicht brauche ich Sie noch, Sergeant.« Ihr Tonfall war jetzt anders als sonst, irgendwie härter. »Dies ist ein Todesschütze der IRA. Er hat Fred Dalton zum Krüppel geschossen. Glauben Sie, dass Fred sein erstes Opfer war?«

»Das bezweifle ich, Ma'am«, sagte Miller ungerührt.

»Genau, deshalb legen Sie ihm bitte wieder die Handschellen an, Sergeant. Einmal ein Mörder, immer ein Mörder.«

»Selbstverständlich, Ma'am.«

»He, was soll das?« sagte Regan.

»Strecken Sie einfach schön brav Ihre Hände aus.«

Regan schwitzte und wirkte plötzlich äußerst beunruhigt. Er hatte drei Wochen Wandsworth hinter sich, inklusive Toiletteneimer, wöchentlich zweimal Duschen sowie unangenehmer Avancen und lüsterner Blicke gewisser Knastbrüder. Und dann waren da auch noch die anderen gewesen: gewöhnliche englische Verbrecher, die die IRA verabscheuten. Da war die Behandlung hier in der konspirativen Wohnung bisher schon was anderes gewesen. Eigentlich hatte er also gedacht, dass er die gröbsten Sorgen hinter sich hatte, aber nun stand diese Frau vor ihm, die ihn an seine ältere Schwester erinnerte und sich wie die Gestapo aufführte.

Sie knöpfte ihr Jackett auf, unter dem ein Colt zum Vorschein kam. »Nun, dann wollen wir mal.

Roper hatte sich zu den anderen hinter dem Spiegel gesellt. »Sie macht ihre Sache wirklich gut.«

»Ausgezeichnet«, sagte Blake anerkennend.

»Hat aber trotzdem eine Offiziersstelle im Regiment abgelehnt«, sagte Ferguson.

»Sie lässt sich eben nicht kaufen, Sir«, sagte Hannah.

»Leider«, sagte Ferguson seufzend. »Das ist ja das Deprimierende.«

Und dann machte Helen Black sich an die Arbeit.

Die Veränderung war erstaunlich. Diese charmante, liebenswürdige Engländerin schien sich plötzlich in eine andere Person zu verwandeln.

»Ich habe jahrelang gegen Leute wie dich gekämpft. Ob Bombe oder Kugeln, Frauen oder Kinder – kümmert euch einen feuchten Dreck. Zwei von euch Schweinen hab ich in Londonderry erledigt. Die wollten gerade einen Lieferwagen mit fünfzig Pfund Semtex vor einer Kindertagesstätte abstellen. Nun, das konnten wir natürlich nicht zulassen, oder? Bin im linken Oberschenkel getroffen worden, hab dann aber den Typen, der geschossen hat, erwischt. Und dann bin ich aufgestanden und habe seinem Kumpan in den Rücken geschossen, als er fliehen wollte.«

Regan war in Angst und Schrecken. »Um Himmels willen, was für eine Frau sind Sie nur?«

Sie packte sein Kinn und schüttelte es hin und her. »Die Apachen haben die Gefangenen ihren Frauen überlassen, um sie in die Mangel zu nehmen. *So* eine Frau bin ich.«

»Ausgezeichnet«, sagte Ferguson hinter der Scheibe. »Sie sollte mal selbst im National Theatre auftreten.«

»Du hast einen meiner Kameraden zum Krüppel gemacht. Fred Dalton.« Helen Black nahm ihren Colt heraus und drückte Regan den Lauf zwischen die Augen. »Dies sind Hohlkugeln, du Dreckskerl. Wenn ich abdrücke, klebt dein Gehirn an der Wand.«

»Um Himmels willen, nein!« rief Regan.

Dillon packte sie beim Handgelenk und kehrte die Waffe beiseite. »Nein, Sergeant Major, so nicht.«

Sie drehte sich wie von blinder Wut gepackt um. »Warten Sie nur, bis ich zurückkomme«, sagte sie und ging hinaus.

Regan zitterte.

»Nehmen Sie ihm die Handschellen ab, Sergeant«, sagte Dillon zu Miller, »der Mann kann uns schließlich nicht weglaufen.«

»Wie Sie wünschen, Sir.« Miller holte den Schlüssel hervor und schloss die Handschellen wieder auf. Dillon klappte sein altes silbernes Zigarettenetui auf, nahm zwei Zigaretten heraus, zündete sie an und gab Regan eine davon.

»So, bitte, genau wie in *Jetzt, Reisender.*«

Regan zitterte immer noch. »Wovon redest du, zum Teufel noch mal?«

»Lass nur, Sean, ich hab 'ne Schwäche für alte Filme. Jetzt spitz mal die Ohren. Ich für meinen Teil hab inzwischen einiges dazugelernt. Ich hätte vor einem serbischen Erschießungskommando stehen können, aber Gott sei Dank ist Ferguson ein Mann mit außergewöhnlich weit reichenden Beziehungen. Er hat mir das Leben gerettet, und im Gegenzug habe ich aufgehört für die glorreiche Sache zu arbeiten und bin nun bei ihm angestellt. Was nichts anderes bedeutet, als dass ich noch lebe.« Regan zitterte am ganzen Leib. Dillon wandte sich an Miller. »Einen doppelten Brandy, Sergeant.«

»Jawohl, Sir.«

Miller öffnete einen Schrank und kehrte mit einem Glas zurück. Regan leerte es in einem Zug. Er blickte Dillon an. »Was willst du?«

»Nur dein Bestes. Sieh mal, Ferguson hat jetzt das Sagen. Da du ja nun wirklich auf diesen Typen, diesen Dalton, geballert hast, kann er dich – Friedensprozess hin oder her – vor Gericht bringen, wenn er will.«

»Jetzt wieder rein mit Ihnen, Sergeant Major«, sagte Ferguson auf der anderen Seite des Spiegels.

Helen Black kehrte mit einem Formular in der Hand ins Zimmer zurück. »So, ich hab die Nase voll von dir. Für dich heißt es zurück nach Wandsworth, du Dreckschwein.«

Regan brach förmlich zusammen. »Um Himmels willen, so sagt mir doch, was ihr wollt, sagt mir's einfach.«

»Hervorragend«, sagte Roper hinter der Scheibe. »Gestapo pur. Die Gestapo hat übrigens viel seltener, als allgemein angenommen, physische Misshandlungen eingesetzt. Hatte die gar nicht nötig. Die haben den Leuten einfach eine Kopfwäsche verpasst.«

»So kriegen wir den aber nicht rum«, sagte Ferguson zu Hannah und wandte sich dann zu Roper. »Sie bleiben mit Blake hier. Superintendent, Sie kommen mit mir und ziehen Ihre Scotland-Yard-Nummer ab.«

Ferguson ging mit Hannah hinein und sagte zu Miller: »Geben Sie ihm noch einen Brandy, Sergeant.«

»Sir.« Miller tat, wie ihm geheißen. Regan nahm mit zitternden Händen das Glas und kippte den Brandy hinunter.

»Haben wir einen Deal?«

»Das hängt davon ab, was Sie für mich haben.«

Regan blickte Dillon an.

»Der Brigadier ist ein knallharter Kerl, Sean«, sagte Dillon, »aber ein Moralist. Er meint, was er sagt.«

»Mr. Regan«, sagte Hannah, »ich bin Superintendent Bernstein vom Special Branch. Ich würde gern wissen, inwieweit Sie uns bei unseren Ermittlungen über die Umtriebe eines gewissen Brendan Murphy helfen können.«

»Was wollen Sie denn genau wissen?« sagte Regan.

»Soweit ich weiß, existiert irgendwo in der County Louth ein unterirdischer Betonbunker.«

»Semtex, Maschinengewehre, Mörser«, sagte Dillon. »Genug, um einen Bürgerkrieg zu starten. Wo ist er, Sean?«

»In der Nähe von Kilbeg«, sagte Regan.

»Komm schon, in Irland gibt es alle naselang ein Kilbeg.«

»Nun, dieses ist jedenfalls in Louth, wie Superintendent Bernstein schon gesagt hat, südlich der Grenze, südlich der Dundalk Bay. In der Nähe von Dunany Point. Sehr abgelegen.«

»Ich kenne die Gegend«, sagte Dillon. »Ein komisches Völkchen. Ein Fremder fällt dort sofort auf.«

»Bleiben wir beim Thema«, sagte Ferguson.

»Nach meiner Flucht in die Staaten bin ich von einer wohlhabenden irisch-amerikanischen Gruppe unterstützt worden, die ein bisschen radikal eingestellt war. Waren völlig gegen den Frieden. Über die habe ich Brendan eine dicke Finanzspritze vermittelt. Wir wollten uns auf die Zukunft vorbereiten, auf den nächsten Krieg.«

»Was ja auch den Bunker erklärt«, sagte Ferguson.

»Aber woher kamen die Waffen?« fragte Dillon.

Roper machte sich hinter dem Spiegel fleißig Notizen.

»Oh, das war eine Mafia-Connection. Brendan hatte mit den Leuten auf dem Kontinent zusammengearbeitet. Ein Typ namens Jack Fox.«

»Ist das der, der zur Solazzo-Familie gehört?« sagte Hannah.

»Nun, ich hab eigentlich immer gedacht, dass der auf sich allein gestellt ist. Er hat jedenfalls die Waffen geliefert.«

»Sonst noch was?« sagte Hannah. »Libanon zum Beispiel?«

»Mann, gibt es denn nichts, was ihr nicht schon wisst?«

»Weiter im Text«, sagte Dillon.

»Murphy ist vor Jahren im Libanon ausgebildet worden und hat ziemlich gute arabische Kontakte, kommt sogar mit der Sprache zurecht, zumindest gut genug, um sich ein Essen zu bestellen.«

»Und?« sagte Ferguson.

»Fox managt die Drogengeschäfte der Solazzos in Russland. Daher seine weitreichenden Verbindungen. Murphy hat die arabischen Kontakte.«

»Welche arabischen Kontakte?«

Regan zögerte. »Saddam. Irak.«

»Ach, wie nett«, sagte Dillon. »Was genau haben sie vor?«

»Nächste Woche kommt ein Frachter aus dem Schwarzen Meer an. Das Schiff heißt *Fortuna*. Wenn es pünktlich ist, dann wird es am kommenden Dienstag in Al Shariz einlaufen, einem Ort südlich von Beirut.«

»Russische Besatzung?« sagte Dillon.

»Nein, Araber. Alles Leute der Armee Gottes.«

»Und die Ladung?«

Regan zögerte.

»Komm schon, was hat der verdammte Kahn geladen?« sagte Dillon.

»Hammerköpfe.«

Es folgte Schweigen. Hannah wandte sich zu Ferguson um. »Hammerköpfe, Sir?«

Die Tür ging auf, und Blake kam herein. »'tschuldigung, Brigadier, aber ich kenne diese Dinger. Es handelt sich um Kurzstreckenraketen, die mittels eines dreibeinigen Untergestells innerhalb von zwei Minuten abschussbereit sind. Dreihundert Meilen Reichweite. Mit Nuklearsprengköpfen. Sie würden Israel oder Jordanien zwar nicht total vernichten, aber Tel Aviv würde danach ganz schön übel aussehen.«

»Haben Sie mir die Wahrheit gesagt, die ganze Wahrheit?« sagte Ferguson zu Regan.

Regan zögerte wieder. »Wenn der Frachter, die *Fortuna*, ankommt, wird Brendan an Bord sein. Fox trifft sich mit ihnen und wird in Gold bezahlt. Fünf Millionen.«

»Dollar oder Pfund?« fragte Dillon.

»Woher zum Teufel soll ich das wissen? Bezahlung findet auf dem Schiff statt, mehr habe ich nicht gehört. Da soll dann nämlich noch eine weitere Lieferung für einen Monat später vereinbart werden.«

»Und dies entspricht wirklich alles der Wahrheit?« sagte Ferguson noch einmal.

»Ja, verdammt noch mal.«

Ferguson wandte sich zu Helen Black und Miller um. »Bringen Sie ihn auf sein Zimmer zurück.«

Sie führten Regan zwischen sich hinaus. Nachdem sie gegangen waren, kam Roper herein.

»Mir ist da etwas eingefallen«, sagte er. »Mir sind ein paar Einzelheiten über Fox' Gulfstream bekannt. Die Maschine steht zur Zeit in Heathrow, wenn ich mich recht erinnere. Ich werde mal nachsehen, ob ich irgendetwas über ihre Zielflughäfen herausfinden kann.«

Sie folgten ihm zu seiner Suite im Erdgeschoss, wo seine ganze Ausrüstung aufgebaut war. Roper schaltete den Computer ein, und schon huschte er mit den Fingern über die Tastatur.

Er stöhnte auf. »Fox hat sich für Montagmorgen einen Starttermin in Heathrow reservieren lassen, Zielort Beirut.«

»Großartig«, sagte Dillon. »Regan hat also die Wahrheit gesagt.«

»Und was nun, Sir?« sagte Hannah zu Ferguson.

»Der SAS kann uns in dieser Angelegenheit nicht helfen. Außerdem sind wir Fox ja noch wegen einer ganz anderen Sache auf den Fersen. Wir müssen uns etwas Raffinierteres ausdenken.«

»Den Israelis wird das alles kaum gefallen, Brigadier«, sagte Hannah.

»Genau das habe ich gerade ebenfalls gedacht.« Ferguson wandte sich an Dillon. »Sie sind doch letztes Jahr mit dem Superintendent nach Beirut geflogen. Sind Sie da nicht im Al Bustan abgestiegen?«

»Wie könnte ich das jemals vergessen? Von dort aus hat man einen fantastischen Blick auf die römischen Ruinen.«

»Erinnern Sie sich noch an meinen Mann dort, Walid Khasan?«

»Sehr gut sogar. Ein libanesischer Christ. Er und Superintendent Bernstein haben sich großartig verstanden. Was einen allerdings nicht überraschen sollte, wenn man bedenkt, dass er in Wirklichkeit beim Mossad ist und Major Gideon Cohen heißt.«

»Ist mittlerweile Oberstleutnant.«

»Hatte auch eine nette Schwester, Anya mit Namen, das weiß ich noch. Leutnant Anya.«

»Mittlerweile Hauptmann.«

»Und dann war da doch noch jemand – wie hieß er noch gleich? Hauptmann Moshe Levy?«

»Inzwischen Major. Wir leben in einer Welt, in der es nur nach oben geht, Dillon. Ja, ich könnte mir vorstellen, dass Oberstleutnant Cohen an der Sache interessiert wäre. Ich werde ihn anrufen.«

Oberstleutnant Gideon Cohen trug nur gelegentlich Uniform. Er saß in seinem Büro in Tel Aviv, das sich im Dachgeschoss eines hermetisch abgeriegelten Gebäudes befand. Er trug ein weißes Hemd und eine einfache Leinenhose – sehr unmilitärisch für einen Offizier des Mossad. Cohen war neunundvierzig Jahre alt, hatte eine dunkle Hautfarbe und unverändert pechschwarzes, bis zu den Schultern reichendes Haar.

Seine Schwester, Hauptmann Anya Shamir, saß in einer Ecke an einem Schreibtisch und arbeitete gerade am Computer. Sie war Witwe, seit sie ihren Mann auf den Golan-Höhen verloren hatte.

In der anderen Ecke saß Major Moshe Levy ebenfalls an einem Computer. Er war in Uniform, da er noch im Hauptquartier der Armee Bericht zu erstatten hatte. Levy hatte ein khakifarbenes Hemd und eine dazu passende Hose an und trug das Abzeichen der Fallschirmjäger und die Ordensspange. Auf Gideon Cohens Schreibtisch klingelte das Telefon.

»Hier ist Ferguson, ist deine Leitung verschlüsselt? Meine schon.«

»Mein lieber Charles, natürlich ist die Leitung verschlüsselt.« Cohen machte Anya und Moshe ein Zeichen. »Ferguson aus London.«

Er drückte auf die Lautsprechertaste seines Telefons. »Charles, alter Knabe.«

»Nenn mich nicht alter Knabe, nur weil du in Sandhurst auf die Akademie gegangen bist. Nur gut, dass ich rangmäßig immer noch über dir stehe.«

»Irgendetwas Besonderes, Charles?«

»Im Libanon ist eine scheußliche Sache im Gang.«

»Erzähl.«

Ferguson ließ sich nicht zweimal bitten.

Als Ferguson fertig war, sagte Cohen: »Hammerköpfe. Das können wir auf keinen Fall zulassen.«

»Jerusalem würde nach einem Einschlag einer dieser Dinger in Schutt und Asche liegen.«

»Eben. Charles, ich muss darüber nachdenken.«

»Du meinst, du musst darüber mit dem General reden, deinem Onkel.«

»Ich fürchte, ja.«

»Kein Problem. Aber die Sache ist sehr ernst, Gideon. Trödel also nicht rum.«

General Arnold Cohen, Chef der Abteilung eins des Mossad, also jener Truppe, die mit besonderen Vollmachten für Operationen auf arabischem Gebiet ausgestattet war, saß nun auch in dem Büro im Dachgeschoss und hörte mit ernster Miene zu, was man ihm zu berichten hatte.

Nachdem sein Neffe zu Ende erzählt hatte, sagte er: »Hammerköpfe. Das ist sehr besorgniserregend.«

»Was sollen wir also tun? Einen Luftangriff auf diesen Frachter, die *Fortuna*, veranlassen?«

»In libanesischen Gewässern? Komm schon, Gideon, man erwartet zur Zeit, dass wir uns von unserer netten Seite zeigen, während unsere britischen und amerikanischen Verbündeten Saddam eine Tracht Prügel verabreichen.«

»Während der versucht, uns mit Hammerkopf-Angriffen in den Rücken zu treffen.«

Anya, die mit Levy am Fenster stand, sagte: »Darf ich kurz einen Vorschlag machen, Onkel?«

»Natürlich. Seit deinen ersten Sprechversuchen darfst du dir bei mir alles erlauben – warum sollte es diesmal anders sein?«

»Warum benutzen wir nicht einfach Dillon, Onkel? Ein Teufelskerl, dieser Typ – weißt du noch die Sache, die wir letztes Jahr in Beirut mit ihm durchgezogen haben? Er war unglaublich.«

»Sie hat Recht«, stimmte Levy zu. »Uns ist doch vor allem daran gelegen, diese *Fortuna* und ihre Ladung ohne großes Aufsehen verschwinden zu lassen, oder?«

»Und?«

»Na, da bietet es sich doch an, die Sache mit einer klein angelegten Operation zu erledigen. Wenn Dillon zu uns stößt, werden wir drei – Anya, Moshe und ich – es in Al Shariz schon schaffen. Mit der richtigen Ausrüstung können wir diesen verdammten Kahn in die Luft jagen.«

»Ganz meine Meinung«, sagte Cohen. »Keine negativen Schlagzeilen. Keine Luftangriffe.«

»Gefällt mir«, sagte der General. »Bringt die Sache ins Rollen.«

»In Ordnung, Gideon«, sagte Ferguson. »Ich schicke Dillon rüber. Und einen amerikanischen Kollegen, Blake Johnson, der ist persönlicher Mitarbeiter des Präsidenten. Ihr werdet bestimmt Verwendung für ihn haben. Ich gebe dir jetzt Dillon.«

Einen Moment später sagte Dillon in schlechtem Hebräisch: »Wie geht's Ihnen, Sie altes Lügenmaul?«

»Dillon, scheint ganz so, als würden wir bald zusammenarbeiten.«

Sie wechselten ins Englische. »Ich bin mir nicht sicher, wie wir die Sache am besten angehen«, sagte Dillon. »Wenn wir die *Fortuna* versenken wollen, brauchen wir Minen, Semtex und Taucherausrüstungen.«

»Darum kümmern wir uns. Wir sollten den Aufwand aber so gering wie möglich halten. Ich, Levy und meine Schwester, niemand sonst von unserer Seite. Mit Ihnen und diesem Amerikaner sind wir zu fünft. Wir wollen kein Aufsehen erregen, obwohl die Dinge sich hier seit Ihrem Beirut-Einsatz geändert haben, mein Freund. Ist nicht mehr das Kriegsgebiet, das es einmal war. Die Leute versuchen, die Infrastruktur wieder aufzubauen. Tourismus und so weiter.«

»Wo wird Fox Ihrer Meinung nach absteigen? In Beirut?«

»Nein, es gibt in Al Shariz ein altes maurisches Gebäude, das renoviert und als Hotel hergerichtet wurde. Ich schätze, dass er dort anzutreffen sein wird. Es heißt Golden House.«

»Das kommt für uns dann also nicht in Frage.«

»Kein Problem. Wir werden dort wie Touristen auf einer Motorjacht einlaufen. Sie und Ihre Freunde können an Bord übernachten.«

»Wir sollten uns unter keinen Umständen in der Bar des Golden House blicken lassen. Es wäre uns lieber, wenn Fox nicht ahnt, dass wir dahinterstecken. Wäre viel besser, wenn er glaubt, dass es eine israelische Operation war.«

»Erinnern Sie sich noch an meine Schwester Anya?«

»Wie könnte ich sie jemals vergessen? Sie hat die Rolle als Amüsiermädchen besser gespielt als jedes Amüsiermädchen.«

»Gut genug jedenfalls, um mit ihrer Vorstellung diesen Fox zu umgarnen.«

Dillon lachte. »Gut genug, um Freund Fox zu umgarnen, jawohl.«

»Johnson und Sie werden mit Levy und mir auf unserem Boot, der *Pamir*, bleiben, während Anya versucht, dem Typ so viel wie möglich an Information zu entlocken. Und wenn alles so weit klar ist, versenken wir die *Fortuna*.«

»Ihr Israelis seid sonst so moralische Menschen«, sagte Dillon, »aber solch einen Frachter versenkt ihr, ohne mit der Wimper zu zucken, samt Besatzung und allem.«

»Ohne auch nur ein halbes Wimpernzucken«, sagte Cohen. »Bis bald.«

Dillon legte auf.

»So, jetzt ist also alles so weit geregelt«, sagte Ferguson.

»Und was ist mit mir, Sir?« sagte Hannah.

»Bei dieser Sache kommen Sie nicht zum Einsatz, Superintendent. Dillon und Blake zusammen mit unseren Freunden vom Mossad reichen da völlig. Ich möchte Sie dagegen bitten, mit unserem Freund Regan hier Klartext zu reden, was den Bunker in der County Louth betrifft.« Er wandte sich zu Roper um. »Ich bin mir sicher, dass der Major förmlich darauf brennt, Ihnen dabei zur Hand zu gehen.«

»Wird mir ein Vergnügen sein, Sir«, sagte Roper.

»Tut mir Leid, Hannah, jetzt heißt's Abschied nehmen, mit Gruß und Kuss.« Dillon wandte sich zu Blake um und verspürte einen seltsamen Nervenkitzel. »Jetzt ist es also wieder so weit, alter Junge, zurück ins Kriegsgebiet.«

LIBANON

Al Shariz

9

Brendan Murphy beugte sich über die Reling des kleinen Küstenfrachters *Fortuna* und betrachtete die in der Ferne funkelnden Lichter Syriens. Das Schiff fuhr unter italienischer Flagge und hatte eindeutig bereits bessere Tage gesehen. Aber unter seiner zerbeulten Außenhaut waren die wichtigsten Teile, die Motoren, in tadellosem Zustand. Sie hatten vor zwei Tagen das Schwarze Meer verlassen und waren gut vorangekommen.

Der Mann in der Seemannsjacke, der sich Brendan nun näherte, reichte ihm eine Tasse Kaffee. Der Mann hieß Dermot Kelly und hatte ungepflegte rotblonde Haare und ein kantiges Pockennarbengesicht. Er zündete sich eine Zigarette an.

»Mensch, Brendan, die Leute von der Besatzung sind ja alles Scheißaraber. Wenn ich mir in der Kombüse einen reinziehe, stieren sie mich wie blöd an. Nur gut, dass ich mir selbst 'ne Pulle mit an Bord gebracht habe.«

»Fundamentalisten«, sagte Murphy. »Der ganze Haufen gehört zur Armee Gottes. Die warten nur auf eine Gelegenheit, im Namen Allahs zu sterben, um anschließend ins Paradies aufzusteigen und mit einem riesigen Harem in ewigen Freuden weiterzuleben.«

»Die spinnen total.«

»Wieso? Willst du damit sagen, dass wir, nur weil wir Katholiken sind, was Besseres als die Moslems sind? Fass dir mal an die Birne, Dermot.«

Ein Araber, der wie Kelly eine Seemannsjacke trug, kam von der Schiffsbrücke heruntergestiegen. Es war Abdul Sawar, der Kapitän des Frachters.

»Wie läuft's?« sagte Murphy.

»Hervorragend. Wir werden pünktlich ankommen.

»Nun, das ist ja schon mal was.«

»Irgendwelche Probleme?« sagte Sawar.

»Tja, also, ich vermisse gebratenen Speck mit Rührei zum Frühstück«, sagte Kelly.

»Wir tun unser Bestes, Mr. Kelly, aber auch wir können nicht hexen.«

»Schon gut, umgekehrt hättet ihr in Dublin auch eure Schwierigkeiten«, sagte Kelly.

»Genau.«

Als Sawar wieder auf die Brücke stieg, sagte Murphy: »Lass man gut sein, Dermot. Du kannst vor der Küste Syriens auf einem italienischen Boot mit arabischer Besatzung keinen guten irischen Speck erwarten.«

»Stimmt, da kann man nichts machen. Also werde ich einfach ans Geld denken.«

»Ans Gold, Dermot, ans Gold. Und wo wir gerade davon sprechen – schauen wir's uns mal an.«

Er ging nach achtern voran und kletterte dann den Niedergang zum hinteren Aufenthaltsraum hinunter. Dort standen zwei in Sackleinen gehüllte Ladekisten.

Kelly zündete sich eine Zigarette an. »Wirkt auf mich wie 'n Scheißhaufen.«

»Fünf Millionen in Gold, Brendan.«

»Können wir da sicher sein, dass die uns nicht bescheißen?«

»Saddam will nächsten Monat immerhin noch 'ne Ladung, da wird er uns jetzt nicht mit irgendwelchen faulen Tricks kommen.«

»Glaubst du, dass die Sache funktioniert?«

»Wie eine Schweizer Uhr. Fox wird schon mit dem Flugzeug unterwegs sein. Wir laden das Gold aus, und bringen es zum Beiruter Flughafen, wo die entscheidenden Leute beim Zoll bereits bestochen sind. Das Flugzeug startet anschließend nach Dublin, landet aber auf einem alten Stützpunkt der Air Force in Louth zwischen, wo wir dann unsere Hälfte ausladen. Fox fliegt weiter und gibt in der Luft eine Änderung des Reiseziels bekannt.«

»Wo will er denn hin?«

»Letztlich vermutlich nach Heathrow, aber unterwegs, wenn sich die Maschine in unbewachtem Luftraum befindet, wird er noch Hellsmouth ansteuern, dieses Landgut in Cornwall. Dort gibt's einen alten Flugplatz der RAF aus dem Zweiten Weltkrieg. Die Rollbahn ist zwar ein bisschen holprig, aber ein Flugzeug wie die Gulfstream kann dort durchaus aufsetzen.«

»Hört sich gut an, Brendan.«

»Find ich auch, Dermot.«

Kelly lächelte, zog eine kleine Flasche irischen Whiskey aus seiner Tasche, schraubte den Deckel herunter und nahm einen kräftigen Schluck. Dann reichte er sie an Brendan weiter.

»Also, auf irischen Speck mit Rührei, Weißbrot und Regen.« Er lächelte. »Ich vermiss den Regen, Brendan. Den herrlichen irischen Regen.«

Gideon Cohen war mit seiner Schwester und Moshe Levy in einem Zwölf-Meter-Boot aus einem Jachthafen an der Küste in der Nähe von Haifa ausgelaufen. Das Boot war von der Art, wie Touristen es häufig zum Sporttauchen mieteten. Im Heck stapelten sich die Sauerstoffflaschen. Die Kajütenräume waren mit sieben

Kojen und einer geräumigen Küche mit allem Drum und Dran ausgestattet.

Cohen besaß einen britischen Pass auf den Namen Julian Grant. Aus seiner Schwester und Levy war das Ehepaar Frobisher geworden, ebenfalls britische Staatsangehörige. Da ihre Herkunft somit unverdächtig war und die Libanesen dringend Touristendevisen brauchten, hatten sie bei der Beschaffung der Visa keine Probleme. Am späten Nachmittag rauschten sie bereits auf Al Shariz zu.

Cohen hielt das Steuerrad. Levy hatte es sich neben ihm bequem gemacht, während Anya aus einem halb geöffneten Fenster schaute.

»Also, gehen wir die Sache einmal durch«, sagte ihr Cohen. »Anya, du quartierst dich mit Moshe im Golden House ein. Aber schreib dir eines hinter die Ohren, Moshe – die Dame, mit der du eine Suite teilen wirst, ist meine Schwester.«

»Wie könnte ich das vergessen, Oberstleutnant?«

»Fox hat mit seinen beiden Gorillas, Falcone und Russo, ein paar Zimmer reservieren lassen. Du, Anya, lässt dich möglichst oft in der Bar blicken. Vielleicht gelingt es dir ja, irgendwelche Informationen aufzuschnappen.«

»Ach, du liebe Zeit«, sagte sie. »Da haben wir's wieder. Studio sechs bei MGM, in der Rolle als Nutte.«

Ihr Bruder lächelte und drückte sie mit seinem freien Arm an sich, während er weiter das Steuerrad hielt. »Nein, in der Rolle der gut aussehenden Nutte.« Er schüttelte den Kopf. »Die Sache ist verdammt ernst, Schwesterchen. Wir dürfen uns keinen Fehler erlauben.«

»Nun, zumindest haben wir Dillon.«

Er lachte laut auf. »Mein Gott, ja, die arme alte *Fortuna*, weiß noch gar nicht, was ihr blüht.«

Im Flugzeug nach Beirut sagte Dillon zu Blake: »Wir haben also vor, eine Fabrik für elektronische Maschinenteile aufzubauen, ein angloamerikanisches Gemeinschaftsprojekt, Arbeit für alle. Dreitägiger Aufenthalt.«

»Wird das auch klappen?« sagte Blake.

»Aber sicher. Sie versuchen immer noch, das Land wieder aufzubauen, sind jedoch von Leuten umgeben, die sich gegenseitig die Eier abschneiden wollen.«

»Und dann gehen wir als urlaubssuchende Sporttaucher an Bord von Cohens Boot.«

»Und schicken die *Fortuna* auf den Meeresgrund. Samt Hammerköpfen und dem ganzen Zeug«, sagte Dillon.

»Und die Besatzung?«

»Das sind alles mörderische Fanatiker. Wenn ihnen das Risiko zu hoch gewesen wäre, würde sie ja nicht mitfahren.«

»Aber an Bord befinden sich fünf Millionen in Gold, Dillon.«

»Ja, und ist das nicht, wie Ferguson sich ausdrücken würde, einfach köstlich? Die gehen auch auf den Meeresgrund. Ein fantastischer Ausdruck demonstrativer Verschwendung.« Er winkte in Richtung Flight Sergeant Madoc. »Bringen Sie mir noch einen Bushmills! Ich feiere gerade, weil ich mir richtig vorstellen kann, wie Jack Fox sich fühlen wird.«

Fox checkte mit Falcone und Russo im Golden House ein. Er hatte eine hübsche Suite im ersten Stock – Marmor, hier und da ein Teppich, alles sehr maurisch. Er fühlte sich gut. Der Vorfall im Colosseum lebte nur noch als eine böse Erinnerung fort. Seine Anwälte schienen der Ansicht zu sein, dass sich die Sache regeln ließe. Ob ihnen dies gelingen würde oder nicht – das Gold von der *Fortuna* war ihm jedenfalls gewiss. Und wenn man dies zu dem Geld hinzunahm, das Murphy ihm noch aus den irisch-amerikanischen Waffenkäufen schuldete, dann war er die gröbsten Sorgen erst einmal los.

»Alles in Ordnung, Signore?« sagte Falcone.

»Könnte gar nicht besser sein. Heute Nacht geht's los, Aldo. Gold – gibt nichts Besseres. Ist immer noch das einzige Vermögensgut, auf das man sich verlassen kann. Hast du beim Hafenmeister nachgefragt?«

»Ja, Signore, die *Fortuna* soll um zehn ankommen. Zwölf Mann Besatzung. Alles Araber. Der Frachter ist vorgestern aus dem Schwarzen Meer ausgelaufen.«

»Wo werden sie vor Anker gehen, an der Pier?

»Nein, das Schiff hat voll geladen. Ein paar hundert Meter vor der Einfahrt zur Hafenbucht.«

»Hervorragend. Ich werde kurz duschen und dann zu Abend essen. Wir sehen uns später.«

Ihre Maschine landete am frühen Abend. Dillon und Johnson reisten als Russel und Gaunt ein. Sie nahmen ein Taxi nach Al Shariz. Von unterwegs rief Dillon Cohen auf seinem Handy an.

»Lafayette, wir sind da. Ich sag dies im Namen von Blake.«

»Gut, wir sind ebenfalls schon angekommen. Unteres Hafenbecken. *Pamir*, dritte Pier.«

»Bis bald.« Dillon schaltete sein Handy aus und gab die Information an den Fahrer weiter.

Auf der *Pamir* blickte Cohen durch ein Nachtsicht-Fernglas und sah dabei zu, wie die *Fortuna* vor Anker ging. »Ab mit dir«, sagte er zu Anya. »Ich will nur ganz allgemein wissen, was er vorhat. Vielleicht erfahren wir genug, um auf seine genauen Pläne Rückschlüsse ziehen zu können.«

»Alles klar«, sagte Anya.

»Und dann noch etwas.« Er wirkte seltsam befangen. »Pflicht ist Pflicht, aber du bist meine geliebte Schwester. Komm ihm nicht zu nah. Der Typ ist brandgefährlich.«

Sie gab ihm einen Kuss auf die Wange. »He, mein kleines Bruderherz, mach dir doch keine Sorgen.«

Sie checkte im Hotel ein, zog sich um und ging dann in die Bar hinunter, eine atemberaubende Schönheit in schwarzem Minirock und mit schulterlangem Haar. Sie setzte sich an die Theke. Fox, der drüben am Fenster saß – mit Falcone und Russo am Nebentisch –, bemerkte sie sofort. Er nickte Falcone zu, stand auf, ging zur Theke und setzte sich neben sie.

»Hallo, wie geht's uns denn?«

»Ein Amerikaner!« Sie lächelte. »Was führt Sie denn hierher?«

»Ich will mich im Tourismussektor umschauen«, sagte er gewandt. »Und Sie?«

»Oh, ich habe hier einen ähnlichen Auftrag zu erledigen. Mein Mann ist auch hier. Wir sind aus London.«

»Ihr Mann?« Fox wirkte enttäuscht.

»Tja, er ist nach Tel Aviv abberufen worden. Lässt mich hier für drei Tage allein.«

Fox legte seine Hand auf die ihre. »Das ist ja furchtbar, eine so hübsche Frau wie Sie ganz allein! Aber jetzt haben Sie ja mich. Haben Sie bereits gegessen?«

»Nein.«

»Nun, dann leisten Sie mir doch Gesellschaft.«

Sie setzte sich zu ihm an den Tisch. Es gab ein opulentes Mahl – eine Mischung aus arabischer und europäischer Küche und dazu jede Menge Roederer Cristal. Sie erduldete widerwillig sein Getatsche auf ihrem Oberschenkel und wartete. Schließlich nahm

Falcone, der die ganze Zeit am Fenster gestanden hatte, einen Anruf auf seinem Handy entgegen. Er kam an den Tisch und flüsterte Fox etwas zu.

Fox drückte ihren Schenkel. »Da kann man nichts machen, ich muss weg.«

»Wie schade.«

Es war zehn Uhr. »Nur für zwei Stunden«, sagte er. »Werden Sie dann noch hier sein?«

»Natürlich. Bis dann.«

Er ging mit Falcone hinaus. Sie folgte ihnen und schlich in den Schatten einer Palme und einiger Grünpflanzen, während die beiden sich auf der Terrasse unterhielten.«

»Die *Fortuna* ist angekommen, Signore.«

»Gut. Binnen zwei Stunden bringen wir das Gold an Land.«

»Da ist nur eine Sache, die mir einfach nicht in den Kopf will«, sagte Falcone. »Diese Hammerköpfe sind doch Kurzstreckenwaffen, oder?«

»Völlig richtig.«

»Wenn es hier um den Irak geht, verwirrt mich das aber. Also, wir befinden uns hier doch vor der Küste Syriens – wie sollen die Dinger denn in den Irak gelangen?«

»Aldo, du verstehst nicht ganz die Hintergründe. Die Dinger sind sehr einfach aufzustellen und abzufeuern. Also wird die *Fortuna* als Abschussrampe dienen. Die gesamte Besatzung gehört, wie du weißt, der Armee Gottes an. Sie wollen Tel Aviv ausradieren, koste es, was es wolle. In Bezug auf Jerusalem sind sie allerdings ein wenig empfindlich. Schließlich handelt es sich da um die zweitwichtigste moslemische Stadt.«

»Mein Gott, diese Leute sind Bestien.«

»Hängt davon ab, wie man's sieht. So, nun komm.«

Anya rief ihren Bruder an und gab die Information weiter.

»Ja, sieh zu, dass du da wegkommst. Ich erwarte dich in spätestens einer halben Stunde« sagte Cohen.

Als Anya bei der *Pamir* eintraf, saßen Dillon, Blake, Cohen und Levy achtern unter dem Sonnensegel und sahen sich die Hafenkarte an. Sie zahlte das Taxi und stieg über die Reling.

»Menschenskind, Mädchen!« sagte Dillon. »Sie sehen aus, wie frisch der *Vogue* entsprungen. Sie sollten eine junge jüdische Mutter sein, Babys zur Welt bringen und Ihrem Mann das Leben zur Hölle machen. Stattdessen ziehen Sie aber immer noch umher und erschießen Bösewichte.«

»So bin ich nun einmal, Dillon. Wer ist Ihr Freund?«

»Blake Johnson. War früher beim FBI, arbeitet jetzt für den Präsidenten, lassen Sie's also nicht am nötigen Respekt fehlen.«

Sie schüttelte Blake die Hand. »Nett, Sie kennen zu lernen«, sagte sie und wandte sich dann zu ihrem Bruder um. »Wie bereits gesagt, ich habe Fox bei einer Unterhaltung mit einem seiner Männer auf der Terrasse belauscht. Das Gold ist eindeutig an Bord und die Hammerköpfe auch. Das Schlimmste kommt aber noch. Der Frachter soll als Abschussrampe eingesetzt werden, möglicherweise um Tel Aviv zu bombardieren.«

»Nicht wenn wir den Kahn vorher in die Luft jagen.«

»Das hätte ich nicht besser ausdrücken können«, sagte Dillon.

»Und je früher, desto besser«, warf Blake ein. »Der Frachter ist also schon hier, und Fox will das Gold bestimmt so schnell wie möglich an Land bringen lassen. Wir wissen von Roper, dass er sich für morgen früh um sieben einen Starttermin hat reservieren lassen.«

»Dann sollten wir lieber gleich loslegen«, sagte Cohen. »Wie gehen wir vor?«

»Nun, erinnern Sie sich noch an 1994 in Beirut«, sagte Dillon, »als wir die *Alexandrene*, die mit dem Plutonium an Bord, gesprengt haben?«

»Das heißt wohl besser, *Sie* haben die *Alexandrene* gesprengt«, sagte Anya.

»Wie hast du denn das hingekriegt?« fragte Blake dazwischen.

»Ich bin ins Wasser gesprungen, die Ankerkette hochgeklettert, hab dann ein bisschen rumgeballert und schließlich eine Packung Semtex in den Maschinenraum geworfen. Das war alles.«

»Könnte diesmal auch so funktionieren«, sagte Cohen.

»Ein Einmannunternehmen?« sagte Blake. »Gefällt mir nicht.«

»Blake, Vietnam ist lang her.«

»Spar dir solche Reden, Sean. Wir gehen gemeinsam.«

Dillon seufzte. »Also gut, es ist deine Beerdigung.« Er blickte nach draußen. Am Horizont war ein letztes orangefarbenes Flackern zu sehen. In der Ferne konnte man bereits die Sicherheitslichter der *Fortuna* flackern sehen. »Legen wir los! Ist mal wieder an der Zeit, die freie Welt zu retten.«

Falcone, Russo und Fox fuhren in einem Bootstaxi zur *Fortuna* hinaus. Sie hielten unterhalb einer Stahlleiter an der Seite des Frachters an. Fox bat den Bootsfahrer zu warten und kletterte die Leiter hoch. Oben wurde er von Brendan Murphy, Dermot Kelly und Kapitän Sawar in Empfang genommen. Fox und Brendan umarmten sich.

»Sie sehen gut aus«, sagte Murphy.

»Und Sie erst, alter Junge. Sie werden allerdings noch viel strahlender lächeln, wenn das Gold erst einmal an Land gebracht und in meinem Flugzeug verstaut worden ist.«

»Kommen Sie und schauen Sie sich's an.«

Murphy ging zu der Kajüte im Heck voran, wo die beiden Schiffskisten lagen.

»Fünf Millionen, Jack«, sagte er. »Gibt mir das Gefühl, dass Gott auf meiner Seite ist.«

»Das liegt daran, dass Sie Ire sind, Sie verrückter Hund«, sagte Fox. »Kommen Sie, trinken wir einen, und dann laden wir die Kisten um. Ich habe das Bootstaxi gebeten, zu warten.

Dillon und Blake saßen in einem Schlauchboot neben der *Pamir*. Sie trugen schwarze Taucheranzüge, dazu Sauerstoffflaschen und Gewichtsgürtel um die Hüften. Darüber hinaus hatten sie beide wasserdichte Beutel dabei, in denen sich jeweils eine mit einem Carswell-Schalldämpfer bestückte Browning High Power befand. Dillon hatte außerdem zwei Dreipfundblöcke Semtex mit Dreiminutenzündstiften dabei.

»Ich werde die ganze Bande ins Jenseits befördern«, sagte Gideon Cohen seiner Schwester und Levy. »Ihr bleibt hier und haltet euch zum Auslaufen bereit.«

Anya zögerte, schnappte sich dann jedoch ihre Uzi und stellte sich neben Dillon und Blake.

»Diesmal nicht. Ihr könnt bestimmt etwas Rückendeckung gebrauchen. Moshe ist mit dem Boot sowieso besser als ich.«

»Du kannst einem das Leben echt schwer machen«, sagte Cohen seufzend. »Also gut, nimm das Nachtsicht-Fernglas, und behalt alles im Auge.«

Sie fuhren in die Hafenbucht hinaus und schalteten etwa hundert Meter von der *Fortuna* entfernt den Motor ab.

»Auf geht's«, sagte Dillon. Er setzte sich die Taucherbrille auf und griff nach seinem Mundstück.

Das Wasser war um den Schiffsbauch herum von dem Leuchten der Sicherheitslichter erfüllt. Dillon machte bei der Stahlleiter Halt. Er streifte sein Oberteil und die Sauerstoffflasche ab, nahm die Browning aus dem Beutel und spannte sie. Das Gesicht noch von der Taucherbrille bedeckt, tauchte er an die Oberfläche. Blake war neben ihm. Am oberen Ende der Leiter erschien plötzlich ein arabischer Matrose. Dillon drückte, ohne auch nur eine Sekunde zu zögern, ab. Die Browning machte kaum ein Geräusch. Der Mann taumelte ins Wasser, während Dillon bereits die Leiter hochkletterte. Blake, der sich irgendwo hinter ihm befand, sah sich plötzlich einem Problem konfrontiert.

Der Araber, der das Bootstaxi gefahren hatte, hatte seinen Augen nicht trauen wollen, als er sah, wie Dillon auftauchte und den Matrosen erschoss. Er warf seine Zigarette ins Wasser und richtete sich auf, um Alarm zu schlagen Blake blieb nichts anderes übrig, als ihn zu erschießen.

Auf dem Deck setzte plötzlich Stille ein, die aber sofort von einem Stimmengewirr unterbrochen wurde. Kapitän Sawar eilte mit einem Maschinengewehr im Anschlag auf die Schiffsbrücke hinaus.

»Selim, bist du das? Wer ist da?«

»Der Mossad, du Schwein«, rief Dillon auf Arabisch. »Wir machen euch jetzt fertig.«

Sawar feuerte blind in die Dunkelheit des Decks los. Blake, der inzwischen zu Dillon hochgestiegen war, feuerte zurück. Eines der Fenster oben auf der Brücke zersprang in tausend Stücke. Fox, Falcone und Russo, die ebenfalls auf der Brücke waren, gingen in Deckung.

»Wer zum Teufel ballert da rum?« sagte Fox.

»Israelis. Irgendjemand dort unten hat was von Mossad gerufen.«

»Gib mir Feuerschutz«, sagte Dillon zu Blake, und schon flitzte er in geduckter Haltung zur Maschinenraumluke. Er riss den Deckel auf, nahm die beiden Semtexblöcke aus seinem Tauchbeutel und aktivierte die Zündstifte. Er warf das Semtex hinein und schloss die Luke wieder.

Als Dillon zu Blake zurückeilte, der unterdessen die Schiffsbrücke unter Beschuss hielt, unterlief Sawar ein schwerer Fehler. Er schaltete weitere Bootslichter ein. Dillon und Blake gingen hinter einem Rettungsboot in Deckung, während Sawar wieder aus seinem Maschinengewehr feuerte. Der Rest der Besatzung kam mit lautem Geschrei von unten aufs Achterdeck gestürmt. Die Männer waren alle bewaffnet.

Sawar feuerte unablässig und wurde dabei von Falcone und Russo unterstützt. Anya, die im Schlauchboot kauerte, nahm das hell erleuchtete Deck und die Schiffsbrücke unterdessen mit ihrer Uzi ins Sperrfeuer. Sawar bekam eine Kugel in den Kopf ab und fiel zu Boden. Fox und seine beiden Männer gingen sofort in Deckung. Falcone hatte einen Glassplitter abbekommen; sein Gesicht war blutüberströmt.

»Jetzt mach, dass du wegkommst, Blake«, sagte Dillon. »Das sind Dreiminutenzünder, vergiss das nicht! Nimm die Backbordseite. Dort ist auch so ein Rettungsboot, das uns etwas Deckung geben wird.«

Anya blickte durchs Fernglas. »Ich sehe sie. Sie schleichen sich backbord zur Reling«, sagte sie zu ihrem Bruder.

»Nun, das kann man sich gut denken. Dillon hat inzwischen bestimmt das Semtex platziert. Sie haben vielleicht noch zwei Minuten.«

»Dann fahr jetzt los.«

Cohen trieb den Motor auf Höchstgeschwindigkeit hoch und sauste um den Bug herum, während Anya weiter das Deck und die Brücke unter Beschuss nahm. Dillon und Blake sprangen über Bord. Fox, der aus einem Seitenfenster hinausspähte, sah zuerst, wie sie verschwanden, und dann, wie das Schlauchboot auftauchte. Anya warf den beiden Flüchtenden ein Seil zu. Dillon und Blake packten es. Danach verschwanden sie mit dem Schlauchboot in der Dunkelheit.

»Sie sind über Bord gesprungen, Signore«, sagte Falcone. »Die haben sich aber nicht lang hier aufgehalten.«

Fox, der durch sein jahrelanges hartes Leben ein gewisses Gespür für bestimmte Dinge entwickelt hatte, begriff sofort.

»Und zwar deshalb nicht, weil sie ihren Job bereits erledigt haben. Wir müssen sofort von hier verschwinden!«

Er kletterte flink die Leiter hinunter. Falcone und Russo folgten ihm. Murphy und Kelly kamen ihnen auf der Längsseite des Decks entgegengerannt.

»Was zum Teufel ist hier los?« fragte Murphy aufgeregt.

»Mossad. Sie haben Sprengstoff gelegt. Los, nichts wie weg hier!«

»Scheiße!«

Sie hangelten sich an der Stahlleiter hinunter und drängten sich ins Bootstaxi hinein. Fox warf den Motor an, während Falcone und Russo den toten Araber über Bord warfen. Sie rasten mit dem Boot davon.

Sie waren etwa einhundert Meter entfernt, als der Frachter explodierte. Das Deck brach nach oben weg, die Brücke bog sich, und dann schossen Flammen in die Nacht empor. Zwei, drei Männer sprangen vom Heck ins Wasser. Dann schien die *Fortuna* förmlich entzweizubrechen, und kurz darauf war sie bereits vollständig untergegangen. Zurück blieben nur brennendes Öl und entfernte Schreie.

»Sollen wir noch einmal hin, Signore?« fragte Falcone.

»Wofür? Ich will jetzt nur noch zum Flughafen und aus diesem Scheißort verschwinden. Übernimm mal.« Während sie weiter auf die Pier zufuhren, zündete er sich eine Zigarette an.

»Es ist alles futsch, nicht nur die Raketen, auch das Gold«, sagte Murphy.

»Ich weiß. Das Leben kann schon ganz schön gemein sein, oder?« Fox verspürte ein irrsinniges Verlangen aufzulachen.

»Aber woher haben die von der Sache gewusst?«

»Wir sind im Mittleren Osten, Brendan. Die Israelis haben beträchtliche Erfahrung darin, den Arabern das Leben schwer zu machen. Glauben Sie etwa, dass sie nicht in der Lage sind herauszufinden, was Saddam sich alles so ausheckt? Glauben Sie etwa, dass ihre Verbündeten in London und Washington das nicht herausfinden können?« Er warf die Zigarette ins Wasser. »Und zu allem Überfluss können diese Schweine auch noch kämpfen.«

»Das ganze Gold. Ich kann's nicht fassen.«

»Tja, besser Sie gewöhnen sich an den Gedanken.«

»Und jetzt wieder nach Heathrow zurück?«

»Wäre zwecklos, hier noch weiter herumzuhängen. Soll ich Sie und Kelly mitnehmen?«

»Nein, wir fliegen nach Paris und von dort aus nach Dublin.«

Sie ließen das Boot an der Pier aufprallen und sprangen hinaus. Fox hatte einen Wagen mit arabischem Chauffeur bereitstehen. »Ich fahre zum Golden House zurück«, sagte er, »packe meine Sachen und verschwinde von hier. Soll ich Sie wenigstens dorthin mitnehmen?«

»Nein, wir nehmen ein Taxi und fahren direkt zum Flughafen.«

»Sie haben Ihr gesamtes Gepäck auf dem Frachter verloren. Das werden die Leute vom Zoll bestimmt seltsam finden.«

»Ich kenne mich hier aus. Es gibt da einen Basar, der noch geöffnet hat. Wir werden uns dort ein paar Sachen besorgen. Kein Problem.«

»Gut.«

Sie gingen zum Ende der Pier, um sich einen Moment lang ungestört zu unterhalten.

»Verdammt, das Gold geht mir total ab«, sagte Murphy.

»Und mir erst«, sagte Fox.

»Was werden Sie nun tun?«

»Ich habe da eine Sache in London am Laufen. Damit müsste wieder alles ins Lot kommen.«

»Und, brauchen Sie da Hilfe?«

»Diesmal nicht. Was haben Sie jetzt vor?«

»Zunächst geht's zurück nach Kilbeg, da muss ich erst mal nachdenken. Ich bin völlig pleite.«

»Ein Großteil der Ausrüstung im Bunker ist immer noch unbezahlt. Das schulden Sie mir noch. Da steht noch mindestens eine Million aus.«

»Ich weiß, ich weiß. Mit ein paar Banküberfällen müsste sich das aber regeln lassen, und der Krieg geht jetzt bald sowieso wieder los.«

Fox streckte ihm die Hand entgegen. »Viel Glück. Melden Sie sich.«

»Werd ich bestimmt.«

Sie kehrten zum Wagen zurück. Fox, Falcone und Russo stiegen ein und fuhren davon.

Murphy roch die warme, von Gewürzaromen geschwängerte Luft. »Einfach widerlich, dieser Ort, Dermot. Fahren wir nach Hause. Ich könnte mal wieder ein bisschen Zivilisation gebrauchen.«

Blake hatte an der rechten Schulter einen Streifschuss abbekommen. Anya leistete ihm Erste Hilfe. Auf der *Pamir* herrschte dennoch eine gewisse Jubelstimmung.

Dillon und Blake zogen sich um und gingen dann in den Kajütsalon. Moshe Levy schenkte bereits Wein ein. Anya kam im Bademantel aus der Dusche und trocknete sich die Haare.

»Wo ist Gideon?« fragte Dillon.

»Telefoniert gerade.«

Gideon Cohen sprach mit seinem Onkel, der in seiner Wohnung in Tel Aviv war. Nachdem General Cohen sich alles angehört hatte, schlug er sich auf den Schenkel.

»Prächtig! Welch ein Coup.«

»Dillon und Blake Johnson kehren nun nach London zurück.«

»Tja, sag ihnen, dass sie meinen ganzen Segen haben. Und Anya, ist sie wohlauf?«

»Sie hat sich einen Orden verdient. Sie war große Klasse.«

»Der Mossad verleiht leider keine Orden. Aber ich werde euch alle zu einem netten Abendessen einladen.«

Fox, Falcone und Russo bestiegen in Beirut ihr Flugzeug. Sie wurden dabei diskret von Lacey und Parry beobachtet, die sie anhand der Fotos erkannten, mit denen man sie ausgestattet hatte. Die Maschine stieg stetig auf fünfzehntausend Fuß und bog dabei in den Luftraum über dem Mittelmeer ab. Russo hatte hinten Platz genommen. Eine Flugbegleiterin bot Getränke und etwas zu essen an. Fox verlangte nur ein Glas Champagner.

Falcone saß ihm gegenüber. »Und was nun, Signore?«

»Keine Ahnung, Aldo. Ich habe gerade ein Vermögen verloren. Und Murphy hat ebenfalls eine Menge verloren, dabei schuldet er mir noch wer weiß wie viel für die Waffen in diesem Bunker in der County Louth. Und dann ist auch noch das Colosseum geschlossen worden.« Er holte tief Luft. »Jetzt bleiben uns nur noch die Jagos und das Ding mit der White Diamond Company. Zehn Millionen. Abzüglich der vier für die Jagos bleiben mir noch sechs.«

Die Flugbegleiterin kam mit dem Champagner für Fox und reichte Falcone einen Wodka Martini. Falcone nippte an seinem Drink und sagte: »Warum nicht die ganzen zehn, Signore? Warum nicht den ganzen Erlös? Russo und ich würden das schon hinkriegen. Ich würde einiges riskieren, um wieder reinzuholen, was Sie gerade verloren haben.«

Fox nahm einen Schluck Champagner. »Du bist echt eine miese Type, Aldo. Aber genau das gefällt mir ja so an dir.«

Falcone lächelte. Ihm kam die Unterhaltung in den Sinn, die er auf der Flughafentoilette über das Handy mit Don Marco geführt hatte. Er hatte diesem die ganze traurige Angelegenheit geschildert.

»Es wird immer schlimmer«, hatte Don Marco gesagt. »Wenn ich es nicht anders wüsste, würde ich sagen, dass wieder Dillon und Johnson dahinter gesteckt haben. Du bist dir sicher, dass es die Israelis waren?«

»Daran besteht kein Zweifel. Sie haben sich ja praktisch selbst vorgestellt.«

»Es ist, als wäre er vom Pech verfolgt. Also gut, Aldo, pass auf ihn auf, okay?«

Falcone, dem das Gespräch noch in den Ohren klang, sagte jetzt zu Fox: »Die Jagos. Eine Bande gemeiner Straßenhunde, Signore. Wie gesagt, überlassen Sie sie Russo und mir.«

»Ist auf jeden Fall ein interessanter Gedanke.« Fox lächelte. »Wir werden sehen.«

Ferguson hörte sich in London über die sichere Leitung Dillons Bericht an. »Welch einen prächtigen Ausgang die Sache doch genommen hat. Unsere Freunde beim Mossad haben hervorragende Arbeit geleistet, und Sie und Blake haben sich ebenfalls bestens bewährt.«

»Also, Brigadier, kein Lob ist so schön wie eines aus Ihrem Munde.«

»Dass Ihnen das bloß nicht zu Kopf steigt, Dillon. Dann bis bald.«

Er saß noch eine Weile in seiner Wohnung am Kamin und sann über die Sache nach. Dann ließ er seinen Jaguar vorfahren, zog sich einen Mantel an und bat seinen Chauffeur, ihn in die Pine Grove zu fahren, wo Hannah Bernstein immer noch damit beschäftigt war, Regan auszuquetschen. Er wurde von Helen Black empfangen, die ihn sofort zu Ropers Suite führte. Der Major saß, flankiert von Regan und Hannah, vor einem der Bildschirme.

»Tja, Kinder«, sagte Ferguson, »es wird euch bestimmt freuen, wenn ihr erfahrt, dass in Al Shariz das Donnern einer höchst befriedigenden Explosion erklungen ist. Die *Fortuna* gibt's nicht mehr. Nicht nur die Hammerköpfe, sondern auch die fünf Millionen in Gold, die Murphy und Fox sich teilen wollten, befinden sich auf dem Meeresgrund – und zwar in einhundert Faden Tiefe.

»Du heiliger Strohsack«, sagte Regan.

»Einen Moment, Brigadier.« Roper tippte ein paar Befehle ein und blickte prüfend auf den Bildschirm. »Zweihundert Faden, um genau zu sein. Der Hafen wird von einer Senke durchzogen. Na egal, es dürfte jedenfalls ziemlich schwierig sein, das Zeug zu heben.«

»Was nun, Sir?« sagte Hannah. »Kilbeg?«

»Wir weit sind wir denn?«

»Oh, Sean hat sich sehr kooperativ gezeigt. Bin gerade dabei, einen Grundriss zu erstellen«, sagte Roper. »Wollen Sie mal sehen?«

»Nein, warten wir, bis Dillon und Blake wieder da sind.« Er wandte sich zu Hannah um. »Hat Salter sich inzwischen gemeldet?«

»Nein, Sir.«

»Ich glaube, ich werde mal bei ihm vorbeischauen.«

»Soll ich mitkommen, Sir?«

Ferguson schüttelte den Kopf. »Nein, machen Sie ruhig mit Regan und dem Major hier weiter.« Dann sagte er zu Helen Black: »Aber hätten Sie nicht vielleicht Lust auf eine Exkursion in die Londoner Unterwelt, Sergeant Major?«

»Ich wüsste nicht, was ich lieber täte, Brigadier.«

»Gut, brechen wir auf«, sagte Ferguson.

LONDON

10

Salter und Billy waren im Blind Beggar. Bei dem Lokal handelte es ich um eines der berühmtesten Pubs Londons, das zu seiner Glanzzeit das Stammlokal von Gangstergrößen wie den Kray-Zwillingen, den Richardsons und anderen gewesen war. Der Laden war abends um diese Zeit stets brechend voll, obwohl unter den Gästen viele Touristen waren – Gruppenrundfahrten waren inzwischen zu einem festen Bestandteil der Szenerie geworden.

Salter zeigte auf einen kleinwüchsigen Mann, einen Albino in schwarzem T-Shirt und Anzug. »Das ist einer der besten Schloss- und Safeknacker des Gewerbes, Billy. Manchester Charlie Ford. Der große Schwarze in seiner Begleitung ist Amber Frazer. Der ist ziemlich gut mit den Fäusten und hat darüber hinaus auch sonst noch einiges auf dem Kasten. Die beiden sind ein festes Paar.«

»Was meinst du damit, ein festes Paar?« sagte Billy.

»Na, du weißt schon, die sind schwul. Homosexuelle.«

Billy schüttelte den Kopf. »Tja, dann wissen sie nicht, was ihnen Schönes entgeht, mehr kann ich dazu nicht sagen.«

»Es gibt eben solche und solche, Billy. Wir holen ihn mal rüber.«

Er winkte Ford herbei, und dieser kam mit Frazer an der Seite herüber. »Charlie, alter Junge. Amber, wie geht's.« Salter schüttelte ihnen die Hand. »Das hier ist mein Neffe Billy. Nehmt euch bloß in Acht vor dem. Ist 'n schwerer Junge.«

»Sind wir das nicht alle?« sagte Ford.

»Kommt, trinkt einen mit. Hab vielleicht 'nen Job für euch.«

Er hatte zwar bereits gehört, dass Ford und seine Leute momentan anderweitig gebucht waren, wollte aber einmal vorfühlen.

»Was hast du auf der Pfanne, Harry?« sagte Ford.

»Tja, hab 'n großes Ding vor. Um was genau es geht, tut erst mal nichts zur Sache, aber ich brauche dafür 'nen Spitzenmann mit deinen Fähigkeiten. Jetzt mal im Ernst, Charlie, es gibt keinen Besseren als dich.«

»Und wann soll die Sache steigen?«

»In den nächsten zwei Wochen.«

»Unmöglich, Harry. Das heißt, nächsten Monat wäre okay, aber zur Zeit bin ich gebucht.«

»Tja, schön für dich. Ist hoffentlich 'ne nette Sache.«

»Supernett, Harry, ganz was Besonderes.«

»Hab schon verstanden. Was ich nicht weiß, macht mich nicht heiß.« Er trieb das Spiel weiter. »Was ist eigentlich mit Phil Shapiro?«

»Ist letzte Woche gebunkert worden. Sitzt im West End Central. Du könntest es aber mal bei Hughie Belov versuchen. Er behauptet allerdings, in Pension gegangen zu sein. Der hat mir 'ne Menge beigebracht. Hängt wahrscheinlich davon ab, was du anzubieten hast.«

»Danke für den Tipp«, sagte Salter.

In dem Moment kamen die Jago-Brüder herein und stellten sich an das Ende der Theke.

»Ich muss jetzt los, alter Junge«, sagte Ford. »Bis zum nächsten Mal.«

»Pass auf dich auf«, sagte Salter.

Ford und Frazer gingen zu den Jagos hinüber.

»Würde sagen, damit ist alles klar«, sagte Billy, der die beiden weiter beobachtete.

»Ja, aber wir sollten noch genauer herausfinden, was sie vorhaben.«

»Wie soll das gehen?«

»Auf die altmodische Art. Wir folgen ihnen, dann sehen wir schon, worauf die Sache hinausläuft. Auf geht's!«

Baxter und Hall warteten in dem Range Rover, der am oberen Ende der Straße geparkt stand.

»Macht euch um mich keine Sorgen«, sagte Salter. »Ich nehme ein Taxi. Ihr wartet hier mit Billy. Die Jagos sind gerade mit Manchester Charlie Ford da drin. Sobald sie rauskommen, folgt ihr ihnen. Im Handschuhfach findest du übrigens ein Nachtsichtfernglas, Joe, so ein russisches Ding.«

»Alles klar, Harry.«

»Dann haltet euch ran.« Salter machte sich auf den Weg.

Eine halbe Stunde später kamen die Jagos mit Ford und Frazer heraus. Sie gingen zu einem Ford-Kombi, der weiter die Straße hinunter stand, stiegen ein und fuhren los. Zu Billys Überraschung machten sie sich sozusagen in sein angestammtes Territorium auf, nämlich nach Wapping. Baxter folgte ihnen bei starkem Abendverkehr im großen Abstand. Der Kombi bog schließlich in eine enge Straße mit alten, größtenteils renovierten Lagerhäusern zu beiden Seiten ein.

»St. Richard's Dock«, sagte Baxter. »Sie haben letztes Jahr all die alten Lagerhäusern in Büros und so weiter umgewandelt.«

»Irgendwelche Wohnungen?« fragte Billy.

»Nee.«

»Was wollen Sie dann hier, zum Teufel noch mal? Fahr am Ende der Straße mal an den Rand, und gib mir das Fernglas.«

Baxter parkte im Schatten eines Gebäudes, und sie stiegen alle aus. Billy stellte das Fernglas scharf. Die Jagos und die anderen beiden waren inzwischen auch ausgestiegen und gingen eine Steintreppe zu einem Kieselstrand am Fluss hinunter. Sie spazierten am Fluss entlang, während Billy sie weiter beobachtete. Sie waren in dem seltsamen grünen Leuchten des Fernglases klar zu erkennen.

»Wir haben Niedrigwasser«, sagte Hall. »Sonst müssten sie nämlich schwimmen.«

»Jetzt sind sie verschwunden«, sagte Billy. »Wir warten einfach.«

Zehn Minuten später tauchten die Jagos mit den anderen wieder auf und kehrten am Strand entlang zurück. Sie gingen die Treppe hoch, stiegen in den Kombi und fuhren davon.

»Okay«, sagte Billy. »Hol die Taschenlampe aus dem Wagen, Joe, dann schauen wir uns die Sache mal näher an.«

Er fand auf Anhieb das, was er suchte – einen gewölbten Tunneleingang, in dem es dunkel und feucht war. Die alten Steinwände waren von Flechten überzogen, und alles verströmte feuchten Flussgestank. Er ging voran, wobei er die Dunkelheit mit dem Strahl der Taschenlampe durchstieß, bis er plötzlich vor einem riesigen verrosteten Eisengitter stand. Es war mit einem rostzerfressenen Vorhängeschloss versehen.

»Was haben die hier wohl vor?« sagte Baxter.

»Weiß der Himmel, aber wir werden's schon noch rausfinden. Zurück zu Harry.« Er machte kehrt und ging in Richtung Ausgang voran.

Harry Salter nippte im Dark Man in seiner eigens für ihn reservierten Sitznische am Ende der Theke an seinem Bier und hörte zu. »St. Richard's Dock. Von dem gehört mir auch ein Teil, Billy.« Er rief Dora herbei, die sogleich um den Tresen herumkam. Er legte ihr den Arm um die Hüfte. »Schau mal in den Unterlagen in meinem Büro nach, Liebes – St. Richard's Dock.«

»Für dich tue ich doch alles, Harry.«

»Weiß ich, aber jetzt bringst du mir einfach nur diese verdammten Unterlagen.«

Ein paar Minuten später war sie wieder zurück. Er schlug den Ordner auf, nahm einen Grundriss heraus und sah ihn sich an. »Zwei Geschäftsbanken, ein Grundstücksmakler, mehrere Baufirmen, zwei Restaurants und die White Diamond Company.« Er lehnte sich zurück. »Himmel noch mal, das kann doch nicht wahr sein! Die können doch nicht einfach in so einen Laden hineinspazieren wollen. Die Sicherheitsvorkehrungen werden dem neuesten Stand der Technik entsprechen. Mit allem Drum und Dran, verdammt noch mal. Ich kann's nicht fassen.«

»Immer mit der Ruhe, Harry«, sagte Billy ungewöhnlich gefasst. »Überlegen wir doch einfach mal, was sie in dem Tunnel am Ufer getan haben könnten.«

»Du hast Recht, Billy.« Er wandte sich zu Hall um. »Schau dich mal vorn im Lokal um, ob Handy Green da ist, der alte Knochen. Ist normalerweise hier. Der war mal Kapitän von 'nem Kanalschiff und kennt den Fluss wie seine Westentasche – besser als ich, und das will was heißen.«

Hall machte sich auf den Weg und kehrte kurz darauf mit einem alten, runzeligen Mann zurück, der in seiner Seemannsjacke und den Arbeiterhosen wie eine Schrumpfgestalt aussah.

»Handy, alter Junge«, sagte Salter. »Komm, setz dich auf einen Schluck zu uns. Du könntest mir vielleicht bei einer Sache helfen.«

»Für dich tu ich doch alles, Harry, das weißt du doch.«

»Die Sache ist die, Handy, ich hab da 'n echtes Problem. Du kennst doch St. Richard's Dock?«

»'türlich, Harry.«

»Man hat dort die Lagerhäuser saniert und Büros und so was draus gemacht.«

»Ich weiß, das ist alles erst letztes Jahr fertig geworden. Ich bin als Kind von dort aus immer mit den alten Segelkähnen losgefahren.«

»Da ist eine Sache, die mich interessiert«, sagte Salter. »Billy war dort am Ufer und hat zufällig einen Eingang zu einem Tunnel entdeckt.«

»Ja, wenn Niedrigwasser ist, sieht man den. Bei Hochwasser ist der Eingang aber verdeckt. Der Tunnel heißt St. Richard's Force.«

»Was zum Teufel soll das denn bedeuten?« Salter nahm den großzügig eingeschenkten Brandy, den Dora gebracht hatte, und reichte ihn dem alten Mann.

»Ach, das stammt noch aus dem Mittelalter. ›Force‹ im Sinne von Druck, weil das Wasser da bei Hochwasser mit wahnsinnigem Druck reinschießt. Kannst du dir gar nicht vorstellen.« Handy kippte gierig den Brandy hinunter. »Es ist nämlich so, Harry, das unterirdische London ist 'n Steckenpferd von mir. Es gibt Tunnels aus der Zeit der Römer, der Normannen und Abwasserkanäle der Tudors. Unter Queen Victoria hat man dann alles zugeschüttet. Also, diese ganzen modernen Hochhäuser und Bürotürme wissen gar nicht, wie viele Tunnels und Abwasserkanäle ihre Grundmauern durchziehen.«

»Aber du weißt es?«

»Hab mich schon immer dafür interessiert.«

»Und St. Richard's Dock?«

»Der reinste Irrgarten, ist wie in 'nem Bienenstock da unten.«

»Bist du dir da sicher?«

»Harry, ich hab alte Bücher mit Karten und so, alles aus der viktorianischen Zeit.«

»Wirklich?« Salter wandte sich an Billy. »Billy, geh bitte mit Handy zu seiner Wohnung und hol diese Karten, tu mir den Gefallen. Ich werd inzwischen Ferguson anrufen und ihm sagen, was wir rausgefunden haben.«

Nachdem Ferguson von Salter die großen Neuigkeiten erfahren hatte, kehrte er sofort in die Pine Grove zurück.

Eine Stunde später saß Handy Green mit Roper in der Pine Grove zusammen und zeigte ihm ein paar interessante Karten und Stadtpläne aus uralten Büchern. Roper überprüfte die neuen Erkenntnisse und machte sich dann an die Arbeit. Ferguson, Salter und Billy sahen ihm dabei zu. Baxter und Hall waren in der Kantine. Auf dem Bildschirm tauchten Grundrisse von Gebäuden auf.

»Unglaublich«, sagte Roper.

»Was ist das?« fragte Ferguson.

»Ein Netzwerk viktorianischer Tunnels und Abwasserkanäle in der Umgebung vom St. Richard's Dock. Da gibt's Stellen, an denen man die viktorianischen Backsteinfundamente nur mit einem Vorschlaghammer zu durchstoßen braucht, um in den Keller der White Diamond Company vorzustoßen.«

»Und was bringt uns das?« wollte Salter wissen.

»Moment, ich will nur noch mal kurz die genauen Pläne der White Diamond Company angucken«, sagte

Roper. Wieder huschten die Finger über die Tasten. Schließlich nickte er. »Interessant. Sicherheitsvorkehrungen der modernsten Art. Ist aber alles extern. Wenn man sich wie ein Maulwurf von unten vorarbeitet, dürfte es aber ein Kinderspiel sein.«

»Bingo«, sagte Salter.

»Würde ich auch sagen.« Roper wandte sich zu Ferguson um. »Brigadier?«

»Alles klar. Bleibt die Frage, wann die Sache steigen soll.« Er wandte sich zu Salter und Billy um. »Bleiben Sie bitte noch ein wenig an der Sache dran, ja? Wir kennen jetzt zwar den Ort, aber wir müssen noch den Zeitpunkt herauskriegen.«

»Nun, ich glaube nicht, dass es gleich morgen sein wird. Zumindest geht das aus dem hervor, was Charlie Ford hat durchblicken lassen. Wird wohl eher in ein, zwei Wochen sein.«

»Tun Sie bitte, was in Ihrer Macht steht.«

»Mit Vergnügen, Brigadier. Ist mal was anderes, auf der Seite des Gesetzes zu kämpfen. Komm, Billy, wir gehen, und Handy nehmen wir mit. Wir lassen das Flussufer einfach nicht aus den Augen.«

Nachdem sie gegangen waren, sagte Ferguson zu Roper: »Haben Sie für mich auch irgendetwas in Sachen County Louth?«

»Ich habe Regan bis auf den letzten Tropfen ausgequetscht. Aus seinen Äußerungen konnte ich einiges entnehmen, was mich zu einer genauen Untersuchung der Gegend um Kilbeg veranlasst hat. Wollen Sie sich's mal rasch ansehen?«

»Aber ja doch.«

Nachdem Roper ihm alles gezeigt hatte, saß Ferguson mit nachdenklicher Miene da. »Ganz schön kniffig.«

»Ziemlich.«

»In Anbetracht der Ereignisse sollten wir die Sache meiner Meinung nach lieber früher als später in Angriff nehmen.«

»Da würde ich Ihnen zustimmen.«

»Gehen wir erst mal etwas essen, bis Dillon und Blake hier sind.«

»Da wär noch eine Sache, Brigadier.«

»Immer raus mit der Sprache.«

»Ich bin ein alter Irland-Veteran, deshalb kann ich Ihnen eines sagen – Sie können unmöglich durch die Küstengegend der County Louth fahren und so tun, als wären Sie ein Tourist.«

»Ja, ich verstehe, was Sie damit sagen wollen. Sie schlagen also vor, übers Meer anzurücken?«

»Ist die einzige Möglichkeit.«

»Zeigen Sie mir einmal die Countys Down und Louth und die schottische Küste.«

Roper tat, wie ihm geheißen, und holte die gewünschten Karten auf den Bildschirm. »Bitte sehr.«

»Was halten Sie von Oban an der Westküste?« sagte Ferguson nach einer Weile. »Meinen Sie nicht auch, dass es sich als Auslaufhafen eignet?«

»Das wäre sogar ideal, Brigadier.«

»Ausgezeichnet.« Ferguson nahm sein Handy und rief Hannah Bernstein im Büro an. »Ist Dillon bereits angekommen?«

»Ist gerade in Farley Field gelandet, Sir.«

»Gut. Er soll sofort herkommen, und Blake ebenfalls. Es hat sich inzwischen einiges getan, Superintendent. Wir werden eine kleine Reise nach Irland unternehmen. Sprechen Sie mit der Transportabteilung. Wir brauchen eine Motorjacht oder so etwas Ähnliches.«

»Jawohl, Sir. Welcher Heimathafen?«

»Oban. Alles, was Dillon an Ausrüstung braucht, besorgen wir ihm, sobald er da ist. Setzen Sie die Besprechung hier an, und kommen Sie ebenfalls. Tut mir Leid, aber ich werde Sie unter Umständen wieder einiger Unbill aussetzen müssen.«

»Dafür werde ich bezahlt, Sir.«

Dillon und Blake schlangen einen Teller Speck mit Rührei hinunter, während Ferguson und Roper sie auf den neuesten Stand brachten.

»Vielleicht wäre es hilfreich, wenn Dillon und Sergeant Major Black sich noch einmal Regan vorknöpfen würden, Sir«, sagte Hannah, »nur um sicher zu gehen, dass er auch die Wahrheit sagt.«

»Ein vernünftiger Vorschlag«, sagte Ferguson. »Einverstanden.«

Sie begaben sich zu Ropers Suite, wo dieser sie auf dem Bildschirm mit der Situation in Kilbeg vertraut machte. »Die Gegend ist sehr abgelegen. Das Dorf ist an der Küste und hat ungefähr einhundert Einwohner. Rundherum liegen vereinzelte Farmen. Katholische Republikaner, alles Hardliner. Unmöglich, auch nur einen Mucks zu tun, ohne dass die ganze Gegend das mitkriegt.«

»Die Aktion muss also über den Seeweg laufen«, sagte Ferguson.

Dillon nickte. »In Ordnung. Wir nähern uns im Schutze der Dunkelheit und ziehen das Ganze mal wieder mit Taucherausrüstung durch, falls nötig.«

»Die Transportabteilung hat bereits von Oban aus ein geeignetes Boot organisiert«, sagte Hannah. »Es heißt *Highlander*. Die da oben wollen so bald wie möglich wissen, was ihr an Ausrüstung braucht.«

»Kein Problem. Ich stelle eine Liste zusammen. Bist du auch dabei, Blake?«

»Aber klar doch.«

»Und Superintendent Bernstein ebenfalls«, sagte Ferguson. Ich muss auf offizieller Polizeipräsenz bestehen.«

Dillon seufzte. »Du kannst es einfach nicht lassen, Hannah. Du willst dir wohl unbedingt den Kopf abschießen lassen. Warum tust du das nur – irgendwelche Komplexe?«

»Halt die Klappe, Dillon.«

»He, echt charmant für ein nettes jüdisches Mädchen mit Cambridge-Abschluss.«

Sie musste lachen. »Also, wie geht's weiter?«

»Werfen wir noch einmal einen Blick auf die Karte.«

Roper ging mit ihnen die Details durch. »Hier ist dieses alte Kloster, das als Eingang und Tarnung dient. Interessanter ist aber dieser alte Bauernhof hier im Osten. Er fungiert als Notausgang. Regan behauptet, dass der Bunker nur von zwei Leuten bewacht wird. Murphy lässt sich dort gelegentlich blicken. Ist in der Gegend so eine Art Volksheld.«

»Okay«, sagte Blake. »Wir marschieren einfach rein und jagen den Laden in die Luft.«

Ferguson nickte. »Am besten, wir holen jetzt Regan noch einmal zum Verhör rein. Das übernehmen wieder Sie, Sergeant Major Black, und Dillon. Die gleiche Varieténummer wie beim letzten Mal, nur für den Fall, dass er was vergessen hat.«

Als Regan von Sergeant Miller hereingeführt wurde, saß Dillon am Kamin. »Ah, da bist du ja, Sean. Man hat mir gesagt, dass du dich sehr kooperativ verhalten hast.«

»Ich habe alles getan, um was man mich gebeten hat.«

Ferguson, Blake, Hannah, Roper und Helen Black sahen durch die Einwegscheibe zu. Plötzlich sagte Roper: »Er lügt. Das Schwein lügt wie gedruckt.«

»Wie kommen Sie da drauf?«

»Seine ganze Art, rein gefühlsmäßig. Ich weiß nicht, was, aber irgendetwas verschweigt er uns.«

»Okay, Sergeant Major«, sagte Ferguson. »Nehmen Sie ihn in die Mangel.«

Einen Moment später stürzte Helen wutschäumend ins Zimmer. »Ich habe die Lügen satt, Dillon! Diese miese Ratte lügt, dass sich die Balken biegen. Er verschweigt uns was.«

Sie nahm ihren Colt mit aufgeschraubtem Schalldämpfer heraus, worauf Miller sie – seiner Rolle gemäß – beim Handgelenk packte. »Nein, Ma'am, so nicht.«

Ein Schuss löste sich in Richtung Decke. Regan schrie entsetzt auf.

»Also gut, ich sag ja alles – alles, was ihr wollt.«

Dillon schubste ihn auf den Stuhl zurück.

»Okay, wir haben Kilbeg, den Bunker, das Dorf und sogar den alten Granitsteinbruch unterhalb der Klippen. Aber was hast du ausgelassen?«

Regan zögerte. Helen Black schaltete sich wieder ein. »Ach, das ist doch alles reine Zeitverschwendung. Schicken wir ihn nach Wandsworth zurück.«

»Um Himmels willen, nein!«

»Irgendwas ist da noch. Aber was?« fragte Dillon mit fester Stimme.

»Das Geld. Brendan hat im Büro des Bunkers einen Safe in den Boden eingelassen. Hat dort angeblich eine Million Pfund drin – Erlöse aus Banküberfällen, Schutzgelder und solche Sachen.«

»Und?« fuhr Helen Black ihn an.

»Er schuldet Fox das Geld für die Waffenlieferungen.«

»Na so was«, sagte Dillon.

»Nur dass er ihn an der Nase herumführt. Er spielt Fox ständig die Wimmertour vor. In Wirklichkeit hat er dort aber sogar an die drei Millionen Pfund drin.«

Dillon wäre beinahe in Lachen ausgebrochen. »O Mann, willst du damit etwa andeuten, dass wir, sobald wir den Laden in die Luft jagen, nicht nur Murphy sondern auch Fox fertig machen? Das ist ja wunderbar.« Er wandte sich zu dem Spiegel um. »Ist das nicht eine Freude, Brigadier? Kommen Sie rein.«

Ferguson kam mit Hannah und Blake herein. »Sehr unartig von Ihnen, Regan. Versuchen immer noch zu tricksen, was?«

»Ja, diesem Lumpen kann man nicht übern Weg trauen«, sagte Dillon. »Unter den gegebenen Umständen halte ich es für besser, ihn mitzunehmen.«

»Wirklich?«

»Nur für den Fall, dass es Probleme gibt. Was, wenn er uns noch andere Dinge verschwiegen hat?«

Ferguson nickte. »Ja, da kann ich Ihnen nur zustimmen. Sind Sie auch der Meinung, Superintendent?«

»Nun, das sollte sie wohl sein, weil sie nämlich auf das Schwein aufpassen wird«, sagte Dillon.

»Worauf willst du hinaus?« sagte Hannah.

»Darauf, dass wir keine Zeit verschwenden sollten. Wenn deine Versorgungsleute alles wunschgemäß beisammen haben und das Boot bereit ist, werden Blake und ich losfliegen. In der Nähe von Oban gibt's einen Stützpunkt der Royal Air Force. Wir bringen das Boot auf Vordermann und bereiten alles vor. Die Jungs fliegen zurück, holen euch morgen früh ab und machen sich dann wieder auf den Rückweg. Wir laufen morgen Nachmittag aus und kommen morgen Nacht in Kilbeg an.«

»Sie wollen wohl wirklich keine Zeit verlieren«, sagte Ferguson.

»Warum auch, Brigadier?«

»Mir soll's recht sein.«

»Da ist nur ein Problem«, sagte Dillon. »Blake hat in Al Shariz eine Kugel abgekriegt.«

»Herrgott noch mal, war doch nur ein Streifschuss. Anya hat mich bestens verarztet.« Blake wirkte ungehalten.

»Blake, wenn wir den Unterwasserweg nehmen müssen, kommt das mit dir nicht in Frage.«

»Sie wollen damit also sagen, dass Sie gern einen zweiten Taucher hätten?« sagte Ferguson. »Viel Zeit bleibt uns da nicht mehr, einen aufzutreiben, aber ich könnte im Hauptquartier der Marine anrufen. Die können uns möglicherweise jemanden vom Special Boat Squadron zur Verfügung stellen.«

»Hilft uns nicht weiter. Die Jungs sind alle kurzgeschoren und würden mit ihrer Frisur nie und nimmer als Einheimische durchgehen. Beim SAS in Hereford wiederum wimmelt es nur so von Typen, die seit Monaten keinen Frisör mehr gesehen haben. Die müssen nämlich zuweilen von einem Tag auf den anderen in Belfast als Undercoveragenten arbeiten und dabei aussehen, als kämen sie frisch von der Baustelle.« Dillon lächelte.

»Das leuchtet mir ein«, sagte Blake. »Ich weiß noch, wie riskant das war, als du mich dort vor ein paar Jahren als Agent eingeschmuggelt hast.«

»Also«, sagte Dillon. »Mir schwebt da eigentlich ein ganz anderer Taucher vor.«

»Wer denn?« sagte Ferguson.

Dillon sagte es ihm.

Der Brigadier konnte sich vor Lachen kaum halten. »Oh, das gefällt mir. Fantastisch. Haben Sie etwas dagegen, wenn ich mitkomme und mir anhöre, wie er ablehnt?«

»Kein Problem, Brigadier, in dem Schuppen, wo man ihn normalerweise antrifft, wird das beste Pub-Essen von ganz London serviert. Ich fänd's übrigens nicht schlecht, wenn sich in der Zwischenzeit Daz im Rosedene mal Blakes Schulter ansehen könnte.«

»Im Rosedene?« sagte Blake.

»Das ist eine Privatklinik in der Nähe der Pine Grove, wo wir uns behandeln lassen, wenn das mal nötig ist. Wir haben da einen sehr netten Mann, Professor der Chirurgie an der London University, der uns, sagen wir mal so, zuweilen aushilft.«

»Haben Sie Lust auf eine Seereise nach Irland?« sagte Ferguson zu Regan.

»Mir bleibt wohl keine andere Wahl, oder?« sagte Regan. Seine Gedanken überschlugen sich bereits.

Ferguson wandte sich zu Helen Black und Miller um. »Bringen Sie ihn fort. Superintendent Bernstein wird ihn morgen abholen.«

»In Ordnung, Sir.« Miller nahm Regan am Arm. Helen Black folgte den beiden hinaus.

»Okay, Dillon«, sagte Ferguson, »bringen Sie Blake ins Rosedene. Hannah wird in der Zwischenzeit dort anrufen, um sicherzustellen, dass Daz auch da ist. Ich fahre jetzt erst mal ins Büro zurück. Wir sehen uns dann zum Mittagessen.« Er lachte. »Kann's gar nicht erwarten, seine Reaktion zu sehen. Ich hoffe nur, dass er sich als Patriot erweist.«

»Typen wie er sind das eigentlich immer, Brigadier.«

Die Rosedene-Klinik war ein elegantes mehrstöckiges Stadthaus inmitten eines dazugehörigen Gartengrundstücks. Die Empfangsdame begrüßte Dillon wie einen alten Freund und griff dann kurz zum Telefon. Gleich darauf tauchte eine freundliche Dame mittleren Alters im typischen Kittelblau einer Oberschwester aus ihrem Büro auf. Sie hatte wie Sean Dillon einen nordirischen Akzent. Mit einem Kuss auf die Wange begrüßte sie ihn.

»Waren Sie mal wieder im Krieg, Sean?«

»Nein, Martha, aber er hier.« Er stellte ihr Blake vor.

»Nun, dann wollen wir mal. Mr. Daz wartet bereits.«

»Mister?« Blake war etwas verwirrt.

»In England werden praktische Ärzte mit ›Doktor‹ angeredet, Chirurgen hingegen mit ›Mister‹.« Dillon lächelte. »Aber nur die Engländer könnten dir erklären, warum das so ist. In unserem Fall handelt es sich übrigens darüber hinaus um einen ›Professor‹.«

Schwester Martha führte sie einen Gang entlang und öffnete dann schließlich die Tür zu einem bestens ausgerüsteten Operationssaal. Daz, ein dürrer, hochgewachsener Inder mit einem Konfektionslächeln, saß im weißen Kittel an einem Schreibtisch und las in irgendwelchen Unterlagen.

Er stand auf und schüttelte Dillon die Hand. »Sean, Sie sind es diesmal also nicht. Öfter mal was Neues.«

»Man tut, was man kann. Es geht um meinen Freund hier, Blake Johnson.«

»Mr. Johnson, ist mir ein Vergnügen. Was fehlt Ihnen denn?«

»Ich habe einen Streifschuss abgekriegt. Wirklich nicht der Rede wert.«

»Das ist es nie, mein Freund.« Daz wandte sich zu der Oberschwester um. »So brisant, wie die Sache ist, Martha, möchte ich eigentlich ungern eines der Mädchen hereinbitten. Vielleicht könnten Sie mir assistieren?«

»Natürlich, Professor. Ich bereite alles vor.«

»Wenn Sie wollen, Sean«, sagte Daz, »können Sie gern bleiben.«

Blake stand mit nacktem Oberkörper da, während Martha und Daz sich in ihrer OP-Montur an die Arbeit machten.

»Du meine Güte, Sie waren ja wirklich im Krieg.« Daz untersuchte die linke Bauchhälfte. »Von Schusswunden herrührende Narben sind unverwechselbar.«

»Hier ist noch eine«, sagte Martha. »Unterhalb der linken Schulter.«

»Vietnam«, sagte Blake. »Ist lang her.«

»Aber diese hier wohl nicht«, sagte Daz, während Martha den Schutzverband an der rechten Schulter wegschnitt. Er schnitt eine Grimasse. »Sieht böse aus.«

»Himmel noch mal, es ist nichts«, sagte Blake.

Daz schenkte ihm keine Beachtung. »Tja, dieses *Nichts* muss jedenfalls sehr sorgfältig genäht werden. Was meinen Sie, Martha, wie viele Stiche wir brauchen werden? Fünfzehn? Vielleicht zwanzig. So, wie's aussieht, glaube ich nicht, dass eine Lokalanästhesie genügt. Wir müssen eine Vollnarkose vornehmen. Rufen Sie Doktor Hamed. Er müsste eigentlich hier im Haus sein. Ich möchte, dass er mir assistiert.«

»Also, jetzt hören Sie mal, ich habe keine Lust, hier lange flach zu liegen«, sagte Blake. »Ich hab zu tun.«

»Wollen Sie sich für den Rest Ihres Lebens eine verkrüppelte Schulter einhandeln?« sagte Daz.

»Tun Sie, was man Ihnen sagt, Mr. Johnson«, sagte Martha. »Sie sind doch ein vernünftiger Mann.« Sie wandte sich zu Dillon um. »Überlassen Sie ihn erst einmal uns. Sie können ja heute Nachmittag noch einmal nach ihm sehen.«

»Ich fass es nicht, Sean«, sagte Blake.

»Ist doch alles halb so schlimm«, sagte Dillon. »Wenn du heute nicht mehr fit wirst, kannst du ja morgen mit Hannah und Regan nach Oban nachkommen.«

Zur gleichen Zeit fuhr Billy Salter im Range Rover am St. Richard's Dock vor und parkte. Er stieg aus und ging am Ufer entlang zu einem Ford-Lieferwagen. Er öffnete die Tür und setzte sich neben Joe Baxter, der mit dem Fernglas in Richtung Kieselstrand spähte. Baxter setzte das Fernglas ab.

»Wie sieht's aus?« fragte Billy.

»Wir hatten wenig zu tun, da haben wir uns mal das Café genauer angeschaut, wo Manchester Charlie Ford zu frühstücken pflegt. Seltsamerweise war er nicht nur in Begleitung von diesem Riesenkerl.«

»Erzähl weiter – ich mag Überraschungen.«

»Connie Briggs.«

»Na, das wird ja immer besser. Es gibt in London wohl niemanden, der sich mit elektronischen Sicherheitssystemen sämtlicher Bauarten besser auskennt als er.«

»Genau, der Typ ist 'n Genie.«

»War noch jemand dabei?«

»Val French.«

»Jesses. Der große Experte mit dem Schneidbrenner. Der hat doch diese Kassetten bei der Goldbarren-Sache in Gatwick aufgeschnitten wie Sardinenbüchsen. Das weiß inzwischen jeder in der Branche.«

»Und Scotland Yard ebenso, obwohl die ihm nichts nachweisen konnten.«

»Und warum sind wir jetzt hier?«

»Sie sind alle in einem Toyota-Lieferwagen vorgefahren. Wir sind hinterher. Dann sind sie mit ein paar Leinensäcken ausgestiegen, am Ufer entlangspaziert und im Tunnel verschwunden. Wir haben derzeit Niedrigwasser. Sam ist inzwischen unten und hält sich hinter dem alten Schiffswrack versteckt.«

Billy nahm das Fernglas und stellte es scharf. Im gleichen Moment tauchten Charlie Ford und die anderen aus dem Tunnel auf und machten sich in Richtung der Treppen zum Dock auf. Sie bestiegen alle den Toyota und fuhren davon.

»Gib mir die Taschenlampe rüber. Schauen wir uns die Sache mal an.«

»Lass die erst einmal verschwinden«, sagte Billy.

Das grünliche Backsteinmauerwerk der Tunnelwände war von dem zurückweichenden morgendlichen Hochwasser noch ganz feucht. Billy schaltete die Taschenlampe ein. Das rostige Eisengitter war immer noch an Ort und Stelle, mit dem einzigen Unterschied, dass das schwere Vorhängeschloss verschwunden war. Als sie sich dagegenstemmten, ließ sich das Gitter problemlos öffnen.

»Sieh an, sieh an«, sagte Billy. »Da bin ich aber mal gespannt.«

Sie folgten dem Verlauf des Tunnels und wateten dabei durch knöchelhohes Wasser. Der Tunnel schien sich ewig hinzuziehen. Und dann waren da noch überall Seitentunnels.

»Also gut«, sagte Billy. »Genug ist genug. Wir befinden uns unterhalb vom Dock, aber ich kann nichts erkennen, was von Bedeutung wäre. Komm, wir gehen zurück.«

Als sie zur Mittagszeit im Dark Man ankamen, saß Salter dort in seiner üblichen Sitznische. Er hörte sich an, was sie zu berichten hatten, und nickte dann. »Okay, irgendwie muss die Sache bald steigen, und es kann sich eigentlich nur um die White Diamond Company handeln. Ich werde Ferguson Bescheid sagen.«

Wie auf Kommando kamen in diesem Augenblick Ferguson und Dillon hereinspaziert.

»Ist doch nicht zu fassen«, sagte Billy. »Wenn man vom Teufel spricht, kommt er.«

»Magie, Billy«, sagte Dillon. »Schließlich stamme ich aus der County Down.«

»Was führt Sie denn hierher, Brigadier?« sagte Salter.

»Zunächst einmal bin ich auf einen Teller Cottage Pie mit irgendeinem Rotwein zum Mittagessen aus.«

»Sir, wir haben einige Neuigkeiten für Sie«, sagte Billy und erzählte ihm dann alles.

Ferguson holte sein Handy hervor und gab die Informationen an Roper in der Pine Grove weiter. »Ich mache mir langsam um den Zeitplan sorgen, Roper«, sagte er. »Ich fühle mich dabei irgendwie unwohl. Es wäre äußerst hilfreich, wenn Sie sich Zugang zum Computersystem der White Diamond verschaffen könnten. Vielleicht finden wir ja heraus, was da los ist.«

»Überlassen Sie das ruhig mir, Brigadier.«

Ferguson schaltete das Handy aus. »Dann sind wir also möglicherweise im Geschäft, Gentlemen. Sie haben sich wahrscheinlich bereits jetzt schon einen Orden verdient, Harry.«

»Lassen Sie den Quatsch, Brigadier.«

Dora tauchte auf. »Cottage Pie, meine Liebe, und eine Flasche von diesem *Krug*-Champagner – schließlich ist Dillon hier.«

Als sie kehrtmachte, sagte Dillon: »Größe und Klasse, Harry, das bist du.«

»Was soll das, du kleiner irischer Depp – willst du dich etwa bei mir lieb Kind machen?«

»Um die Wahrheit zu sagen, ja. Du musst mir einen Gefallen tun.«

»Welchen Gefallen?«

»Ich brauche einen Meistertaucher, und der einzige der mir auf die Schnelle einfällt, ist Billy.«

Salter war von den Socken. »Du willst mich wohl auf den Arm nehmen.«

»Nein, Blake, mein amerikanischer Freund, ist an der linken Schulter von einer Kugel getroffen worden – der ist erst mal gehandikapt. Ich muss aber unterdessen per Schiff zu einer abgelegenen Gegend an der irischen Küste fahren. Dort gibt's nämlich einen unterirdischen Bunker voller gefährlicher Waffen, die nur darauf warten, in der nächsten Runde inneririscher Zwistigkeiten eingesetzt zu werden. Hab mir vorgenommen, das Teil dem Erdboden gleichzumachen. Und da mein Freund Fox mit dem Bunker finanzielle Interessen verbinden, wird mir das sogar einen gehörigen Spaß bereiten.« Er wandte sich zu Billy um. »Hör zu, du kleiner Draufgänger, es wird eine gute Tat in einer schlechten Welt sein. Bist du mit von der Partie?«

In Billys Augen lag ein Schimmer der Verwegenheit. »Bei Gott, und ob ich das bin, Dillon! Diese Schweine kommen hierher und jagen London in die Luft. Jetzt jagen wir zur Abwechslung mal sie in die Luft.«

»Billy?« sagte sein Onkel.

Fergusons Handy klingelte. Er ging kurz ran und sagte: »In Ordnung. Ich melde mich später noch einmal.« Er trank einen Schluck Champagner. »Das war Major Roper. Er hat das Computersystem der White Diamond Company angezapft. Sie erhalten am Donnerstag eine Sendung erstklassiger Diamanten – im Wert von zehn Millionen Pfund.«

»Dann wissen wir also, woran wir sind«, sagte Dillon. »Harry?«

»Was soll's, zum Teufel noch mal«, sagte Salter, »wir sind mit von der Partie.«

»Ausgezeichnet.« Dillon lächelte. »Und für dich heißt's ab nach Schottland, Billy, und dann machen wir eine nette Seereise.«

»O Gott«, sagte Billy. »Ich werde doch immer seekrank.«

»Auf dem Weg nach Farley Field machen wir kurz bei einer Apotheke Halt und besorgen dir ein paar Tabletten. In drei Stunden geht's los, dann sitzen wir bereits im Flugzeug nach Norden.«

»Ich war übrigens noch nie in Schottland«, sagte Billy.

»Tja, das werden wir ändern.« Als Dora das Essen brachte, musste Dillon lächeln. »Cottage Pie und Champagner von *Krug* – Gott stehe Brendan Murphy bei.«

SCHOTTLAND
IRLAND

11

Blake war noch nicht wieder bei Bewusstsein, als Dillon im Rosedene vorbeischaute. Hannah war bei ihm. Daz war in der Universität, aber Martha hielt weiter die Stellung.

»Er wird schon wieder. Allerdings wird er eine Weile lang etwas geschwächt sein«, sagte sie. Sie runzelte die Stirn. »Er wird doch wohl nicht irgendeinen Unfug vorhaben, Mr. Dillon? Ich kenne euch doch. Aber ich sage Ihnen ehrlich, dass er dazu nicht in der Verfassung ist.«

»Ich weiß, Martha. Ich weiß. Schauen wir mal, wie's weitergeht. Ich werde jetzt nach Schottland fliegen, halten Sie also Superintendent Bernstein hier auf dem Laufenden.«

»Brennt's schon wieder irgendwo?« fragte sie.

»Tut's doch immer.« Er gab ihr einen Kuss auf die Wange.

»Ach ja«, sagte sie, und dann verabschiedete sie ihn mit einem alten irischen Trinkspruch. »Mögen Sie in Irland sterben.«

»Na, vielen Dank.« Dillon lachte. »Bis bald.« Und dann machte er sich mit Hannah auf den Weg.

Auf dem Weg zum Dark Man sagte Hannah: »Die Sache könnte verdammt hart werden, Sean.«

»Ich weiß, aber Blake ist nicht in der besten Verfassung. Ehrlich gesagt, wäre er in seinem Zustand eher eine Belastung.«

»Was soll ich also tun?«

»Du musst ihn irgendwie hinhalten. Wenn du Glück hast, brauchst du nicht viel zu tun. Vielleicht kann Martha ihm ja irgendeine Tablette verabreichen.«

»Du warst schon immer sehr praktisch veranlagt.«

»Er ist ein guter Kerl, Hannah. Ich bin hier das Charakterschwein. Das ist mir zwar schnurz, aber er ist mir nicht egal.«

»Ich werde dich wohl nie verstehen.«

»Da bist du nicht die Einzige – ich verstehe mich nämlich selbst nicht. Ich bin nur eine Art Durchreisender, Hannah, ich hätte gedacht, dass du das mittlerweile kapiert hast.«

Dillon kündigte sich per Handy im Dark Man an. Als sie dort ankamen, erwartete Billy sie bereits mit seinem Onkel sowie Baxter und Hall draußen vor dem Lokal.

»Ich hab diesen jungen Nichtsnutz ziemlich gern«, sagte Salter, »bring ihn mir also heil und unversehrt zurück, Dillon. Merk dir, dass ich nicht *versuche* gesagt habe. Enttäusch mich also nicht. Wenn du allein zurückkommst, dann ...«

»Hab schon verstanden«, sagte Dillon. »Rein mit dir, Billy.«

Der Chauffeur legte Billys Gepäck in den Kofferraum. Billy, der ganz nervös und aufgeregt war, setzte sich nach vorn auf den Beifahrersitz. »O Mann, Dillon, wo hast du mich da nur reingezogen?«

»In ein wildes Abenteuer, Billy. Wenn du zurückkehrst, kannst du in die Marine eintreten.«

»Einen Teufel werde ich tun. Bin ’n unabhängiger Geist.«

In Farley Field wartete der Leiter der Versorgungsabteilung, ein pensionierter Sergeant Major, mit Dillons Liste auf sie.

»Ist bereits alles an Bord, Mr. Dillon. Walther-Pistolen mit Carswell-Schalldämpfern, drei Uzis, Schockgranaten und ein halbes Dutzend von der Splittervariante für den Fall, dass ihr in Schwierigkeiten geratet. Und das Semtex mit Zündstiften.«

»Was ist mit der Taucherausrüstung?«

»Standardanzüge und Schwimmflossen, wie sie auch vom Special Boat Service ausgegeben werden. Unser Agent vor Ort wird Ihnen in Oban sechs Sauerstoffflaschen übergeben. Das müsste reichen.«

»Ausgezeichnet.« Lacey und Parry waren bereits an Bord der Gulfstream. Madoc wartete unten an der Gangway.

Dillon drückte Hannah einen Kuss auf die Wange. »Die Todgeweihten grüßen dich.«

»Lass den Quatsch. Wir sehen uns morgen.«

»Ich weiß, aber pass auf Regan auf. Der Typ ist eine hinterhältige kleine Ratte.«

»Ich dachte, du wärst das.«

Es war eine törichte Bemerkung, die sie sofort bedauerte. Dillon lächelte jedoch. »Ah, welch eine harte Frau du doch bist.«

Er schob Billy, der vor ihm ging, die Gangway hoch. Madoc folgte ihnen, und nachdem er die Tür zugezogen hatte, rollte die Gulfstream davon.

»Warum?« flüsterte Hannah vor sich hin. »Warum sage ich so etwas nur?« Sie kannte jedoch die Antwort darauf, wusste, dass sie ihn aufgrund seiner Vergangenheit immer verurteilen würde. All die vielen Jahre, die er als der meistgefürchtete Vollstrecker der Provisional IRA verbracht hatte, all die vielen Morde.

Als die Gulfstream abhob, blickte sie auf. »Hol dich der Teufel, Dillon«, sagte sie. »Hol dich der Teufel.«

In der Pine Grove war Roper wieder einmal damit beschäftigt, in fremden Datenbanken herumzuschnüffeln. Nachdem er fündig geworden war, überprüfte er die Daten noch einmal, bevor er schließlich Ferguson anrief.

»Fox und seine beiden Gorillas haben sich im Dorchester für eine Woche Zimmer reservieren lassen.«

»Sonst noch was?«

»Murphy und Dermot Kelly haben einen Flug mit der Air France von Paris nach Dublin gebucht. Sie werden dort ungefähr zu jener Stunde eintreffen, die die Iren Teatime nennen.«

»Irgendeine Vermutung über den endgültigen Zielort?«

»Ich bitte Sie, Brigadier, dabei kann es sich doch nur um Kilbeg handeln. Die Leute halten Murphy dort übrigens für einen Robin Hood. Aber warum bitten Sie nicht diesen Chief Superintendent vom Special Branch der Garda um einen Gefallen, wenn Sie's denn genau wissen wollen?«

»Eine hervorragende Idee«, sagte Ferguson.

Er überlegte kurz und rief dann Malone in Dublin an. »Charles Ferguson am Apparat, Daniel.«

Malone stöhnte auf. »Was zum Teufel wollen Sie, Charles?«

»Dass Sie mir einen Gefallen tun.«

Murphy und Kelly waren um halb fünf in Dublin gelandet. Sie passierten mit leichtem Gepäck den Zoll, verließen die Flughafenhalle und marschierten auf einen alten viertürigen Ford zu. Der Fahrer hieß John Conolly, der Mann neben ihm Joseph Tomelty. Beide waren IRA-Hardliner und seit vielen Jahren Mitglied in Murphys Gruppe. Sie kannten sich alle seit ihrer

Jugend. Murphy und Kelly wurden mit Händeschütteln begrüßt.

»Freut mich, dich zu sehen, Brendan«, sagte Conolly. »Ist alles glatt gelaufen?«

»Gar nix ist gelaufen«, sagte Murphy. »Hätte nicht schlechter ausgehen können. Verschwinden wir hier. Ab nach Hause, und dann erzähl ich euch alles.«

Sie stiegen ein und fuhren los.

Malone, der in einem zivilen Wagen mit Fahrer saß, sagte: »Sieh mal einer an, Conolly und Tomelty zusammen mit Brendan und Dermot Kelly! Die alte Kilbeg-Mafia. Kein Zweifel, wohin sie jetzt fahren. Folgen Sie ihnen trotzdem – in diskretem Abstand. Wollen wir doch mal sehen, ob ich Recht habe.«

Als sie zwanzig Minuten später Dublin weit hinter sich gelassen hatten, tippte er dem Fahrer auf die Schulter. »Kehren Sie um. Es kann nur Kilbeg sein.«

Ein paar Minuten später, als der Wagen wieder nach Dublin unterwegs war, rief er Ferguson auf seinem Handy an und sagte ihm, was passiert war.

»Dann ist es also tatsächlich Kilbeg?« sagte Ferguson.

»Kein Zweifel. Sagen Sie bloß, Sie wollen uns hier Ärger bereiten, Charles?«

»Seien Sie nicht albern, Daniel. Wir tun nicht nur uns, sondern auch Ihnen einen Gefallen. Lassen Sie's erst einmal dabei bewenden. Ich halte Sie auf dem Laufenden.«

»Eine Frage noch. Wenn Sie die Sache organisieren, heißt das doch bestimmt, dass Dillon mit von der Partie ist, oder?«

»Offensichtlich.«

»Dann möge Gott Brendan Murphy beistehen.«

Ferguson legte auf und wandte sich an Hannah. »Haben Sie gehört? Murphy und Konsorten sind auf dem Weg nach Kilbeg.«

»Ich werde Dillon sofort Bescheid geben, Sir, dass die Typen alle in Kilbeg sind. Vielleicht ändern sich dadurch ja seine Pläne.«

»Es wird ihm einerlei sein. Sie wissen ja, wie er ist. Er wird trotzdem morgen Nacht losschlagen, Murphy hin oder her. Genau wie in einem schlechten Kriegsfilm.«

»Ich weiß, Sir. Er ist von einer Art Todessehnsucht besessen.«

»Woher das wohl kommt?«

»Weiß der Himmel.«

»Sie haben ihn wirklich auf dem Kieker, was, Superintendent?«

»Da liegen Sie völlig falsch, Sir. Ehrlich gesagt, mag ich ihn sogar irgendwie. Er erinnert mich an Liam Devlin, diese Kombination aus Gelehrtem, Schauspieler, Dichter und absolut kaltblütigem Killer.«

»Wie Sir Walter Raleigh gesagt hat«, meinte Ferguson. »Das Leben hält so manches Rätsel für uns bereit.«

Dillon und Billy wurden von zwei uniformierten Sergeants der Royal Air Force namens Smith und Brian in einem zivilen Wagen der Air Force abgesetzt.

»Dort drüben ist die *Highlander*«, sagte Sergeant Brian, »etwa zweihundert Meter weit draußen.«

»Na, das scheint mir ja ein rechter Seelenverkäufer zu sein«, sagte Billy.

»Lassen Sie sich nicht vom Äußeren täuschen. Sie ist mit doppelter Antriebsschraube, Tiefensonar, Radar und automatischer Steuerung ausgerüstet. Bei voller Kraft bringt sie fünfundzwanzig Knoten.«

»Gut. Legen wir los«, sagte Dillon.

»In Ordnung, Sir. Wir bringen Sie und Ihre Ausrüstung mit einem Boot rüber.«

Vierzig Minuten später waren sämtliche Geräte sorgfältig verstaut und alles startklar.

»Es gibt da noch das Schlauchboot«, sagte Brian. »Der Außenbordmotor hat ziemlich viel Power. Wir fahren jetzt zurück.«

»Vielen Dank. Das war gute Arbeit«, sagte Dillon.

Die Sergeants machten sich in dem Boot wieder auf den Weg. Dillons Handy klingelte. Es war Hannah Bernstein, die ihm die neuesten Informationen über die Kilbeg-Situation übermittelte.

»Die Tatsache, dass Murphy da ist – wird dir das Probleme bereiten?«

»Nur wenn ich das Schwein nicht abknallen kann. Wie geht's Blake?«

»Liegt immer noch flach.«

»Gut, sorgen wir dafür, dass es so bleibt. Wir sehen uns morgen.«

Oban war in dichten Nebel gehüllt. Es wehte ein leichter Wind, der einen feinen Nieselregen über das Meer trieb. Die umliegenden Berge waren weit oben von einer Wolkendecke verhangen, und die See war in der Meerenge von Lorn, jenseits von Kerrera, ganz aufgewühlt.

»Ist das Schottland?« sagte Billy. »Ist ja fürchterlich hier. Warum sollte hier irgendjemand freiwillig seinen Urlaub verbringen?«

»Das darfst du aber nicht dem Fremdenverkehrsverein sagen, Billy, sonst wirst du gelyncht. So, wir haben noch einiges zu tun. Essen können wir später, wenn wir an Land gehen.«

Er legte die Taucherausrüstung in der Heckkabine

bereit. »Die Sachen werde ich dir nicht zu erklären brauchen, schließlich bist du vom Fach, aber checken wir kurz die Waffen.«

Sie legten die Walther-Pistolen, das Semtex, die Uzis und die Schockgranaten auf den großen Tisch im Kajütsalon. »Also, ich zeige dir kurz, wie man eine Uzi benutzt. Die Walther ist ganz einfach.«

Eine halbe Stunde lang gingen sie alles durch, dann nahm Dillon eine der Walthers und ging zum Ruderhaus voran. Neben der Instrumententafel befand sich ein aufklappbares Fach. Er drückte einen Knopf, und hinter der Klappe kam eine Sicherungstableau zum Vorschein. Er spannte die Walther, legte sie in das Fach und klappte es wieder zu.

»Jederzeit griffbereit, zehn Schüsse, Billy. Merk dir das. So etwas nennt man einen Trumpf in der Hinterhand haben.«

»Du denkst aber auch an alles, oder?«

»Deshalb lebe ich ja auch noch. Gehen wir wieder an Land und essen wir dort etwas.«

Bevor sie loszogen, schaltete er noch die Deckbeleuchtung ein. Dann fuhren sie im Schlauchboot an der Küste entlang nach Oban und machten dort im Hafen fest. Gleich in der Nähe war ein Pub, in dem es warme Küche gab. Sie gingen hinein, warfen einen Blick auf die Speisekarte und entschieden sich dann beide für Fischpastete.

Dillon bestellte sich einen Bushmills dazu, aber Billy lehnte mit einem Kopfschütteln ab. »Ich nicht. Hab Alkohol noch nie gemocht, Dillon. Mit mir muss irgendetwas nicht stimmen.«

»Tja, die meisten Dinge des Lebens finden sich bereits in der Bibel beschrieben, und in dem Buch der Bücher heißt es wie folgt: Der Wein macht lose Leute, und starkes Getränk macht wild.« Er lächelte. »In diesem Sinne trinke ich jetzt aus und bestelle mir noch einen.«

Später, als sie wieder auf der *Highlander* waren, nahm der Regen an Heftigkeit zu. Sie saßen auf dem Achterdeck unter dem Sonnensegel, und Dillon ging sämtliche Ereignisse seit Katherines Tod in New York bis hin zu Al Shariz durch.

»Diese Mafia-Typen sind echte Schweine, Dillon«, sagte Billy, »und Murphy ist auch nicht besser.«

»So ist es wohl.«

»Dann befördern wir sie also ins Jenseits?«

»Das will ich doch hoffen.«

Der Regen trommelte auf das Sonnensegel, und Dillon schenkte sich noch einen Whiskey ein.

»Hör mal, Dillon«, sagte Billy, »ich habe schon einiges über dich gehört – der knallharte IRA-Mann, der die Seiten gewechselt hat. Aber jedes Mal wenn ich meinen Onkel frage, wie das alles passiert ist, stellt er sich stumm. Wie war das denn nun?«

Vielleicht war es der Regen – oder der Whiskey –, aber anstatt ihn mit einem grimmigen Blick zu strafen und ihm zu sagen, dass er sich um seinen eigenen Kram kümmern solle, kamen die Worte plötzlich wie von selbst aus ihm heraus, langsam aber stetig.

»Ich bin in Ulster geboren, meine Mutter ist bei der Geburt gestorben – so etwas ist eine Belastung fürs Leben. Mein Vater ist mit mir nach London gezogen. War 'n prima Kerl. Er hatte 'ne kleine Baufirma. Hat es geschafft, mich auf die St. Paul's School zu bringen.«

»Ich dachte, die ist nur für feine Pinkel?«

»Nee, Billy, die ist für Hochbegabte. Egal, jedenfalls hat mir die Schauspielerei gefallen, und deshalb bin ich dann auf die Royal Academy gegangen. Hab da nur ein Jahr lang studiert und bin ans National Theatre weitergezogen. Ich war erst neunzehn. Mein Vater ist nach Belfast zurückgekehrt und in einen Schusswechsel zwischen der IRA und den britischen Fallschirmjägern geraten.«

»O Mann, so was ist echt Scheiße.«

Dillon schenkte sich noch einen Whiskey ein und blickte weiter in die Vergangenheit zurück. »Billy, ich war ein verdammt guter Schauspieler, aber ich bin gleich nach Belfast zurückgekehrt und in die IRA eingetreten.«

»Nun, das ist verständlich. Das heißt, schließlich haben sie ja deinen alten Herrn umgebracht.«

»Und ich war wie gesagt erst neunzehn. Aber das waren die anderen auch, Billy. Die meisten waren dir übrigens sehr ähnlich. Egal, die IRA hatte damals zu Ausbildungslagern in Libyen Zugang. Dorthin haben sie mich dann geschickt. Nach drei Monaten gab es keine einzige Waffe, die ich nicht in- und auswendig kannte. Wollte irgendwer eine Bombe, konnte ich sie ihm basteln, egal welche.« Er zögerte. »Nur dass mir diese Seite der Angelegenheit nie gefallen hat. Passanten, Frauen, Kinder – so was hat mit Krieg nichts zu tun.«

»So hast du das damals empfunden – als einen Krieg?«

»Für eine lange Zeit, ja, aber dann habe ich umdisponiert und bin zu einer Art Söldner geworden, der überall seine Dienste feilbot. Der ETA in Spanien, den Arabern und Palästinensern, sogar den Israelis. Ist schon paradox, Billy – gerade erst habe ich im Libanon einen Job erledigt und ein Schiff mit Waffen für Saddam in die Luft gejagt. Damals, 1991, hab ich für den Irak gearbeitet.«

»Du hast was?«

»Das war während des Golfkriegs. Ich war es, der den Mörseranschlag auf die Downing Street durchgeführt hat. Da erinnerst du dich wahrscheinlich nicht dran.«

»Und ob ich das tue, verdammt noch mal. Hab die Artikel gelesen. Man hat einen Ford Transit benutzt, und dann hat ein Typ auf einem Motorrad den Bombenattentäter aufspringen lassen, und sie sind davongerauscht.«

»Das war ich, Billy.«

»Dillon, du Schwein. Du hättest beinahe den Premierminister und das gesamte Kabinett erwischt.«

»Ja, beinahe, aber eben nicht ganz. Die Sache hat mir eine Menge Geld eingebracht. Ich bin immer noch gut bei Kasse, wenn du so willst. Später bin ich dann in Bosnien in einen Riesenschlamassel geraten. Ich sollte vor ein serbisches Erschießungskommando gestellt werden, aber dann ist Ferguson aufgetaucht und hat mir die Haut gerettet, und als Gegenleistung musste ich für ihn arbeiten. Verstehst du, Billy, er wollte jemanden, der schlimmer als die schlimmsten Killer war, und das war ich.«

Zwischen ihnen wurde plötzlich eine unendliche Trübseligkeit spürbar, und Billy war von sich selbst überrascht, als er sich sagen hörte: »Was soll's, manchmal wird man vom Leben einfach überrollt.«

»Das kannst du laut sagen. Der Junge, der mit neunzehn Schauspieler war, hat wie in einem schlechten Film einfach weiter gespielt, nur dass er zur lebenden Legende der IRA wurde. Kennst du diese Western, in denen es immer heißt, dass Wyatt Earp einundzwanzig Leute umgepustet hat? Billy, ich könnte dir nicht sagen, wie viele ich auf dem Kerbholz habe, nur dass es wesentlich mehr sind.« Er lächelte sanft. »Wirst du eigentlich nie müde? Ich meine, so richtig müde?«

Billy Salter bot noch einmal all seine Reserven auf. »Hör zu, Dillon, du solltest dich jetzt ins Bett legen.«

»Stimmt. Nur dass das einem auch nicht weiterhilft, wenn man an Schlaflosigkeit leidet, aber ein Versuch kann nie schaden.«

»Dann versuch's jetzt mal.«

Dillon erhob sich, immer noch topfit. »Das Problem ist, dass es mir inzwischen egal ist, ob ich lebe oder sterbe. Obwohl – wenn man sich seinen Lebensunterhalt damit verdient, Unrecht zu verhindern, dann ist das eine äußerst schlechte Angewohnheit.«

»Na, diesmal hast du ja mich dabei. Geh einfach schlafen.«

Dillon stieg den Niedergang hinunter. Billy blieb noch einen Moment sitzen und dachte über alles nach. Der Regen wollte einfach nicht nachlassen und plätscherte vom Sonnensegel hinab. Er hatte noch nie jemanden so gemocht wie Dillon, noch nie einen Menschen so bewundert, abgesehen von seinem Onkel natürlich. Er zündete sich eine Zigarette an, grübelte weiter nach und sah plötzlich eine Parallele. Sein Onkel war ein Gangster, ein waschechter Schurke, wie man in London sagte. Dennoch gab es Dinge, die er nie tun würde, und Billy erkannte nun, dass Dillon genauso war.

Er blickte mürrisch in Richtung der Flasche Bushmills. »Scheißzeug«, sagte er. Dann nahm er die Flasche und warf sie samt dem Glas über Bord.

Er saß weiter bei strömendem Regen da und fühlte sich seltsam befreit. Dann erinnerte er sich an das Philosophie-Taschenbuch. Er kramte es heraus und schlug wahllos eine Seite auf. Es war eine Stelle über einen gewissen Oliver Wendell Holmes, einen berühmten amerikanischen Richter, der darüber hinaus im Bürgerkrieg Offizier der Infanterie gewesen war: *Wenn zwei Menschengruppen sich anschicken, miteinander unvereinbare Welten zu erschaffen, sehe ich kein anderes Heilmittel als die Anwendung von Gewalt… Mir scheint, dass jede Gesellschaft auf dem Tod von Menschen gründet.*

Billy war verblüfft. »O Mann«, flüsterte er, »vielleicht trifft das ja auf Dillon zu«, und dann er las weiter.

Am folgenden Morgen erwachte er in der Achterkajüte, und während er so dalag und sich den Schlaf aus den Augen rieb, hörte er plötzlich einen lauten Schrei. Er warf die Bettdecke zurück und eilte in Unterhosen den Niedergang hoch. Es regnete immer noch in Strömen, und der Hafen von Oban war in dichten Nebel gehüllt. Als er über die Reling spähte, tauchte ein paar Meter vor ihm Dillon an die Wasseroberfläche.

»Spring rein, das Wasser ist herrlich!«

»Du spinnst wohl, verdammt noch mal.« Und dann schrie Billy auf. »Hinter dir, um Himmels willen!«

Dillon drehte sich um. »Das sind Seehunde, Billy, die sind völlig ungefährlich. Es sind intelligente, neugierige Tiere. Gibt's hier jede Menge.«

Er schwamm mit ein paar kräftigen Zügen zur Leiter und kam mit seinen klitschnass an der Haut klebenden Shorts an Bord geklettert. Dann nahm er das Handtuch, das auf dem Tisch unter dem Sonnensegel lag.

»Was für eine Scheißgegend das hier ist.« Billy ließ seinen Blick über den Hafen schweifen. »Regnet es hier immer so?«

»Sechs von sieben Tagen. Stör dich nicht dran. Zieh dich jetzt an, und dann nehmen wir das Schlauchboot und fahren wieder zu diesem Pub. Wir werden uns ein kräftiges Frühstück bestellen, ganz wie in London.«

»Das gefällt mir schon besser.«

Als Hannah um halb zehn im Rosedene vorbeischaute, fand sie Martha am Empfang vor.

»Wie geht's ihm?«

»Nicht besonders. Die Wunde war ziemlich tief. Wir hatten gehofft, dass zwanzig Stiche reichen würden, haben aber dreißig benötigt. Hören Sie, ich weiß zwar nicht, um was es geht, aber sein Zustand erlaubt es ihm nicht, irgendwohin zu gehen. Der Professor untersucht ihn gerade. Ich gehe mal kurz rein und schaue, wie er sich macht.«

Hannah besorgte sich am Getränkeautomaten einen Kaffee und nippte gerade daran, als Daz auftauchte.

»Das müssen Sie mir jetzt aber genau erklären«, sagte er. »Er ist noch ganz benommen, erzählt mir aber trotzdem ständig, dass er ein paar wichtige Dinge zu erledigen hat. Ich gehe mal davon aus, dass es sich dabei um eben jene Dinge handelt, die Sie, Dillon und der Brigadier ständig aushecken.«

»Durchaus, nur dass wir diesmal an einer Sache dran sind, die viel zu gefährlich ist, als dass er in seinem Zustand daran teilnehmen könnte. Dillon wird das schon allein schaffen.«

»Ja, das glaube ich sofort. Was wollen Sie also von mir?«

»Ich weiß, dass Sie als Arzt damit eventuell gegen Ihre Berufsehre verstoßen würden, aber könnten Sie ihm nicht ein Schlafmittel geben?«

»Hm. Das ist vielleicht sogar die beste Lösung.« Er wandte sich zu Martha um. »Er braucht jetzt vor allem Schlaf. Sie wissen, was zu tun ist.« Er lächelte Hannah an. »Wenn Sie ihn noch sehen wollen, sollten Sie am besten jetzt zu ihm reingehen.«

Blake saß aufrecht im Bett. Der rechte Arm war bis zur Schulter bandagiert. Das Gesicht war ganz ausgemergelt, und er sah furchtbar aus. Hannah gab ihm einen Kuss auf die Wange.

»Wir geht's dir, Blake?«

»Schrecklich. Ich brauche nur ein bisschen Ruhe. Ein paar Stunden, und ich bin wieder auf dem Damm. Wann fahren wir?«

»Heute Nachmittag, aber bis dahin solltest du jede Anstrengung vermeiden.«

»Verdammt, ich habe immer noch Schmerzen.«

Martha, die im Hintergrund lauerte, trat mit einem Glas Wasser und ein paar Tabletten in einem Plastikbecher heran. »Hier, bitte«, sagte sie zu Blake.

»Was sind das für Tabletten?«

»Schmerzmittel. Sie werden sich rasch besser fühlen.«

Hannah hielt eine Weile seine Hand, die ganz allmählich erschlaffte und schließlich wegglitt, und dann starrte er sie nur noch mit leeren Augen an.

»So, das hätten wir«, flüsterte Martha. »Er wird nun mehrere Stunden schlafen.«

Sie gingen hinaus und trafen Daz am Empfang an, wo er gerade ein paar Unterlagen unterzeichnete. Er blickte auf. »Alles klar?«

»Ist bereits auf dem Weg ins Land der Träume«, sagte Martha.

»Gut. Ich muss jetzt weg. Ich habe noch einen OP-Termin im Guy's Hospital.« Er lächelte Hannah an. »Sie werden die Situation im Auge behalten?«

»Das übernimmt der Brigadier. Ich werde anderswo gebraucht.« Sie verabschiedete sich mit einem Nicken von Martha und ging mit Daz zu ihrem bereitstehenden Jaguar. »Kann ich Sie mitnehmen?«

»Ich wollte eigentlich ein Taxi nehmen, aber das Angebot nehme ich gern an.«

»Zuerst zum Verteidigungsministerium, danach gehören Sie dem Professor«, sagte Hannah zum Chauffeur, und dann fuhren sie los. »Das Wetter im März ist unausstehlich«, sagte sie. »Dieser verdammte Regen.«

»O Gott, ja, so ist es.« Daz lächelte. »Wie es Ihrer Aufmerksamkeit vielleicht nicht entgangen ist, bin ich ein Hindu, Hannah. Ich achte sehr auf das gefühlsmäßige Befinden eines Menschen, und ich spüre, dass Sie mal wieder bis zum Hals in Schwierigkeiten stecken, und zwar in Schwierigkeiten à la Sean Dillon.«

»Etwas in der Richtung.«

»Wann werden Sie jemals Vernunft annehmen?«

»Ich weiß, ich weiß. Ich bin ein nettes jüdisches Mädchen, unverheiratet, kinderlos, aber eben sehr geschickt darin, andere Leute umzulegen.«

Er nahm ihre Hand. »Hannah.«

»Nein, sagen Sie jetzt nichts. Dillon und ich werden mal wieder losziehen, um die Welt zu retten, obwohl ich mich immer mehr frage, wozu eigentlich.«

In Fergusons Büro angekommen, sagte sie: »Wie ist also die Lage? Dillon und Billy Salter sind schon auf Position. Sie sind beide erstklassige Taucher, und Dillon ist zudem ein hervorragender Steuermann. Fehlen also nur noch ich und Sean Regan.«

»Leider geht uns Blake ab.«

»So ist es, Sir.«

Ferguson stand auf, ging ans Fenster und blickte hinaus. »Eine Nacht-und-Nebel-Aktion wie diese funktioniert am besten ohne den Einsatz offizieller Sondereinheiten«, sagte er. »Deshalb habe ich den Kilbeg-Bunker auch nicht dem SAS überlassen. Es muss ein Einsatz werden, der praktisch nie stattgefunden hat.«

»Ja, das ist mir klar, Sir. Auf der anderen Seite könnten wir einen weiteren Schützen gut gebrauchen, einfach um auf dem Boot die Stellung zu halten, wenn Dillon und Billy an Land in Aktion treten.«

»Die Sache ist nicht einfach. Denken Sie dabei an jemand Bestimmten?«

»Ja, das tue ich tatsächlich. An einen exzellenten Schützen.«

»Und wer wäre das?«

Sie sagte es ihm.

Dillon und Billy saßen in einem Pub in Oban am Fenster und aßen ein köstliches schottisches Frühstück mit Räucherhering, Eiern im Glas und gebratenem Speck. Sie spülten gerade die letzten Reste mit dampfend heißem Tee hinunter, als Dillons Handy klingelte.

Es war Hannah. »Blake geht's nicht so gut«, sagte sie. »Wir haben ihm ein Schlafmittel gegeben. Er wird die nächsten Stunden nicht aufwachen.«

»Dann machst du dich jetzt also mit Regan allein auf den Weg?«

»Ja. Ich sehe da aber noch ein Problem, Sean. Wenn du mit Billy an Land bist, und ich mit Regan auf dem

Boot, wäre es praktisch, wenn wir noch einen weiteren Schützen hätten. Wird sich doch machen lassen – einfach jemanden, der verlässlich ist und wirklich weiß, was er tut.«

»Und wer wäre das?«

Sie nannte ihm den Namen, den sie auch Ferguson vorgeschlagen hatte. Dillon musste lachen. »Warum eigentlich nicht? Geht doch nichts über einen Berufssoldaten. Wann fliegt ihr los?«

»Um zwei. Um halb fünf sind wir bei euch.«

»Ich freue mich drauf.« Dillon klappte sein Handy zu und lächelte. »Sieh an, sieh an. Billy, du musst auf deine Manieren achten.«

»Was meinst du damit?«

Dillon erklärte es ihm.

Ferguson begleitete Hannah zur Pine Grove, um Regan abzuholen. Er war wieder in Ropers Suite, um noch ein paar Fragen zu klären. Helen Black und Miller waren ebenfalls dort.

»Nun«, sagte Roper, »ich glaube dieser hinterlistige Kerl hat tatsächlich die Wahrheit gesagt – oder wenigstens seine Version davon.«

»Und ob ich das habe, verdammt noch mal«, sagte Regan.

»Das sollten Sie auch lieber getan haben.« Ferguson lächelte kalt. »Falls nicht, bringe ich Sie auf die Anklagebank, Regan. Fünfzehn Jahre sind da mindestens drin.« Er nickte Miller zu. »Bringen Sie ihn raus und packen Sie seine Sachen. Legen Sie ihm die Handschellen an.«

Miller tat, wie ihm geheißen.

»Dann legen Sie mal los, Superintendent«, sagte Ferguson.

»Wir haben da ein Problem«, sagte Hannah zu Helen Black. »Sie kennen die Fakten ja größtenteils, aber ich will es trotzdem noch einmal zusammenfassen. Wir werden heute am frühen Abend mit einem Boot von Oban zur County Louth fahren. Dillon und Billy Salter sind dabei sowie ich – um auf Regan aufzupassen. Blake Johnson ist nach der Behandlung seiner Schusswunde noch nicht wieder auf dem Damm. Uns fehlt ein Schütze.«

»Ich verstehe.« Helen Black lächelte. »Wie viel Zeit bleibt mir zum Packen?«

»Eine halbe Stunde.«

»Dann sollte ich mich wohl beeilen.« Sie war im Nu zur Tür hinaus.

Später wurde Regan von Hannah zu ihrem Jaguar geführt, wo er hinten Platz nahm. Der Fahrer hatte Regans Gepäck bereits im Kofferraum verstaut. Ferguson stand mit Helen Black, die einen Khaki-Overall trug, oben am Treppenabsatz. Sie waren einen Moment lang allein.

»Ich bin Ihnen dankbar, Helen.«

»Tony ist zur Zeit in Bosnien«, sagte sie in Anspielung auf ihren Ehemann. »Die Hosehold Cavalry ist dort mit zwei Schwadronen vertreten.«

»Ich weiß, meine Liebe.«

»Es gibt keinen Grund, ihm zusätzliche Sorgen zu bereiten, aber ich gehe davon aus, dass Sie das Nötige veranlassen werden, wenn irgendetwas schief läuft.«

»Meine liebe Helen«, er gab ihr einen Kuss auf die Wange, »vertrauen Sie einfach auf Sean Dillon. Er ist zwar ein Saukerl erster Güte, aber bei Gott, der Mann hat was drauf.«

»Das brauchen Sie mir, die viele Jahre in Ulster verbracht hat, nicht zu sagen. Bis dann, Charles, und vielen Dank dafür, dass Sie mich gebeten haben, dabei zu sein.«

Auf Farley Field stand die Gulfstream bereit. Madoc lud das Gepäck ein und führte sie anschließend an Bord. Als Parry und Lacey hinzukamen, stellte Hannah alle einander vor.

»Wir haben ein bisschen Gegenwind«, sagte Lacey, »und werden wohl eindreiviertel Stunde benötigen. Es könnten auch zwei werden.«

Er setzte sich zu Parry ins Cockpit. Die Motoren sprangen an. Sie rollten zum Start, hoben rasch ab und stiegen steil in die Lüfte auf.

Regan streckte die Hände aus. »Können Sie mir bitte die Handschellen abnehmen? Ich werde hier wohl kaum fliehen.«

Helen Black lachte. »Schwerlich.« Sie holte den Schlüssel hervor und nahm ihm die Handschellen ab.

Madoc tauchte aus der Bordküche auf. »Tee, meine Damen?«

»Eine hervorragende Idee«, sagte Hannah.

»Ich für meinen Teil hätte lieber einen irischen Whiskey«, sagte Regan.

Madoc blickte Hannah an, die daraufhin nickte. »Tun Sie ihm den Gefallen, Sergeant.«

Helen Black wandte sich zu ihr um. »Tja, jetzt heißt es also wieder: Auf in den Krieg!«

Als sie zur *Highlander* zurückkehrten, sagte Billy: »Ich glaub's nicht, Dillon, das sind ja dann zwei Frauen. Und obendrein sind die beide auch noch Bullen.«

»Genau, von Scotland Yard und von der Militärpolizei. Aber merk dir eines, Billy: Die beiden haben mehr als nur einmal im Dienst getötet. Sie wissen beide, was sie tun.«

»Wo bin ich da nur reingeraten?«

»Tja, wie Heidegger schon sagte – und du hast es ja zitiert –: Das Leben ist Tat und Leidenschaft ...«

Billy fiel ihm ins Wort. »Also gut, dann wird es eben viel Action geben und wahnsinnig aufregend werden.«

»Du wirst deine Freude dran haben, Billy«, sagte Dillon, als er nach der Leiter griff, nachdem sie bei der *Highlander* längsseits gegangen waren.

12

Es regnete weiter in Strömen. Billy wickelte unter dem Sonnensegel gerade ein Seil auf, als der Ruf ertönte: »*Highlander*, ahoi!«

Hannah, Helen Black und Regan standen neben einem Range Rover auf der Pier. Der Chauffeur trug Zivil, war aber unverkennbar von der Royal Air Force.

»Sie sind da, Dillon!« rief Billy in die Kajüte hinunter.

Dillon kam an Deck und blickte hinüber. »In Ordnung. Ich fahre los und hole sie.«

Er legte mit dem Schlauchboot unterhalb der Treppe an.

»Alles in Ordnung?« rief Hannah.

»Aber immer. Reich mir mal das Gepäck.«

Sie hatten nur drei Taschen dabei, die der Chauffeur auch sofort hinunterbrachte. Regan, der wieder in Handschellen gelegt worden war, folgte. Er hob demonstrativ die Hände und sagte zu Dillon: »Ich könnte genauso gut in einer Sträflingskolonne in Georgia marschieren.«

»Das hättest du auch nicht anders verdient, du Mistkerl.« Dillon schubste ihn ins Boot. »Auf geht's, rein mit dir.« Er wandte sich um, um die Frauen zu begrüßen. »Sergeant Major, Superintendent, ich grüße euch. Ein schnelles Boot und eine nächtliche Überfahrt, Action und Leidenschaft – all das bekommen Sie hier von uns geboten.«

»Wie fesselnd«, sagte Helen Black. »Kann's kaum erwarten.« Sie stieg ins Schlauchboot.

Bei der *Highlander* angekommen, reichte Dillon das Gepäck zu Billy hoch. Helen kletterte an Bord, danach Hannah. Hannah sah sich kurz auf der *Highlander* um. »Mein Gott, ich muss schon sagen, sieht tatsächlich recht anspruchslos aus.«

»Abgesehen von der Tatsache, dass sie gestrichen werden müsste, ist sie fantastisch, mach dir also keine Sorgen«, sagte Dillon. »Pack einfach deine Sachen aus, steck Sean in den Kajütsalon, und ab geht die Post.« Er wandte sich zu Regan um. »Merk dir vor allem eins. Wie in den alten Filmen: Eine falsche Bewegung, und du bist tot.«

»Komm schon, Dillon, du legst mich doch sowieso um.«

»Nicht, wenn du schön artig bist.«

Sie verfrachteten Sean in den Kajütsalon; die beiden Frauen richteten sich in der Kabine im Heck ein, und Dillon machte das Boot zum Auslaufen bereit. Dann rief er Billy, Hannah und Helen zu sich ins Ruderhaus und ging mit ihnen die Instrumententafel durch. Dann zeigte er den Frauen die Walther im Sicherungskasten neben dem Steuerruder.

»Nur für den Fall.«

Das Meer flutete allmählich durch den Hafeneingang herein, und die *Highlander* schaukelte heftig hin und her.

»O Mann, ist mir schlecht«, sagte Billy. Er machte kehrt und stürzte aufs Deck, um sich über die Reling ins Meer zu erbrechen.

Dillon ging ihm hinterher, holte ein Pillendöschen aus seiner Seemannsjacke hervor, schüttelte eine Tablette heraus und gab sie ihm. »Runter damit, Billy. Dann fühlst du dich gleich besser.«

»Der große Sean Dillon«, sagte Hannah, »fürsorglich und rücksichtsvoll?«

Dillon lächelte. »Mit hämischen Bemerkungen kannst du mich nicht treffen, Hannah, aber lassen wir das. Wir müssen los, wenn wir den Zeitplan für heute Nacht einhalten wollen. Ich habe also andere Sorgen. Wir besprechen die Angriffsstrategie später. Wir haben ungefähr Windstärke fünf oder sechs, aber später sollte sich das Wetter etwas beruhigen.«

Sie liefen aus und pflügten sich durch die tosende See. Dillon war allein am Steuerruder. Nach einer Weile kam Helen Black mit einem Becher zu ihm herein.

»Tee«, sagte sie. »Das trinken Sie doch wohl am liebsten.«

»Sie sind ein Schatz.«

»Auch ich bin zum Teil irisch, Dillon, von meiner Großmutter väterlicherseits her. Trotz der dreißig Jahre Krieg sind wir anscheinend alle unentwirrbar miteinander vermischt.«

»Acht Millionen Iren im Vereinigten Königreich, Sergeant Major, und nur dreieinhalb Millionen in der Republik Irland. Es ist ein Rätsel.«

»Sie und Superintendent Bernstein geben mir aber auch Rätsel auf.«

»Hannah ist eine eisenharte Frau, eine Moralistin. Es fällt ihr schwer, mir meine ruchlose Vergangenheit zu verzeihen. Sie wiederum scheinen mich zu verstehen. Wir sind beide den gleichen Weg auf verschiedenen Seiten gegangen.«

»Ja. Genau das ist das Problem, nicht wahr?« Sie ging wieder fort.

Billy tauchte eine Stunde später mit einem weiteren Becher Tee auf. »Ist mit dir alles in Ordnung, Dillon?«

»Alles okay, aber wie steht's mit dir?«

»Die Tabletten haben funktioniert. Inzwischen geht es dafür Regan schlecht. Hast du noch welche von den Tabletten?«

Dillon gab ihm das Döschen. »Erledige du das, Billy, und gib mir Bescheid, ob er sich dann wieder besser fühlt.«

Eine halbe Stunde später kehrte Billy zurück. »Er hat sich hingelegt, aber ich glaube, dass die Tabletten bereits wirken.«

»Gut.«

»Dillon«, sagte Billy, »wegen dieser White-Diamond-Sache: Ich habe mir das mal durch den Kopf gehen lassen.«

»Erzähl.« Dillon schaltete auf Autopilot um und zündete sich eine Zigarette an.

»Sie haben also dort das Schloss an dem Eingangsgitter geknackt, und wir wissen, dass diese Tunnels direkt in die Kellergewölbe des St. Richard's Dock führen. Dann braucht man eigentlich nur noch einen Vorschlaghammer, um diese alten Backsteinwände zu durchstoßen.«

»Und?«

»Es geht um die Tresorräume. Ich verstehe immer noch nicht, wie sie das elektronische Sicherheitssystem überlisten wollen.«

»Ich habe auch keine Ahnung. Es muss dafür aber irgendeine raffinierte Lösung geben. Es ist wie mit Computern, Billy. Auch die sind sicherheitstechnisch auf dem modernsten Stand, aber wenn du einmal reinkommst, liegen sämtliche Geheimnisse offen vor dir.« Dillon lächelte. »Zerbrich dir darüber nicht den Kopf. Harry ist der Sache auf den Fersen, und ebenso Roper. Sie werden die Antwort schon finden. Im Augenblick bin ich nur an Kilbeg interessiert und daran, dich heil und unversehrt zum Dark Man zurückzubringen. Falls mir das nämlich nicht gelingt, wird Harry das gar nicht gefallen.«

»He, vergiss es, Dillon! Ich steh schon meinen Mann.«

»Okay, die Stunde der Wahrheit, Billy: Weil Blake nicht hier ist, werde ich die Frauen zurücklassen. Du musst also mit mir an Land gehen. Was hältst du davon?«

»Find ich super.« Billy lächelte. »Absolut toll. Du kannst dich auf mich verlassen, Dillon, ganz und gar.« Dann ließ er Dillon wieder im Ruderhaus allein.

Es war bereits dunkel, als die Tür zum Ruderhaus sich wieder öffnete. Der Duft von Sandwiches mit gebratenem Speck wehte herein.

»Und Tee habe ich auch dabei«, sagte Hannah.

»Also, wie kommt ein so nettes jüdisches Mädchen dazu, mir gebratenen Speck zu bringen?«

Sie ignorierte die Bemerkung. »Wo sind wir?«

»Westlich von Islay. Der Regen ist ein bisschen hinderlich.«

»Soll ich übernehmen?«

»Ist nicht nötig. Ich werde auf Autopilot umschalten.«

Dillon überprüfte den Kurs und stellte ihn dann fest ein.« Er stürzte sich geradezu auf die Sandwiches. »Fabelhaft. Hat London sich gemeldet?«

»Nein.«

Er aß die Sandwiches auf und trank den Tee. »So, das hätten wir. Vielen Dank, meine Liebe.«

»Ich finde wirklich, dass du dich für ein paar Stunden hinlegen und mich übernehmen lassen solltest.«

»Was verstehen Frauen denn schon von Booten, zum Teufel noch mal?«

Die Tür sprang auf, und Helen Black kam herein. »Spielen Sie hier nicht das chauvinistische Männerschwein, Mr. Dillon. Ich weiß zwar nicht, ob Superintendent Bernstein etwas von Booten versteht – ich jedenfalls tue das. Mein Mann und ich nehmen in unserer Freizeit regelmäßig an Regatten teil. Halten Sie also den Mund und legen Sie sich schlafen. Sie haben eine schwere Nacht vor sich.«

Dillon nahm die Hände hoch. »Ich ergebe mich diesem übermächtigen Frauenregiment. Das Schiff gehört Ihnen, meine Damen«, sagte er und ging unter Deck.

Auch Hannah verließ das Ruderhaus, und Helen Black übernahm das Steuer. Sie hatte wie immer ihren Spaß daran und drückte kräftig aufs Gas, da von Osten her eine Gewitterfront drohte. Sie musste an Tony, ihren Mann, denken, der mit der Household Cavalry in Bosnien Dienst tat. Sie fand es ungerecht, dass die Households, da sie die persönliche Leibwache der Königin stellten und im Brustharnisch und mit Helm durch London ritten, von nicht wenigen als Schokoladensoldaten verlacht wurden. In Wahrheit hatten sie im Falklandkrieg, im Golfkrieg und in Irland gekämpft, aber auch in den meisten kleinen schmutzigen Kriegen dazwischen.

Ihr Problem war, dass sie zugleich Frau und Soldat war und dass sie die Armee liebte. Natürlich war auch Dillon Soldat gewesen, wie sie fairerweise zugeben musste. Sie hatte ihn recht gern, obwohl er einst der schlimmste Feind gewesen war.

In der Dunkelheit zeichneten sich die Umrisse einer irischen Fähre mit ihren roten und grünen Positionslichtern ab. Helen änderte um ein paar Grad den Kurs und drückte bei zunehmend schwererer See weiter aufs Tempo, um der Gewitterfront zu entgehen, die von Osten nahte.

Inzwischen herrschte völlige Dunkelheit, die nur von einem leicht fluoreszierenden Schimmern des Meeres durchbrochen wurde. Plötzlich öffnete sich die Tür, und Dillon kam herein.

»Wie sieht's aus?«

»Wird allmählich ein bisschen ungemütlich.«

Er schaltete das Radio ein, stellte den Wetterkanal ein, horchte einen Moment und sagte schließlich: »Das geht schon. Der Wind wird bald nachlassen. Warum gehen Sie nicht runter und trinken einen Kaffee? Ich mache hier kurz weiter und schalte dann auf Autopilot um, damit wir besprechen können, wie wir genau vorgehen wollen. In spätestens anderthalb Stunden erreichen wir die Louth-Küste.«

»In Ordnung.« Sie nickte und ging hinaus.

Eine halbe Stunde später kamen Brendan Murphy, Dermot Kelly, Conolly und Tomelty in Kilbeg an und fuhren vor dem Patriot vor. Murphy rannte durch den strömenden Regen voraus.

Das Patriot war ein typisches irisches Pub, wie es sie diesseits als auch jenseits der Grenze gab: eine Theke, wuchtige Zapfhähne und ein Feuer in einem großen, offenen Kamin. Der Wirt, ein gewisser Fergus Sullivan, stand allein hinter der Theke, und vor dem Kamin saßen nur drei Gäste.

»Jesses, Brendan, schön, dich zu sehen.«

Sie schüttelten sich die Hand.

»Ist ja hier wie im Totenhaus«, sagte Murphy.

»Tja, wir haben Montag Abend. Was kann ich für dich tun?«

»Dermot und ich brauchen 'ne Unterkunft. Wir müssen aber gleich noch mal los, um etwas zu erledigen. Wir trinken jetzt einen und sehen dich dann später.«

Sullivan schenkte vier irische Whiskeys ein und einen fünften für sich selbst.

»Hoch lebe die IRA.«

»Und Tod den Engländern«, sagte Murphy.

Kurze Zeit später betraten sie in den Ruinen des Kilbeg-Klosters einen altertümlichen Durchgang und gingen auf eine uralte Eichentür zu, die längsseitig mit geschmiedetem Eisen ausgeschlagen war und aussah, als würde sie dort bereits seit Jahrhunderten ihren Dienst verrichten. In Wirklichkeit handelte es sich um eine moderne Nachbildung, die auf der Rückseite mit einer Stahlplatte bester Qualität verstärkt war. Murphy holte ein Funkgerät aus der Tasche und schaltete es ein.

Ein leises Flüstern ertönte.

»Murphy«, sagte er. »Sesam öffne dich.«

Einen Moment später sprang eine Hälfte der Tür automatisch auf. Er und Kelly gingen hindurch, durchquerten einen kleinen Tunnel und stiegen dann eine Betontreppe hinab. Es gab elektrisches Licht. Eine weitere Tür öffnete sich automatisch, und einen Moment später fanden sie sich in einem weiß getünchten Betonkorridor wieder, der rein funktional wirkte. Dann kamen sie im Hauptteil des Bunkers an.

Sie wurden dort von zwei Männern erwartet: Liam Brosnan, einem großen kräftigen Typ mit schulterlangem Haar; und Martin O'Neill, der das genaue Gegenteil zu sein schien: klein und schmächtig und rothaarig. Das Einzige, was ihnen gemein war, waren die AK-47er-Sturmgewehre, die sie trugen.

»Nun, zumindest seid ihr auf Zack«, sagte Murphy. »Irgendwelche Probleme?«

»Nur eines, Brendan«, sagte Brosnan. »Unten beim Ausgang, wo der Tunnel in die Treppen übergeht, steht das Wasser fast kniehoch.«

»Zeig's mir.«

Sie gingen voran. Murphy und Kelly folgten. Dort unten war es dunkel und – anders als im restlichen Bunker – kalt.

»Warum läuft die Heizung nicht? Und warum ist hier kein Licht?« wollte Murphy wissen.

»Das ist es ja gerade, Brendan. Der Rest vom Bunker ist okay, aber dieser Teil hier unter dem alten Bauernhaus wird über ein anderes System versorgt. Durch die Überschwemmung muss es kaputt gegangen sein.«

»Das ist der Regen«, sagte O'Neill. »War echt schlimm in den letzten beiden Wochen.«

»Das ist mir auch klar, dass es der verdammte Regen ist, du Klugscheißer«, sagte Murphy. »Aber ohne Strom ist das elektrische Schloss vom Ausgang im Eimer.«

»Ich hab 'ne Kette und 'n Vorhängeschloss um die Türgriffe gewickelt«, sagte Brosnan. »Ich hab auf dich warten wollen, Brendan, weil ich mir gedacht hab, dass du selbst jemand Verlässliches für die Reparatur suchen willst.«

»Richtig. Aber mach dir keine Sorgen, da gibt's diesen Typen, diesen Patterson in Dundalk, der diese Edelvillen baut. Der weiß schon, was gut für ihn ist.

»Ich weiß, wen du meinst.«

»Du rufst ihn an und sagst ihm, dass ich ihn morgen um halb neun im Patriot zum Frühstück treffe. Erklär ihm das mit der Überschwemmung und sag ihm, dass ich Wunderdinge erwarte. Er wird's schon hinkriegen, sonst verpasse ich ihm nämlich fürs Erste 'ne Kugel ins Knie.«

Auf dem Rückweg durchquerten sie die Lagerräume: säuberlich übereinander gestapelte Mörser, schwere Maschinengewehre und die dazugehörige Munition zum Abschießen von Hubschraubern, Kalaschnikows sowie noch gefettete Armelite-Leichtgewehre, nagelneu und frisch aus der Fabrik, und einige Kisten Semtex.

Murphy zündete sich eine Zigarette an und sagte zu Kelly: »Schau es dir an, Dermot. Wartet alles nur darauf, benutzt zu werden. Und diese alten Tanten in London quatschen von Frieden.«

»Du hast Recht, Brendan.«

»Unser Tag wird kommen. Ich schau jetzt noch kurz im Büro nach.«

Es befand sich am Ende des Tunnels – klein, sachlich-nüchtern mit Aktenschränken, einem Computersystem und einem Schreibtisch. »Ihr wartet draußen«, sagte Murphy zu Brosnan und O'Neill.

Kelly schloss die Tür. Murphy kniete hinter dem Schreibtisch nieder und hob eine Fliese aus dem Teppichboden heraus. Darunter war ein altmodischer Safe mit einem einfachen Schloss in den Betonboden eingelassen. Er tastete unter dem Schreibtisch umher, fand schließlich den Schlüssel, der an einem Magnetblock hing, und öffnet die Safeklappe.

Im Innern befanden sich ganze Bündel von Geldscheinen, englische Pfund ebenso wie amerikanische Dollar, alle in durchsichtige Plastikbeutel gehüllt. Er nahm ein paar davon in die Hand.

»Wenn du das hier einfach nur für Geld hältst, Dermot, dann irrst du dich: Es ist Macht. Mit Geld kannst du tun, was du willst, und hier liegen beinahe drei Millionen.«

»Was ist mit Fox, Brendan? Du weißt schon, was ich meine. Wie viel schuldest du ihm noch?«

»He, hör mir auf mit Fox. Schau doch nur, was in Al Shariz passiert ist. Ein totales Desaster, und nur wegen Fox. Eine andere Erklärung gibt's dafür nicht. Das heißt, wie sonst sollen uns die Israelis auf die

Spur gekommen sein? Ich weiß, dass es nicht wegen mir war.«

»Dann wirst du ihm also nicht das zahlen, was du ihm schuldest?«

»Da wäre ich schön blöd.« Murphy verschloss den Safe und legte die Fliese wieder zurück.

»Was, wenn er Ärger macht, Brendan?«

Murphy lachte. »Mir Ärger machen? Die Mafia? Dermot, wir sind hier in Irland, der einzige Ort der Welt, wo sie machtlos sind. Wir haben die Macht, Dermot, du und ich. Und jetzt komm, lass uns im Patriot eine Flasche köpfen und anständig zu Abend essen.«

Sie saßen alle im Kajütsalon der *Highlander*. Vor ihnen ausgebreitet lag ein Landkarte mit großem Maßstab.

»Hier ist Kilbeg«, sagte Dillon. »Das Kloster liegt einen halben Kilometer östlich vom Dorf. Der Bunker befindet sich darunter.« Er pochte mit dem Finger auf die Karte. »An dieser Stelle, wo die Ruinen eines alten Bauernhauses eingezeichnet sind, befindet sich Sean zufolge der Hintereingang des Bunkers.« Er warf einen Blick in Richtung Regan, der in Handschellen auf einer der Bänke saß.

»Stimmt doch, Sean, oder?«

»Ach, leck mich doch«, sagte Regan.

»Wie wollen Sie die Sache also angehen?« fragte Helen Black.

»Regan zufolge wird der Bunker nur von zwei Leuten bewacht. Ich habe an einen blitzartigen Überfall gedacht, etwas äußerst Rationelles. Wir sprengen den Hintereingang, rücken vor, legen die beiden Aufpasser um und lassen einhundert Pfund Semtex zurück, um den Laden dem Erdboden gleich zu machen. Sie lagern dort nicht nur Waffen sondern auch Semtex. Wird ein Freudenfeuer wie am Guy-Fawkes-Day.«

»An dem, wenn ich mich nicht irre, der Tatsache erinnert wird, dass es Guy Fawkes *misslang*, das Parlament in die Luft zu jagen«, sagte Hannah Bernstein.

»Nun, ich werde jedenfalls nicht scheitern.«

»Und was soll ich dabei tun?« fragte Billy.

»Du hältst mir den Rücken frei«, sagte Dillon. »Du bewachst den Eingang, während ich drin bin.«

»Na toll. Dann stehe ich also wie ein kleiner Strichjunge blöd rum.«

»Sei nicht albern, Billy. Du musst mir Rückendeckung geben.«

»Wie wollen Sie nun genau vorgehen?« fragte Helen Black.

»Okay, dort ist die Pier, die zu dem alten Granitsteinbruch gehört. Ropers Informationen zufolge lassen sich dort gelegentlich Hobby-Segler blicken und ankern in der Bucht. Wir gehen wie folgt vor: Wir legen mit dem Boot an der Pier an. Das Anlegemanöver übernehmen Sie, Sergeant Major. Billy und ich sind dann bereits in die Taucheranzüge geschlüpft. Wir laden den Rest der Tauchausrüstung auf die Pier. Nur für den Fall, dass wir auf die harte Tour zurückkehren müssen. Anschließend fahren Sie die *Highlander* etwa einhundert Meter in die Bucht hinaus und gehen da vor Anker.«

»In Ordnung«, sagte Helen.

»Billy und ich werden Funkgeräte tragen und ihr beide ebenfalls, damit wir jederzeit Verbindung miteinander aufnehmen können. Das Bauernhaus ist wie weit entfernt? Einen halben Kilometer? Die Sache wird ein Blitzangriff erster Güte. Wenn wir Glück haben, wird alles so glatt laufen, dass ich euch über Funk bitte, uns an der Pier abzuholen.« Er lächelte und wandte sich zu Billy um. »Wirst dir also noch nicht einmal nasse Füße holen.«

»Das wär echt nett. Dort draußen ist es nämlich verdammt kalt.«

Dillon drehte sich zu Regan um, der mürrisch auf der Bank saß, die Hände auf den Knien.

»Und jetzt kommen wir zu dir, Junge. Gibt es noch irgendetwas, was du uns verheimlicht hast?«

»Ich hab dir alles gesagt.«

»Das will ich auch hoffen, und zwar um deinetwillen. Wenn nicht, bist du nämlich so gut wie erledigt. Und das meine ich nicht nur im übertragenen Sinn.– Okay, Leute, packen wir's an.«

Es war stockdunkel, als sie sich mit einem leisen Tuckern der Küste näherten. Dillon überließ Helen Black das Steuer. Sie manövrierte das Boot mit einer Hand, spähte durch ein Nachtsichtfernglas und berührte beim Anlegen kaum die Pier. Dillon war in Sekundenschnelle mit der Leine an Land gesprungen und wickelte sie um einen Poller.

»Okay, Billy, reich die Ausrüstung rüber!«

Billy schleppte die Sauerstoffflaschen und die anderen Dinge heran, während Dillon alles auf der Pier aufstapelte.

»Also gut, Junge, und jetzt du.«

Billy sprang zu ihm herüber. »Mein erstes Mal in Irland – und was für ein Scheißland das ist.«

»Ein Höllenherd, Billy«, sagte Dillon und rief dann zu Helen Black hinüber: »Fahrt jetzt los!«

Die *Highlander* legte ab, und Dillon probierte sein Funkgerät aus: »He, liebst du mich immer noch, Superintendent?«

»Sei nicht albern«, erwiderte sie. Und dann fügte sie hinzu: »Um Himmels willen, Dillon …«

»Ich weiß, pass auf dich auf. Nun, dann ziehen wir jetzt los und retten den englischen Way of Life. Ein irischer Todesschütze und ein berüchtigter Londoner Gangster. Warum müssen das Leute wie wir erledigen?«

Er schaltete das Gerät aus, überprüfte seine Uzi und schulterte sie. Billy tat es ihm gleich. Dillon überprüfte seine Walther, und Billy tat es ihm wieder nach. Billy, der gehört hatte, was Dillon zuvor ins Funkgerät gesprochen hatte, fragte: »Hast du darauf eine Antwort parat? Warum müssen das Leute wie wir erledigen?«

»Billy, ein großer englischer Schriftsteller hat einmal gesagt: Am Ende sind es immer harte, kampferprobte Männer, die all die schwierigen Aufgaben meistern müssen, zu denen die allgemeine Bevölkerung nicht fähig ist, nur um anschließend paradoxerweise von der allgemeinen Bevölkerung verstoßen zu werden. So etwas nennt man Soldatenschicksal.«

»Aber ich bin kein verdammter Soldat.«

»Du bist ein Gangster, Billy, das ist das Gleiche. Halt also die Klappe und folge mir.«

An Bord der *Highlander* befolgte Hannah die Befehle, die ihr Helen gab, und warf den Anker. Sean Regan saß unterdessen weiter in Handschellen unter Deck und überdachte seine Lage. Er war ein Mann mit einem Sinn fürs Praktische, eine Eigenschaft, die ihm im irischen Kampf viele Jahre lang das Überleben gesichert hatte.

Aber er konnte es drehen und wenden, wie er wollte, an Dillons Ruf gab es kein Vorbeikommen, und es war der Ruf eines knallharten Kämpfers, der weder Tod noch Teufel fürchtete. Wenn er hinter einem her war, war man erledigt.

Regan konnte sich beim besten Willen kein anderes Schicksal vorstellen, als in die Irische See über Bord geworfen zu werden und als zweckmäßige Leiche zu enden, und das konnte er auf gar keinen Fall riskieren. Er fasste einen verzweifelten Plan, und bevor er es sich wieder anders überlegen würde, schritt er zur Tat. Er stieß ein Tablett mit einer Teekanne und mehreren Tassen vom Tisch und ließ sich auf die Knie fallen.

Einen Moment später tauchte Hannah auf. »Was ist los?«

»Hab wahnsinnige Magenschmerzen. Ich glaube, das kommt von diesen Pillen gegen Seekrankheit.«

Sie kniete nieder und sah ihn sich an. »Ist es wirklich so schlimm?«

»Ich muss aufs Klo. Ich mache mir sonst gleich in die Hosen.«

Sie half ihm auf die Beine und brachte ihn zur Toilette. Er streckte ihr die Hände entgegen. »Bitte, da drin kann man sich unmöglich bewegen. Ich könnte mir mit diesen Dingern nicht einmal die Hose runterziehen.«

Sie zögerte, holte aber schließlich ihren Schlüssel hervor, nahm ihm die Handschellen ab und schob ihn in die Toilettenkabine. Sie lehnte sich draußen an die Wand und wartete.

Regan setzte sich, atmete tief durch, erhob sich wieder und stieß mit voller Wucht die Tür auf. Er packte Hannah und stieß sie gegen die Wand. Dann rannte er den Niedergang hoch, sprang aufs Deck hinaus und sprintete an Helen Black vorbei, die gerade aus dem Ruderhaus kam. Er sprang über die Reling. Die kalte Irische See jetzt im März nahm ihm den Atem, aber er schwamm mit aller Kraft in Richtung Ufer und verschwand in der Dunkelheit.

Hannah kam aufs Deck hoch. »Verdammt, er hat mich reingelegt. Ich könnte mich ohrfeigen.«

»So was kann jedem mal passieren.« Helen Black nahm das Funkgerät. »Dillon, hören Sie mich?«

In dem Tal hinter den Klippen war der Empfang jedoch zu schwach, und so blieb sie ohne Antwort.

Sean Regan erreichte völlig durchfroren das Ufer. Er verlor keine Zeit, rannte sofort den Pfad durch die Klippen hoch und bog in Richtung Kilbeg ab. Eine Viertelstunde später platzte er zur Tür des Patriot herein. An der Theke standen drei Gäste, unter ihnen Conolly und Tomelty.

Er brach vor Sullivan auf der Theke zusammen. Conolly hob den Kopf und schien seinen Augen nicht zu trauen.

»Gott sei Dank seid ihr hier«, sagte Regan. »Wir sind in Schwierigkeiten.«

»Tja, sag das lieber dem Mann da drüben.«

Regan wandte sich um und sah, wie Murphy von der Sitzbank vor dem Kamin aufstand.

»Mann, Sean, ich dachte, die Brits hätten dich nach Wandsworth verfrachtet. Wie zum Teufel kommst du hierher?«

Regan merkte gleich, dass er vom Regen in die Traufe geraten war, versuchte aber die Ruhe zu bewahren. »Das ist jetzt nicht wichtig, Brendan. Dillon ist hier, Sean Dillon. Er ist hier, um den Bunker in die Luft zu jagen.«

»Wirklich?« sagte Murphy. »Und woher weiß er davon? Hast du etwa geplaudert?«

»Bitte, Brendan. Sie haben mich aus Wandsworth rausgeholt und mich grün und blau geschlagen.«

»Nun, dafür siehst du aber gar nicht mal so übel aus«, sagte Tomelty.

»Wir sind mit einem Boot gekommen. Liegen in der Bucht vor der alten Pier vor Anker. Ich hab's geschafft zu fliehen. An Bord sind zwei Frauen, eine vom Special Branch, diese Bernstein-Ziege; die andere ist von der Militärpolizei.«

»Und Dillon?«

»Ist bereits mit 'nem anderen losgezogen, um den Bunker zu zerstören. Er will über den Hintereingang beim Bauernhaus rein.«

Murphy schüttelte den Kopf. »Und woher weiß er davon?«

»Mensch, Brendan!«

»Nein, spuck's aus, Sean.«

Im gleichen Moment war in der Ferne ein Donnern zu hören. Kelly rannte sofort hinaus. Als er wieder zurückkehrte, sagte er: »Es war beim Kloster. Irgendeine Explosion. Sollen wir hin?«

Murphy fluchte. »Nein. Wäre reine Zeitverschwendung, verdammte Scheiße.« Er schob Regan in Richtung Tür. »Wir verschwinden jetzt hier und gehen zur Pier runter.«

Kurz zuvor – Dillon und Billy hatten gerade den Hintereingang in dem alten Bauernhaus erreicht – war es Helen Black gelungen, über Funk zu ihnen durchzukommen.

»Dillon, um Himmels willen, endlich antworten Sie!«

»Was ist denn?«

»Wir haben hier ein großes Problem: Regan ist uns entwischt. Er ist ins Wasser gesprungen und davongeschwommen.«

»Nun, das ist echt Pech, verdammt noch mal.«

»Wollen Sie die Sache jetzt abblasen?«

»Einen Teufel werde ich tun. Wir sind bereits am Hintereingang. Wir marschieren jetzt mit allem, was wir haben, rein und sehen zu, dass wir so schnell wie möglich wieder draußen sind.« Er schaltete das Funkgerät aus.

»Er macht's trotzdem«, sagte Helen zu Hannah. »Ich fahre mit dem Schlauchboot zur Pier rüber. Könnte sein, dass es am Ende auf jede Sekunde ankommt.«

»Vielleicht sollte lieber ich fahren«, sagte Hannah.

»Ich mach das schon. Bis später.«

Dillon blieb vor dem Hintereingang stehen, nahm einen Semtexblock mit Magnethaftung aus der Tasche und klatschte ihn aufs Schloss. »Billy, du bleibst hier und wartest auf mich!«

Er trat einen Schritt zurück. Das Schloss explodierte, und die Tür fiel nach innen ein. Dillon rannte hinein, nahm eine Rauchgranate aus der Tasche und rollte sie den Korridor hinunter. Das Wasser bremste ihren Lauf beträchtlich. Er rannte weiter und nahm eine Schockgranate heraus. Wieder wurde ihr Lauf vom Wasser gebremst, und das Ding war nicht sonderlich wirkungsvoll.

Hinter ihm murmelte Billy, »Was soll's, zum Teufel noch mal.« Er hob seine Uzi und rannte Dillon hinterher.

Brosnan und O'Neill saßen gerade bei einem kleinen Nachtmahl im Büro. Als sie den Krach hörten, packten sie ihre Kalaschnikows und rannten hinaus. Der Rauch der Granate hing immer noch im Korridor, und sie gingen vor der gedämpften Druckwelle der Schockgranate in die Knie. Einen Moment später kamen Dillon kopfüber durch den Dunst herangestürzt. Brosnan erhob sich, um sich ihm entgegenzustellen, aber Dillon war schneller und nagelte ihn mit seiner Uzi förmlich an die Wand.

Dillon fiel auf die Knie. Jetzt war es O'Neill, der sich in dem Dunst erhob. »Hab ich dich, du Schwein!«

Er hob seine Kalaschnikow, aber da kam bereits Billy herangestürmt und durchlöcherte ihn mit seiner Uzi. Billy fiel auf die Knie und rang nach Atem. Dillon stand auf.

»Lass mich jetzt nicht im Stich, Billy. Jetzt kommt der lustige Teil.«

Er trat die Bürotür auf, holte fünf Semtexblöcke aus seiner Umhängetasche hervor, nahm die Zündstifte heraus und steckte sie hinein. Nachdem er einen der Blöcke auf dem Fußboden des Büros zurückgelassen hatte, schob er Billy hinaus.

»Raus mit dir! In drei Minuten geht das Feuerwerk los.« Auf dem Rückweg durch den Bunker ließ er die anderen Blöcke einen nach dem anderen fallen. Dann stapften sie durch das Wasser und stürzten zum Ausgang hinaus. Als sie den Klippenhügel hinuntergingen, hörten sie das Rumpeln einer unterirdischen Explosion.

Murphy war nur Sekunden nach der Explosion mit Regan, Kelly, Conolly und Tomelty im Wagen und rauschte zum Dorf hinaus. Als sie am höchsten Punkt der Straße angelangt waren, sagte er zu Tomelty, der am Steuer saß: »Schalt den Motor ab!«

Sie rollten lautlos den Hügel hinunter und bremsten schließlich, als sie unten waren. Helen Black, die im Schlauchboot saß, hörte nichts davon.

»Keiner gibt einen Ton von sich«, sagte Murphy. »Du näherst dich über das Strandstück, Joseph. Du, John, und ich nehmen die Pier. Und seid absolut leise.« Er drehte sich zu Regan um. »Und du bist ganz besonders leise.«

Sie schwärmten aus. Helen Black saß immer noch im Schlauchboot. Am Strand waren Schritte zu hören. Sie wandte sich um, nahm ihre Walther heraus – und dann schaltete sich auf der Pier plötzlich eine Taschenlampe ein.

»Nun, ich weiß, dass Sie nicht Bernstein sind, die würde ich nämlich wieder erkennen. Ich vermute also, dass Sie der Sergeant Major sind.« Murphy runzelte nachdenklich die Stirn. »Sie sind nicht zufällig die Black? Die aus Derry?«

»Mein Gott, Sie können ja tatsächlich denken.«

»Steig zu ihr ins Boot, Joseph«, sagte Murphy. »Nimm ihr die Knarre ab.« Und zu Kelly sagte er: »Du und John, ihr fahrt mit ihr zu der Jacht. Wenn dieses Bernstein-Miststück nicht spurt, sagt ihr ihr, dass ihr unseren lieben Sergeant Major abknallt.« Er wandte sich wieder zu Tomelty um. »Wir beide bleiben hier und warten auf Dillon.«

Das Schlauchboot fuhr davon.

»Was ist mit Regan?« fragte Tomelty.

»Wie dumm von mir«, sagte Murphy. »Den hab ich jetzt glatt vergessen.« Er nahm eine Browning aus der Tasche, ging damit zu Regan und sagte zu ihm: »Du hast uns verkauft, du Scheißkerl. Du kannst von Glück reden, dass ich nicht die Zeit habe, dich langsam krepieren zu lassen.«

Die mit einem Schalldämpfer bestückte Browning ächzte kurz, und Regan sackte tot zusammen. Tomelty schleppte ihn zur Pier und warf ihn ins Wasser.

Als sich das Schlauchboot näherte, blickte Hannah durchs Fernglas. »Ist mit Ihnen alles in Ordnung?« rief sie.

»Wir haben hier Ihren Sergeant Major«, rief Kelly zurück. »Ich halte ihr gerade eine Pistole an den Kopf. Wenn Sie nicht vernünftig sind, schieß ich sie übern Haufen.«

»Hören Sie nicht auf ihn, Hannah«, rief Helen Black. »Tun Sie, was Sie tun müssen. Sie haben die Explosion gehört. Wir haben unser Ziel erreicht. Sollen diese Typen doch zur Hölle fahren.«

Conolly schlug ihr mit der Pistole seitlich über den Kopf. Sie stieß einen Schrei aus.

»Ich meine es ernst«, rief Kelly zu Hannah hinüber.

»Also gut.« Hannah trat mit der Walther in der linken Hand einen Schritt zurück.

Einen Moment später kam Kelly an Bord, gefolgt von Helen Black und Conolly, der Hannah sofort die Walther abnahm.

»Braves Mädchen.«

Helen Black trug zu ihrem Overall auch Springerstiefel. In ihrem rechten Stiefel steckte der .25er Colt. Sie hätte ihn jetzt in der Dunkelheit des Decks leicht herausziehen können, um die beiden Männer zu erschießen. Aber was würde das für Dillon und Billy bedeuten? Sie beschloss, noch damit zu warten.

Dillon versuchte, Helen Black ans Funkgerät zu bekommen, blieb aber ohne Antwort. Auf der *Highlander* warf Kelly unterdessen den Motor an und steuerte dann zur Pier. Conolly machte die Leine fest. Dillon und Billy kamen den Hügel hinuntergerannt und sahen in dem matten Viertelmondlicht, wie sich das Boot dem Kai näherte. Der Regen hatte aufgehört.

»Sie kommen uns holen«, sagte Billy und rang nach Atem.

»Scheint so.«

Sie erreichten das Ende der Pier, blickten auf das beleuchtete Deck hinunter, und dann sahen sie, wie Hannah und Helen von Kelly hinausgeschoben wurden. Sowohl er als auch Conolly hielten den Frauen ein Pistole in den Rücken gedrückt.

Murphy tauchte mit Tomelty aus der Dunkelheit auf. »Sie meinen es ernst, du Schwein. Willst du sie tot sehen?«

»Natürlich nicht«, sagte Dillon. »Tu, was er sagt, Billy, die Knarren auf den Boden.« Billy fügte sich.

Murphy zündete sich eine Zigarette an. »Dillon, du Scheißkerl, ich hab dich immer bewundert, aber diesmal hast du mich ein Vermögen gekostet.«

»Nicht dich, Brendan, sondern Jack Fox.«

Murphy lachte ungläubig. »Mein Gott, geht es etwa darum? Um eine persönliche Fehde?«

»Du hättest dich nicht mit ihm einlassen sollen, Brendan.«

»Und du ebenfalls nicht, Dillon. So, und jetzt kommst du mit deinem Kumpel an Bord, damit wir ein Stück rausfahren können, wo das Wasser tiefer ist, denn dort wird euer Grab sein.«

Dillon und Billy stiegen die Treppe zum Deck hinunter und stellten sich neben Helen Black und Hannah. Murphy folgte mit Tomelty. Kelly war am Steuer, Conolly ging zu den anderen.

»Weißt du was?« sagte Murphy. »Ist echt schade um die hübschen Frauen, aber ich werde euch alle umlegen müssen.«

Er blickte dabei Hannah an. Helen Black, die beim Ruderhaus stand, zog den Colt aus ihrem Stiefel und schoss Kelly in den Hinterkopf. Das Boot schwenkte aus, und alle stürzten zu Boden. Als Conolly aufzustehen versuchte, sprang Helen hoch und erschoss ihn. Sie ging sogleich in Deckung. Als Murphy auf sie anlegte, hechtete sie über die Reling.

Im gleichen Augenblick packte Dillon Billy am Arm. »Los, über Bord mit dir!« rief er und stieß ihn Helen Black hinterher über die Reling. Gerade als er folgen wollte, packte Tomelty, der immer noch an Deck war, ihn an den Füßen. Dillon fiel zu Boden.

»Du Schwein.« Murphy verpasste Dillon einen Tritt in die Nieren. »Du bist erledigt, Dillon, endgültig, und du auch, du Miststück. Eure beiden Kumpels im Wasser werden nicht weit kommen. Zu dieser Jahreszeit stirbt man nach einer Viertelstunde an Unterkühlung. Ihr beide habt zumindest das Glück, dass ihr's gleich hinter euch haben werdet.«

Billy, der neben Helen auf der Backbordseite aufgetaucht war, sagte: »Ich werd versuchen, an die Knarre im Ruderhaus heranzukommen.«

Er wartete nicht auf eine Antwort, tauchte einfach ab und schwamm unter der *Highlander* hindurch auf die Steuerbordseite. Er streifte mit dem Rücken den Kiel, tauchte wieder auf und langte nach der Reling. Nachdem er sich daran hochgezogen hatte, robbte er in Richtung Ruderhaus. Er hörte dabei den Wortwechsel zwischen Dillon und Murphy. Dillon, der an Murphy und Tomelty vorbeisah, hatte Billy bemerkt.

»Komm schon, Brendan, was soll das ganze Gequatsche? Damals in Londonderry haben wir auch keine großen Reden geschwungen, wenn's so weit war«, sagte Dillon.

Billy kniete im Ruderhaus, öffnete die Klappe und schnappte sich die Walther, die Dillon mit gespanntem Hahn zurückgelassen hatte. Er drehte sich um und jagte Tomelty zwei Kugeln in den Rücken, die ihm die Wirbelsäule zerfetzten.

Murphy, der völlig geschockt war, als er sah, wie Tomelty zu Boden ging, suchte sofort das Weite. Hannah ließ jedoch ein Bein stehen, weshalb er stürzte. Jetzt kam Dillons großer Moment. Er packte nach der Hand, in der Murphy die Waffe hielt, und die beiden gerieten Brust an Brust in einen Nahkampf.

»Jetzt werden wir ja sehen, du Hund.«

Er stieß Murphy mit voller Wucht zurück. Murphy taumelte nach achtern, und beide purzelten schließlich über die Reling.

Im Meer war Dillon, der Meistertaucher, in seinem Element – ganz im Gegensatz zu Murphy. Sie sanken ungefähr drei Meter tief. Dillon schlang Murphy einen Arm um den Hals, und dann spürte er plötzlich die Ankerkette im Rücken. Er packte sie mit der rechten Hand und hielt sich daran fest. Murphy strampelte und trat um sich. Dillon hielt den Atem an, bis er förmlich zu platzen drohte. Auf einmal rührte sich Murphy nicht mehr. Dillon ließ ihn los und tauchte an die Oberfläche.

Er griff mit letzter Kraft nach der Leiter, und dann hing er dort, völlig aus der Puste. Hannah spähte über die Reling. »Bist du okay, Dillon? Was ist mit Murphy?«

Er hangelte sich an der Leiter hoch. »Na, was meinst du wohl, was passiert ist? Brendan Murphy schläft bei den Fischen, wie man auf Sizilien sagt.«

Er setzte sich mit dem Rücken zum Ruderhaus aufs Deck. Billy und Helen Black waren auch dort.

»Ist mit Ihnen alles in Ordnung, Sergeant Major?«

»Ich bin okay, Mr. Dillon.«

»Und du, Billy?«

»Wo zum Teufel hast du mich da nur hineingezogen, Dillon?«

»Billy, du hast die Kohlen aus dem Feuer geholt, wie man früher gesagt hätte. Du warst fantastisch! Die vom SAS hätten das nicht besser hingekriegt. Darüber hinaus hast du Superintendent Bernstein in echte Verlegenheit gestürzt. Lass dich in Zukunft nur ja nicht verhaften, denn sie würde sich wahnsinnig schuldig fühlen, wenn *sie* es wäre, die die Festnahme vornehmen müsste.«

Billy grinste und wandte sich zu Hannah um. »Was soll ich denn tun? Mich der Wohltätigkeit verschreiben?«

»Es reicht schon, wenn du mir keine Schwierigkeiten bereitest, Billy.«

»Das Problem ist, dass ich den Leuten mein ganzes Leben lang Schwierigkeiten bereitet habe.«

»Los, packt mal mit an«, sagte Dillon. »Die Leichen müssen über Bord. Und tu uns einen Gefallen, Hannah – fahr uns aufs Meer hinaus. Ich ziehe mich nur kurz um, und dann löse ich dich ab.«

»Kein Problem.«

»Kommt, ihr beiden«, sagte er zu Helen Black und Billy. »Ziehen wir uns was Trockenes an.«

Die drei verschwanden unter Deck.

Eine Stunde später – er war in seiner Wohnung am Cavendish Square und trank gerade ein letztes Gläschen vor dem Schlafengehen – klingelte bei Ferguson das Telefon.

Dillon war allein im Ruderhaus, die anderen unter Deck. Sie rückten mit Volldampf in die Irische See vor. Er hatte auf Autopilot gestellt und zündete sich gerade eine Zigarette an.

»Sind Sie es, Brigadier?«

»Dillon! Wo sind Sie?«

»Auf dem Rückweg nach Oban.« Dillon benutzte sein verschlüsseltes Handy. »Wir können frei miteinander sprechen.«

»Was ist passiert?«

»Tja, den Kilbeg-Bunker gibt's nicht mehr, und Sergeant Major Black hat sich als echter Trumpf erwiesen. Hat zwei von Murphys Leuten ins Jenseits befördert. Und dann ist Billy uns noch zur Rettung geeilt, indem er genau zum richtigen Zeitpunkt einen dritten aus dem Weg geräumt hat.«

»Gütiger Gott! Sind alle wohlauf?«

»Oh, gesund und munter, Brigadier. Unkraut vergeht nicht.«

»Danken wir Gott dafür. Und Murphy?«

»Ach, um den habe ich mich selbst gekümmert.«

»Nun ja, das war wohl nicht anders zu erwarten. Und was nun?«

»Ich schätze, in sechs Stunden sind wir in Oban. Das Wetter könnte besser sein. Wenn Sie vielleicht Lacey und Parry bitten könnten, sich ungefähr zur Frühstückszeit für den Rückflug nach London bereitzuhalten.«

»Betrachten Sie's als erledigt.«

»Wie geht's Blake?«

»Der hat eine postoperative Infektion erlitten. Daz und Martha haben jedoch alles im Griff.«

»Gut. Fox wird sich zu Tode ärgern, wenn er von der Sache erfährt.«

»Das gefällt mir, Dillon, sehr treffend ausgedrückt. Wir sehen uns morgen.«

Dillon saß am Steuer, als sich ganz unverhofft die Tür öffnete und ein Duft von gebratenem Speck hereinwehte – Billy war mit einem Tablett Sandwiches und einem Becher Tee hereingekommen.

»Für dich, Sean.«

Billy wollte gerade wieder gehen, da sagte Dillon: »Billy, du warst großartig. Harry wird stolz auf dich sein.«

»Ja, aber er wird nie wirklich wissen, wie's war, oder? Das heißt, niemand kann es sich richtig vorstellen, es sei denn, er hat's getan, war dabei, hat sich das Andenken-T-Shirt gekauft – sagt man doch so, oder? O Mann, Dillon, das war nicht irgendeine Schlägerei in einem East-End-Pub. Ich hab heute nacht zwei Männer umgenietet.«

»Wenn ihnen das Risiko zu hoch gewesen wäre, Billy, wären sie der IRA nicht beigetreten. Vergiss das nicht.«

»Okay, wahrscheinlich hast du Recht. Also – und jetzt die Jagos und Fox?«

»Ja. Sieht ganz danach aus.« Dillon aß sein letztes Sandwich auf. »Geh nur, Billy. Leg dich ein bisschen aufs Ohr. Das hast du dir redlich verdient.«

Billy ging. Dillon stellte wieder auf manuelle Steuerung um und manövrierte die *Highlander* durch eine zunehmend schwerere See.

LONDON

13

Jack Fox war in den Grillroom des Dorchester hinuntergegangen, um ein englisches Frühstück, bestehend aus pochierten Eiern, Bratwurst, Schinken und Toast, zu sich zu nehmen. Er las gerade die *Times*, als Falcone auftauchte.

»Wir haben ein Problem, Signore.«

»Was denn nun schon wieder?« sagte Fox.

»Ich habe gerade die Nachrichten auf Sky Television gesehen. Sie sollten es sich vielleicht selbst anschauen.«

»Ist es so schlimm?« sagte Fox.

»Ich fürchte ja, Signore.«

Fox war entsetzt über das, was er im nächsten Nachrichtenblock in seiner Suite sah. Der Bericht über eine schwere Explosion in Kilbeg in der County Louth war die Meldung der Stunde. Es wurden Interviews mit der irischen Polizei vor Ort gezeigt. Darüber hinaus wurde gemeldet, dass die IRA in die Sache verwickelt sei, obwohl die IRA und Sinn Fein jede Verbindung abstritten. Eines war jedenfalls gewiss – vier Leichen waren an den Strand gespült worden, von denen drei Schusswunden aufwiesen. Die vierte war Brendan Murphy, der berüchtigte einstige Kämpfer der Provisional IRA, der aus der Organisation ausgetreten war, um seine eigene Gruppe zu gründen. Es wurde die Vermutung geäußert, dass die Provos mit Murphy sozusagen einen Abtrünnigen beseitigt hatten. Man nahm ferner an, dass die Explosion von einem unterirdischen

Waffenbunker herrührte. Genaueres müssten jedoch erst die weiteren Ermittlungen ergeben.

»Murphy hat Ihnen Geld geschuldet, Signore«, sagte Falcone.

»Tja, das können wir jedenfalls abschreiben«, sagte Fox.

»Verzeihen Sie bitte, wenn ich mich einmische, Signore«, sagte Falcone, »aber ich war Ihnen so viele Jahre treu zu Diensten, dass ich glaube, Ihnen diese Frage stellen zu dürfen: Wie ernst ist die Lage?«

Fox sah ihn an. »Ziemlich ernst, Aldo. Aber wir haben immer noch einen Trumpf im Ärmel. Den White-Diamond-Coup am Dienstag.«

»Sie sagten, dort sollen zehn Millionen Pfund drin sein.«

»Wovon vier an die Jagos gehen.« Fox lächelte. »Was du ja irgendwie anders siehst, oder?«

»Das stimmt, Signore. Ich finde, wir sollten die gesamte Beute für uns behalten.«

»Ich kann der Idee allmählich auch etwas abgewinnen, Aldo. Aber erst einmal sollen diese Schweine die ganze Drecksarbeit erledigen.«

Falcone lächelte breit. »Hervorragender Vorschlag, Signore.«

»Okay, jetzt setz dich mit den Jagos in Verbindung. Ich will sie zum Mittagessen treffen. Such dazu irgendein ruhiges Pub aus.«

»Ich werde alles organisieren, Signore.«

Falcone verließ Fox, um die Sache in die Wege zu leiten, rief jedoch zuvor noch Don Marco an, den er wegen des Zeitunterschieds allerdings wecken musste. Aber schließlich hatten Falcones Anweisungen gelautet, ihn zu jeder Tages- und Nachtzeit anzurufen. Der Don hörte geduldig zu.

Schließlich sagte er: »Da ist meinem Neffen also wieder alles schief gelaufen. Erst das Colosseum, dann Al Shariz und jetzt Irland. Weißt du, was man in solchen Fällen sagt, Aldo? Einmal ist okay, zweimal ist Pech, aber dreimal ist Feindeinwirkung.«

»Was sollen wir also tun, Don Marco?«

»Nichts. Das ist Jacks Problem. Er schafft es allein oder gar nicht. Wenn er es allerdings nicht schaffen sollte ... Versteh mich bitte nicht falsch, Aldo. Ich würde ihm nie etwas antun wollen. Er ist mein Neffe. Aber die Familie braucht einen Anführer, dem sie auch vertrauen kann. Dieser Diamantenraub ist seine letzte Chance. Wenn auch da wieder etwas schief geht ... dann ist Jack weg vom Fenster. *Capisce?*«

»*Capisco,* Don Marco.«

Harold und Tony Jago warteten in der hinteren Bar des Horse Guards Pubs, der unweit des St. Richard's Dock lag. Aus der Themse stieg Nebel auf, und der Regen trommelte leise gegen die Fenster.

Harold blickte aus dem Fenster. »Genau so mag ich's, Tony. So sollte die Themse immer sein. England den Engländern, findest du nicht auch? Wer braucht schon Europa? Ein Haufen Franzmänner und Sauerkrautfresser.«

»Da hast du Recht, Harold. Allerdings haben wir zur Zeit die verdammte Mafia am Hals.«

»Die macht mir keine Angst. Mit der werden wir schon fertig.« In dem Moment kam Manchester Charlie Ford mit Amber Frazer im Schlepptau zur Tür herein.

»Schau, da kommen sie«, sagte Harold. »Welch ein Paar! Also, ich hab ja nichts dagegen, wenn jemand statt Frauen sein eigenes Teil bevorzugt, aber ich mag keine Schwarzen. Bringen einem nur Ärger.«

Ford hatte eine Akte unterm Arm und reichte sie den Brüdern. »Ist alles geregelt, Harold.«

»Gut. Dann warten wir jetzt auf Fox. Was wollt ihr trinken?«

Blake fühlte sich inzwischen um einiges besser und begrüßte freudestrahlend Dillon und Helen Black, die ihn im Rosedene besuchten.

»Miller hat mir alles erzählt. Wir haben es auch im Fernsehen gesehen. Ihr habt sie aber wirklich auseinander genommen.«

»Und jetzt fehlt nur noch die White Diamond Company.«

»He, lasst mich diesmal aber nicht außen vor, Sean. Ich will dabei sein.«

»Das geht leider nicht. Noch nicht einmal ich werde dabei sein, und Bernstein und Ferguson ebenfalls nicht. Wir überlassen die Sache ganz Harry Salter. Wir sind nicht mit von der Partie, Blake.«

»Okay, aber ich will hier nicht länger einfach nur rumsitzen. Ich muss hier raus.«

»In Ordnung. Falls Daz sein Einverständnis gibt – von mir aus.«

Daz hatte nichts dagegen einzuwenden, solange Blake sich schonte. Kurz vor Mittag brachen sie in Richtung Fergusons Büro im Verteidigungsministerium auf. Blake trug den rechten Arm in einer Schlinge. Hannah stand neben Ferguson am Schreibtisch.

»Ich brauche wohl kaum zu betonen, welch großartige Arbeit ihr geleistet habt«, sagte Ferguson. »Wie dem auch sei, wir stehen nun vor der Aufgabe, den letzten Nagel ins Fox' Sarg zu hämmern – die White-Diamond-Sache. Wie sieht's damit aus, Superintendent?«

»Ehrlich gesagt, Sir, reden die Salters nicht mit mir. Das muss Dillon übernehmen.«

»Nun, Roper zufolge ist morgen der Stichtag, weil dann die große Diamantenlieferung eintrifft.«

»Wir wissen inzwischen, dass sie das alte Schloss am Eingangsgitter des Tunnels aufgebrochen haben«, sagte Hannah. »Wir haben allerdings immer noch keine Ahnung, wie sie das Alarmsystem umgehen wollen, wenn sie einmal in den Keller vorgedrungen sind.«

»Darüber werde ich mit Harry Salter sprechen«, sagte Dillon. »Blake sollte ebenfalls dabei sein. Du hältst dich da lieber raus, Hannah. Ich weiß ja, dass es dir nicht passt, einen Ganoven wie Salter einzusetzen, und ich möchte dich nicht in deiner feinen Polizistenmoral verletzen.«

Im Horse Guards las Harold unterdessen die Unterlagen und gab sie schließlich an Tony weiter. »Das ist nicht nur gut, das ist bombastisch.« In dem Moment kamen Fox, Falcone und Russo herein. Harold stand auf. »Schön Sie zu sehen! Wir machen die Sache gerade perfekt.« Sie setzten sich. Falcone und Russo blieben wie immer im Hintergrund stehen.

»Also, wie steht die Sache?« sagte Fox.

»Menschenskinder, Ihre Unterlagen waren erste Sahne«, sagte Harold, »aber Charlie hier hat noch ein paar Zutaten beigemischt, die Sie erfreuen werden.«

»Schießen Sie los!«

Nachdem Fox die Neuigkeiten vernommen hatte, nickte er. »Hervorragend. Es hat sich übrigens noch etwas geändert. Nach meinen neuesten Informationen wird es sich bei der Beute eher um zwölf als um zehn Millionen handeln. Mehr für alle, Harold. Bleibt also am Ball, Leute.«

»Aber sicher, Jack«, sagte Harold.

Fox stand auf. »Ich bin in eurer Hand. Ihr seid die Experten, wir halten uns da völlig raus. Bleibt mit mir in Verbindung.«

Er ging, von Falcone und Russo gefolgt, hinaus.

»Dann sollen wir also die Drecksarbeit machen«, sagte Tony Jago.

»Ist doch egal«, sagte Harold. »Für einen Zahltag in der Größenordnung mache ich die Arbeit gern.«

Ferguson ging mit Dillon und Blake ins Dark Man. Salter und Billy saßen in der hinteren Sitznische. Dora servierte ihnen gerade Shepherd's Pie.

»Riecht gut«, sagte Ferguson. »Erinnert mich an Eton. Wir nehmen das Gleiche. Blake muss wieder zu Kräften kommen.«

»Sie sehen ja wirklich fürchterlich aus, Blake«, bemerkte Salter.

»Hast du Sky Television gesehen, Billy?« fragte Dillon. »In Irland scheint eine schreckliche Sache passiert zu sein. Ein unterirdischer Bunker ist in die Luft geflogen, und am Strand sind Leichen angespült worden. Bei einer davon soll es sich um einen knallharten Typen handeln, einen gewissen Brendan Murphy. Es heißt, dass die Provos in Dublin dahinterstecken. Der Typ hat sich angeblich ihren Befehlen widersetzt.«

»Ja, hab ich gesehen«, sagte Billy. »Ist schon schlimm, wie's da zugeht.«

Dora brachte ihnen ihr Essen.

Auf einmal lachte Dillon. »Hat sich hervorragend geschlagen, dein Junge, Harry. Hat mir das Leben gerettet, indem er eines dieser Schweine im Bunker umgenietet hat. Und anschließend hat er uns alle gerettet, indem er noch einen auf dem Boot erledigt hat.«

Salter zeigte sich entsetzt. Er wandte sich zu Billy um. »Davon hast du mir gar nichts erzählt.«

»Du glaubst mir ja sowieso nie, was ich dir erzähle.«

»Mein Gott, ganz wie der Vater. Aus dem gleichen Holz geschnitzt.«

»Ich finde, er ist aus seinem eigenen Holz geschnitzt«, sagte Ferguson und fing an zu essen. »Roper ist sich übrigens absolut sicher, dass die Sache morgen steigt. Die große Lieferung aus Südafrika soll dann bei der White Diamond Company eingetroffen sein. Und wie mir gesagt wurde, ist der Einsatz sogar höher, als es anfangs hieß. Zwölf statt zehn Millionen.«

»Wirklich?« sagte Salter. »Dann tun sie mir Leid.«

»Wieso?«

»Weil die Sache eine Nummer zu groß ist, Brigadier. Ich bin zwar nicht sonderlich gebildet, aber ich kann mich an meine Erfahrungen halten. Niemand kennt sich besser in der Londoner Unterwelt und mit Diebstahl aus als ich. Die Posträuber sind an der Größe gescheitert. Der größte Raub in der Geschichte. Die Gesellschaft und das Gesetz konnten das unter gar keinen Umständen hinnehmen, also haben sie mit allem, was sie hatten, zurückgeschlagen.«

»Das klingt sehr einleuchtend«, sagte Ferguson.

»Jack Fox wird das nicht stören«, sagte Blake. »Er ist in einer verzweifelten Lage. Ist ja logisch. Er muss einfach einen großen Coup landen.«

»Genau. Aber der überaus gierige Charlie Manchester ist dumm genug, dass er und seine Leute, ehe sie sich's versehen, ins Wandsworth wandern werden«, sagte Salter.

Dillon aß seinen Teller leer und bedankte sich bei Dora für das Glas Champagner, das sie neben ihn auf den Tisch stellte. »Gehen wir die Sache noch einmal von Anfang an durch, Harry. Sie haben also Manchester Charlie Ford, einen der besten Safeknacker des Gewerbes, Amber Frazer, ein Hüne von einem Kerl, und Connie Briggs, ein Ass, wenn's um Alarmsysteme geht.«

»Wusstest du eigentlich, dass der auf die Universität gegangen ist?« sagte Salter. »Er stammt aus einer bekannten Ganovenfamilie. Seine Mutter war echt stolz auf ihn. Er hat seinen Abschluss sogar mit summa cum laude gemacht oder wie man das nennt.«

»Menschenskind, das ist wirklich gut«, sagte Ferguson.

»Die haben eine Riesenparty geschmissen, bei der war ich sogar. Er hat dann 'ne Forschungsstelle bei der British Telecom bekommen. Das Salär von fünfzigtausend pro Jahr hat ihm aber nicht gereicht – und was tut er also? Schaut sich in der Szene um!«

»Er ist wirklich ein Genie, wenn's darum geht, ein elektronisches Ding zu drehen, Dillon«, sagte Billy.

»Langsam glaub ich's auch. Und dann ist da doch auch noch Val French.«

»Genau. Der ist ein Virtuose mit dem Schneidbrenner. Ich würde sagen, das mit dem Gitter geht auf sein Konto, und er wird bestimmt auch den Tunneldurchbruch zum Keller übernehmen.«

Sie hatten inzwischen alle zu Ende gegessen. Dora räumte den Tisch ab. Blake ging es wieder etwas schlechter. Der Schweiß stand ihm auf der Stirn, und er sah ziemlich angegriffen aus.

»Bring Mr. Johnson bitte einen Brandy«, sagte Salter zu Dora. Er wandte sich Blake zu. »Sie sehen wirklich nicht allzu gut aus, alter Junge.«

»Mir ging's schon schlechter«, sagte Blake. »Trotzdem danke.« Er zögerte. »Ich will mich nicht aufdrängen, aber da ist eine Sache, über die wir noch reden müssen, nur der Form halber. Sollten wir nicht die Inhaber der White Diamond Company darauf hinweisen, dass ihnen unter Umständen Schwierigkeiten bevorstehen, Brigadier?«

»Ich verstehe, was Sie meinen, Blake, aber in diesem Fall gehört Moral einmal nicht zu unserem Gepäck.«

»Uns geht es vor allem darum, Jack Fox fertig zu machen.« Dillon klang erbarmungslos. »Solange wir ihm die Tour vermasseln, ist die Sache in Ordnung.«

»Schon gut, schon gut«, sagte Blake. »War ja nur 'ne Frage. Und wo wir gerade dabei sind – wer wird es denn deiner Meinung nach bewerkstelligen, dass sie ins Kellergewölbe gelangen?«

»Nun, der Schneidbrennertyp jedenfalls nicht«, sagte Dillon. »Er wird die ganze Nacht damit beschäftigt sein, den hochmodernen Tresorraum aufzubrechen, den sie da bestimmt haben. Ich würde sagen, das elektronische Wunderkind deichselt das.«

»Glaube ich auch«, sagte Salter. »Aber diese Vermutung bringt uns auch nicht weiter.«

Es folgte Schweigen. Schließlich sagte Billy: »Wir brauchen mehr Informationen, und an die kommen wir nur ran, indem wir uns jemanden von denen schnappen, um ihn auszuquetschen.«

Harry Salter lachte laut auf. »Mein Gott, du lernst aber schnell. Und an wen hast du dabei gedacht? Natürlich an den, der am unwichtigsten ist, dessen Fehlen am leichtesten verkraftet werden kann.«

»An den Hünen, Amber Frazer«, sagte Dillon.

»Das war auch meine Idee«, sagte Billy.

»Ausgezeichnet.« Harry Salter wandte sich zu Ferguson um. »Den schnappen wir uns noch heute Nacht. Überlassen Sie das uns. Wir bringen ihn zu der konspirativen Wohnung im Holland Park, und dann peilen wir noch einmal die Lage.«

»Dies verstößt natürlich gegen das Gesetz«, sagte Ferguson. »Der Mann hat nichts verbrochen.«

»Mag sein«, sagte Dillon. »Aber Sie werden sich bestimmt irgendwas einfallen lassen. Wozu haben wir sonst Superintendent Bernstein zu Hause gelassen?«

»Sie haben natürlich Recht. Tun Sie also, wie Sie belieben, Harry. Ich darf Sie doch Harry nennen?«

»Sie können mich verdammt noch mal nennen, was Sie wollen.«

»Hervorragend, und wenn Ihre Dora mir nun ein ganz normales Glas Rotwein bringen könnte, werde ich auf Ihre Gesundheit trinken und die Sache ganz allein Ihnen überlassen«, sagte Ferguson.

Es war zehn Uhr abends, als Amber Frazer und Manchester Charlie Ford aus einem kleinen italienischen Restaurant in Notting Hill auftauchten. Harry und Billy hatten vor dem Lokal bereits eine Weile in ihrem Wagen gewartet. Ford hielt ein Taxi an, tätschelte Ambers Wange und stieg ein.

»Hervorragend«, sagte Billy, als Amber nunmehr allein die Straße entlangging.

Sie folgten ihm ein Stück, und dann fuhr Billy den Wagen an den Bürgersteig. Harry Salter stieg aus. »Amber, alter Knabe, hab mir doch gleich gedacht, dass du es bist.«

»Mein Gott, Harry, was tust du denn hier?«

»Nach dir suchen, steig also in den Wagen ein.«

Amber witterte Gefahr und wollte sich davonmachen, aber da drückte Salter ihm bereits den Lauf einer Pistole in den Rücken, die er in der rechten Tasche hielt.

»Ist das eine Pistole, Harry?«

»Nun, mein Finger ist es jedenfalls nicht. Ja, es ist eine Pistole, und zwar eine mit Schalldämpfer. Ich könnte dir also die Wirbelsäule wegblasen, dich auf dem Bürgersteig zurücklassen und wegfahren, ohne dass irgendjemand auch nur einen Ton gehört hätte. Steig in den Wagen!«

Amber gehorchte. Salter nahm die Pistole heraus und stieg ebenfalls ein. »Hör zu, Amber, ich weiß, dass du dich gern für eine Art Mike Tyson hältst, und du hast echt viel Muskeln. Aber das hört sich mit einer Kugel im Bauch schnell auf. Tu also, was man dir sagt.«

»'n Abend Amber«, sagte Billy und fuhr dann los.

In der konspirativen Wohnung saß Amber grübelnd da und fragte sich, was zum Teufel hier gespielt wurde. Miller hielt bei ihm Wache. Als sich die Tür nach einer Weile öffnete, kamen Dillon und Helen Black herein, gefolgt von Harry Salter.

»Jetzt reicht's mir aber – was wird hier eigentlich gespielt?« Amber erhob sich.

Dillon trat ihm sofort mit voller Wucht gegen den rechten Knöchel. »Setz dich!«

»Ist das bestimmt der richtige Mann, Mr. Salter?« sagte Helen Black.

»Kein Zweifel. Er macht mit einer Bande notorischer Verbrecher gemeinsame Sache: Charles Ford, Val French und Connie Briggs. Wie ich gehört habe, haben sie vor, eine äußerst große Diamantenlieferung, die die White Diamond Company aus Südafrika erhält, zu stehlen. Dann habe ich auch noch etwas über eine Verbindung zur Mafia gehört, zu einem Menschen namens Jack Fox.«

Amber bekam es sichtlich mit der Angst zu tun. »He, was soll der ganze Quatsch? Wovon redet ihr überhaupt?«

»Oje«, sagte Dillon zu Helen Black. »Wenn die das Ding tatsächlich drehen, ist er dem Gesetz nach immer noch ein Mittäter, stimmt's?«

»Völlig richtig.«

»Welche Strafe hätte er denn zu erwarten?«

»Mindestens zehn Jahre.«

Amber geriet ins Schwitzen. »Bin ich hier denn unter lauter Irren?«

»Nein, du bist der Irre«, sagte Salter.

Nach einer längeren Schweigepause sagte Helen Black: »Wenn Sie uns in dieser Sache helfen, werden wir Sie freilassen und in ein Flugzeug nach Barbados setzen.«

»Und wenn nicht, geht's wieder zurück in die Duschräume von Wandsworth«, sagte Dillon.

Frazer hatte vor einigen Jahren eine besonders üble Zeit in Wandsworth abgesessen und deshalb wahrlich kein Bedürfnis nach einem neuerlichen Aufenthalt dort. Er liebte Charlie, aber … Charlie konnte auf sich selbst aufpassen.

»Okay.« Amber nahm ein Taschentuch heraus und fuhr sich damit übers Gesicht. »Gebt mir was zu trinken.« Helen Black nickte Miller zu, der zur Anrichte ging und ein großes Glas Scotch einschenkte. Amber kippte den Schnaps hinunter. »Okay, was wollt ihr wissen?«

Ferguson, der mit Hannah, Blake und Billy auf der anderen Seite der Einwegscheibe stand, sagte: »Na, das lässt sich ja gut an.«

»Je nachdem, wie man's sieht, Sir«, sagte Hannah.

»Nun, mir geht es darum, das gewünschte Ergebnis zu erzielen. Ich habe es inzwischen – wie viele andere

Menschen auch – einfach satt, dass die Bösewichte immer davonkommen. Krieg ist Krieg, Superintendent, und wir befinden uns hier in einer Art Krieg. Wenn Ihnen das nicht gefällt, können Sie ja ins Büro zurückkehren.«

»Dafür gibt es keinerlei Anlass meinerseits, Sir.«

»Das hört man gern.«

Im Verhörzimmer sagte Salter gerade: »Also gut, Amber. Manchester Charlie Ford, du, Connie und Val wollt also für Jack Fox die White Diamond Company ausrauben. Wir wissen, dass ihr bereits die Gittertür im Tunnel am Fluss aufgebrochen habt.«

Amber zeigte sich völlig verblüfft. »Woher wisst ihr das?«

»Wir wissen alles, alter Junge.«

Dillon lehnte sich gegen die Wand und zündete sich eine Zigarette an.

Helen übernahm die Befragung. »Das Gitter ist also offen«, sagte sie, »ihr geht durch den Tunnel, schlagt ein Loch in die alte viktorianische Ziegelwand und dann seid ihr im Keller der White Diamond Company.«

»Wir verstehen allerdings noch nicht, wie ihr das denn nun genau hinkriegen wollt«, sagte Salter. »Bei all den Sicherheitsvorkehrungen und Alarmsystemen dort.«

Weil Amber nicht antwortete, sagte Dillon: »Wir verschwenden hier nur unsere Zeit, Sergeant Major. Schickt ihn nach Wandsworth und klagt ihn wegen Mitgliedschaft in einer kriminellen Vereinigung an.«

»Wie Sie wünschen, Sir«, sagte Helen Black.

»Nein, um Himmels willen«, sagte Amber. »Ich erzähl euch ja alles. Gebt mir zuerst aber noch einen Drink.« Miller schenkte ihm nach, und Amber kippte den Schnaps in sich hinein. »Okay, was wollt ihr wissen?«

»Zuallererst, was macht ihr mit dem Wächter?«

»Der ist kein Problem. Er übernimmt um sieben die Schicht, holt sich aber zuvor immer einen Kaffee und ein paar Sandwiches bei dem Imbissladen am Ende der Straße. Charlie kennt das Mädchen, das dort arbeitet. Sie wird ihm ein paar Tabletten in den Kaffee schütten. Wird zwar eine Weile dauern, bis die Wirkung einsetzt, aber dann ist er erst mal für drei, vier Stunden ausgeknockt.«

»Und das Alarmsystem?« sagte Helen Black.

»Das übernimmt Connie Briggs. Der ist ein Genie in Sachen Elektronik. Hat sich so ein Teil besorgt, das nennt sich Howler oder so. Wenn man das Gerät anschaltet, legt es in einem begrenzten Bereich sämtliche elektrischen Systeme lahm. Videoüberwachungsanlagen, Torschlösser, Tresore, eben alles.«

»Mein Gott«, sagte Helen Black. »Unfassbar.«

»Natürlich!« sagte Dillon. »Was bin ich doch für ein Esel! Ich kenne die Dinger. Die funktionieren wirklich.« Er wandte sich zu Amber um. »Und die Sache findet morgen Nacht statt?«

Amber nickte. »Um sieben. Wegen der Flut muss es so früh sein.«

»Ist Fox zugegen?«

»Nicht dass ich wüsste. Die Sache liegt allein bei uns und den Jagos.«

Die Tür ging auf, und Ferguson kam herein, gefolgt von Billy, Hannah und Blake Johnson. »Vielen Dank, Sergeant Major«, sagte der Brigadier. »Bringt ihn hinaus und haltet ihn in Verwahrung.«

Black und Miller führten Frazer hinaus.

»Tja, jetzt wissen wir's«, sagte Blake.

»Nur schade, dass Fox nicht mit von der Partie ist«, sagte Hannah.

»Man kann eben nicht alles haben«, sagte Dillon. »Er ist viel zu vorsichtig, als dass er sich persönlich an einem solchen Fischzug beteiligen würde. Wir müssen uns damit begnügen, den Raub zu vereiteln und die ganze Bande hinter Gitter zu bringen, einschließlich der Jagos. Aber immerhin wird Fox alle Hoffnung fahren lassen müssen, sich mit dem Erlös aus diesen Diamanten zu sanieren.«

»Sein letzter Strohhalm«, sagte Blake.

»Genau.« Dillon nickte. »Wie gehen wir also vor?«

»Ich habe nachgedacht«, sagte Salter. »Joe Baxter hat mal fünf Jahre im Armley abgesessen und dabei an einem Ausbildungsprogramm teilgenommen. Hat sich mit Schmiedearbeiten befasst und all diesen Sachen. Er ist ein wahrer Meister des Schweißgeräts.«

»Was schlagen Sie also vor?« sagte Ferguson.

»Nun, es könnte wie folgt ablaufen, Brigadier«, sagte Salter und erklärte es ihm dann.

Sie hörten alle zu, und Ferguson brach schließlich in Lachen aus. »Mein Gott, das ist das Beste, was ich in den letzten Jahren gehört habe.«

14

Am Tag darauf setzte Fox sich zu einem leichten Mittagessen in die Piano-Bar des Dorchester. Die *tagliatelle alla panna* waren vorzüglich, genau wie er sie mochte. Der Kellner schenkte ihm ein Glas *Krug* ein. Falcone kam die Treppe herunter.

»Ich war im Colosseum, Signore. Mori hat fast das gesamte Personal entlassen. Rossi und Cameci hat er aber behalten.«

»Ich weiß. Dieser verdammte Ferguson! Hast du irgendetwas von Ford gehört?«

»Nein, Signore.«

»Heute ist der Tag der Entscheidung, Aldo. Alles oder nichts.«

Du weißt gar nicht, wie Recht du damit hast, dachte Falcone.

Manchester Charlie Ford hatte Amber zum Mittagessen erwartet, weil dieser aber nicht auftauchte, versuchte er ihn auf seinem Handy zu erreichen. Als das Handy in der konspirativen Wohnung klingelte, nickte Helen Black dem Gefangenen zu. Miller baute sich vor Amber auf, bevor dieser den Anruf entgegennahm.

»He, wo steckst du denn?« wollte Charlie von ihm wissen.

»Tut mir Leid, Charlie«, murmelte Amber. »Ich hab schreckliches Zahnweh. Ich hab gerade eben erst einen

Zahnarzt aufgetrieben, der einen Termin für mich dazwischenschieben konnte.«

»Du armer Junge. Okay, dann sehen wir uns heute Abend.«

»Ich weiß nicht, Charlie. Die Schmerzen könnten mich echt außer Gefecht setzen.«

Es folgte ein kurzes Schweigen. »Egal, wenn's nicht anders geht, kommen wir auch ohne dich zurecht«, sagte Charlie. »Ich, Tony und Harold. Versuch aber trotzdem zu kommen, okay, Amber?«

»Ich tu mein Bestes, Charlie.«

»Ich bitte dich darum, Schatz. Sei tapfer.«

Amber schaltete sein Handy aus und blickte Helen Black an. »War das in Ordnung?«

»Sie sollten zum Theater gehen, Amber.«

Irgendwie war er plötzlich ganz Ohr. »Meinen Sie wirklich?«

»Und ob. Das ist doch was viel Besseres als Gefängnis. Sie sollten sich, anstatt sich nach Barbados zu begeben, vielleicht um ein Stipendium an der London Theatre School bewerben.«

In Fox' Suite fand eine letzte Besprechung mit den Jagos, Ford, Briggs und French statt. Falcone und Russo standen wie immer etwas abseits. Fox nickte schließlich Russo zu, woraufhin dieser eine Flasche Champagner aus dem Kübel holte und sie entkorkte. Er füllte ringsum die Gläser.

Fox hob das seine und brachte einen Trinkspruch aus: »Auf den dicksten Deal aller Zeiten. Die Welt wird staunend aufhorchen.« Er wandte sich Ford zu. »Alles in Ordnung?«

»Amber ist nicht fit. Der hat Zahnschmerzen und musste deshalb zum Arzt.«

»Wir brauchen den Schwarzen sowieso nicht«, sagte Tony Jago. »Wir schaffen's auch so. Wir sind genügend Leute.«

»Das müsst ihr selbst wohl am besten wissen.« Fox nickte.

»Und Sie sind sich wirklich sicher, dass Sie nicht dabei sein wollen?« sagte Tony.

»Seien Sie nicht albern. Im Tunnel ist es doch so schon viel zu eng.«

»Aber beim Teilen der Beute sind Sie natürlich dabei, was?«

Falcone, der an der Wand lehnte, richtete sich auf, aber da schaltete sich Harold schon ein. »Halt lieber den Mund«, sagte er zu seinem Bruder, »oder du kriegst gleich eins auf die Nase.« Er wandte sich zu Fox um. »Tut mir Leid, Sir. Er ist noch ein bisschen grün hinter den Ohren.«

»Na, das waren wir ja alle mal«, erwiderte Jack mit einem Lächeln. »Jetzt aber erst noch ein Glas Schampus und dann, wie wohl die Iren sagen: ›Gott segne die Früchte der Fron.‹«

Um sechs Uhr abends klingelte es bei Hannah an der Tür. Als sie öffnete, stand Dillon vor ihr.

»Ferguson erwartet uns in seiner Wohnung, wo wir gemeinsam den Lauf der Dinge abwarten sollen. Ich bin mit dem Jaguar gekommen.«

»Ich hole meinen Mantel.«

Ein paar Minuten später kam sie heraus. Er hielt ihr die hintere Wagentür auf. Sie stieg ein und rückte im Fond auf die Fahrerseite, um ihm Platz zu machen. Dillon steckte den Kopf durchs geöffnete Fenster und tippte dem Chauffeur auf die Schulter.

»Bringen Sie sie zu Brigadier Ferguson.« Er lächelte

Hannah an. »Wir sehen uns dann später. Hab noch was zu erledigen.«

Hannah sperrte erstaunt den Mund auf, aber noch bevor sie antworten konnte, war der Jaguar bereits losgefahren.

Vor dem Haus der Jagos in Wapping fuhr ein großer weißer Laster mit der Aufschrift ELITE CONSTRUCTION vor.

Ford saß im Overall am Steuer, Briggs neben ihm, French auf dem Rücksitz. Die Haustür ging auf, und Harold und Tony kamen heraus. Sie gingen die Treppe hinunter und setzten sich zu French auf den Rücksitz.

»Der Moment der Wahrheit, Jungs«, sagte Harold. »Packen wir's an.«

Zur gleichen Zeit lehnte sich der Nachtwächter der White Diamond Company, der gerade ein Sandwich und seinen Kaffee verdrückt hatte, mit dem *Evening Standard* in seinem Stuhl zurück. Er blinzelte immer wieder mit den Augen, gähnte ein paar Mal, legte dann die Zeitung beiseite und warf einen Blick auf die Überwachungsmonitore. Es schien alles normal zu sein. Unvermittelt beugte er sich über den Tisch vor, stützte den Kopf auf die Arme und schlief fest ein.

Im Tunnel gingen Ford und French unterdessen mit Vorschlaghämmern zu Werke und schlugen auf eine bestimmte Stelle der Wand ein. Das alte viktorianische Backsteinmauerwerk gab immer mehr nach und fiel schließlich in großen Brocken nach hinten ins Kellergewölbe.

»Perfekt«, sagte Ford. »Nichts wie rein, Jungs!«

Sie stiegen alle hindurch.

»Was nun?« fragte Harold.

»Die Flut hat vor einer Viertelstunde eingesetzt. Uns bleiben noch vierzig Minuten, danach ist der Tunneleingang unpassierbar.«

»Dann sollten wir aber loslegen, verdammt«, sagte Harold.

Connie Briggs nahm ein Gerät, das einer Fernbedienung glich, aus einer der Taschen. »Der Howler«, sagte er und drückte auf einen Knopf.

»War das schon alles?« sagte Tony.

»Tja, wenn nicht, dann ist dort oben gleich die Hölle los. Wenn es aber funktioniert hat, ist das Sicherheitssystem lahm gelegt und sämtliche Türen werden geöffnet sein. Schauen wir mal nach.«

Dillon, die Salters, Joe Baxter und Sam Hall stiegen aus dem Ford aus. Baxter und Hall hatten große Leinentaschen dabei. Als Letzter stieg Blake aus.

»Wollen Sie nicht lieber im Transit bleiben, alter Junge?« sagte Salter. »Sie sind bestimmt noch nicht richtig fit.«

»Auf keinen Fall. Die Sache ist mir viel zu wichtig. Fox hat immerhin meine Frau auf dem Gewissen, Harry. Ich will dabei sein, wenn ihm jetzt vollends der Hahn abgedreht wird. Wenn alles nach Plan läuft – und das will ich doch hoffen –, wird er nie wieder auf die Beine kommen.«

»Blake hat ein Recht darauf, dabei zu sein.« Seltsam, dass ausgerechnet der junge Billy sich zu Wort meldete. »Lasst ihn.«

»Na, du hast dich ja ganz schön verändert, du Naseweis«, sagte Salter zu seinem Neffen.

»Und ob er sich verändert hat, Harry«, sagte Dillon. »Er hat immerhin schon zwei Menschen umgelegt – Gott sei Dank war er dabei quasi auf der Seite des Gesetzes. Da gibt es kein Zurück mehr.«

»Okay, legen wir los«, sagte Salter.

Er ging die Treppe hinunter und führte die anderen über den Kieselstrand zum Tunneleingang. Als sie dort ankamen, wandte er sich zu Billy um.

»Du hast dich doch bei Handy erkundigt – wie viel Zeit haben wir?«

»Dreißig Minuten. Deshalb sollten wir auch nicht vergessen, was Handy uns über die St. Richard's Force erzählt hat. Wenn das Hochwasser einsetzt, geht's hier zu wie auf hoher See.«

»Alles klar, und jetzt ran, Jungs.«

Als die Jagos mit den anderen die Eingangshalle erreichten, blieben sie kurz stehen und sahen nach dem Nachtwächter, der vor den dunklen Monitoren ausgebreitet auf dem Schreibtisch lag.

»Na bitte. Und jetzt nach unten zum Tresorraum«, sagte Connie Briggs.

Manchester Charlie Ford lachte. »Ich habe euch ja gesagt, dass er ein Genie ist«, und dann ging er über eine breite Marmortreppe zum Tresorraum voran.

Auch die anderen hatten inzwischen das Gitter erreicht.

»Okay, fangen wir sofort an«, sagte Harry Salter.

»Wir könnten sie uns ja auch vorknöpfen, wenn sie wieder rauskommen, Harry«, sagte Billy. »Dann haben die immerhin Diamanten für zwölf Millionen bei sich.«

»Daraus wird nichts, Billy, das ist einfach zu viel Schotter. Wenn du dir davon etwas abzwackst, würde man wie gesagt schwere Geschütze gegen dich auffahren. Wir machen es so, wie besprochen. Ich hab die Jagos sowieso noch nie ausstehen können – mit ihren Drogen, Huren und ihrer Pornografie. Das reicht schon, um das Gesindel einfach nur fertig zu machen.« Er wandte sich zu Joe Baxter um. »Hol jetzt deine Geräte raus, und dann wollen wir hoffen, dass das britische Gefängnissystem dazu getaugt hat, dir das Handwerk richtig beizubringen.«

Joe Baxter packte das Schweißgerät aus, während Sam Hall die Sauerstoffflasche aus einer der Taschen holte.

Baxter zündete den Brenner an und machte sich dann an die Arbeit.

Die großen Tresortüren öffneten sich, und die Jagos und ihre Kumpane betraten Aladins Höhle. Sie holten aus den großen Leinentaschen, die sie dabeihatten, ein paar Tüten hervor und schütteten einen Strom von Diamanten hinein.

»O Mann«, sagte Harold, »dass ich das erleben darf!«

Sie wurden von einer hysterischen Freude ergriffen und schüttelten sich vor Lachen. Nach einer Weile hatten sie alles eingepackt.

»Okay, zischen wir wieder ab«, befahl Harold und ging zur Treppe.

Sie huschten durch den Keller, dann weiter durch das Loch, das sie in die Wand gehämmert hatten, einer nach dem anderen.

»Scheiße, im Tunnel steht schon das Wasser«, sagte Tony.

»Das war ja auch zu erwarten«, sagte Harold. »Die Flut ist jetzt in vollem Gang, aber wir haben noch genügend Zeit. Los, weiter!«

Das Wasser stand ihnen bereits bis zum Schienbein, als sie die Gittertür erreichten. Manchester Charlie Ford, der an der Spitze der Kolonne gegangen war, versuchte die Tür zu öffnen.«

»Was zum Teufel ist denn hier auf einmal los? Sie geht nicht mehr auf«, sagte er.

Val French schob ihn beiseite, um sich selbst davon zu überzeugen. »Verdammt, jemand hat sie zugeschweißt!«

»Das waren dann wohl ich und meine Freunde.« Dillon watete durch das Wasser nach vorn. Blake ging neben ihm. »Wenn ich mich vorstellen darf, ich bin Sean Dillon, und das hier ist Blake Johnson. Ihr habt sicherlich ein Handy dabei. Ihr könnt ja Jack Fox anrufen und ihm die frohe Botschaft mitteilen.«

Die beiden Jagos packten die Gitterstäbe und rüttelten daran. »Fahrt zur Hölle!«

Dillon lächelte. »Tja, recht betrachtet befinden Sie sich bereits dort, meine Herren. Aber wenn ihr mich jetzt bitte entschuldigen würdet – das Wasser steigt mir ein bisschen zu hoch.«

Dillon und Blake wandten sich um und wateten davon. Das Wasser stand bereits kniehoch und stieg stetig an. Bis sie den Strand erreichten, war dieser bereits völlig überflutet. Harry Salter und die anderen standen an der Treppe und warteten.

Dillon nahm sein verschlüsseltes Mobiltelefon heraus und rief beim Special Branch von Scotland Yard an.

»Special Branch«, meldete sich der diensthabende Beamte. »Was kann ich für Sie tun?«

»Die Jago-Brüder und ein handverlesenes Team von Ganoven sitzen im Gebäude der White Diamond Company am St. Richard's Dock fest. Weil die Themse gerade Hochwasser hat, können sie nicht auf dem gleichen unterirdischen Weg raus, auf dem sie rein sind. Wenn ihr euch beeilt, könnt ihr sie euch am Vordereingang mit Diamanten im Wert von zwölf Millionen schnappen.«

»Mit wem spreche ich?«

»Setzen Sie sich lieber in Bewegung!«

Die Jagos und die anderen rüttelten unterdessen mit vereinten Kräften verzweifelt an der Gittertür, aber Joe Baxter hatte gute Arbeit geleistet. Das Wasser stieg immer höher und brandete immer schneller herein.

»Scheiße«, sagte Harold. »Jetzt bekommen wir die St. Richard's Force zu spüren. Verschwinden wir hier lieber.«

Sie kämpften sich bei wild schäumendem Wasser durch den Tunnel. Dann stiegen sie durch das Loch, eilten nach oben in die Eingangshalle, wo auch der Wachraum war.

»Dieser Howler müsste doch auch die Verriegelung der Eingangstür lahm gelegt haben, oder?« sagte Harold.

»Richtig«, sagte Connie.

»Okay, dann nichts wie weg hier.«

Er stürmte zur Tür voran, aber da quietschten draußen bereits die Reifen der Streifenwagen.

Harold verharrte auf der Stelle und sagte mit einer Mischung aus Wut und Bitternis zu Connie: »Schließ mit deinem verfickten Howler die Tür.« Connie tat, wie ihm geheißen. »Sollen sie doch warten.«

Die Polizei versammelte sich draußen vor der Glastür, und Tony Jago zeigte ihnen den Stinkefinger. Harold rief Fox mit dem Handy in dessen Suite im Dorchester an.

»Hallo, Harold, wie ist es gelaufen?« sagte Fox.

»Spitzenmäßig. Ich stehe hier im Gebäude der White Diamond Company und halte einen Sack im Wert von zwölf Millionen in der Hand, und dort draußen stehen mindestens zwanzig Bullen, die uns an den Kragen wollen.«

»Wie ist denn das passiert, um Himmels willen?«

Harold erzählte es ihm.

»Dillon?« sagte Fox. »Sind Sie sich da sicher?«

»Und so ein Amerikaner, Johnson hieß der. Ich hatte den Eindruck, dass die beiden bereits länger hinter Ihnen her sind, als Sie ahnen. Die Scheiße ist nur, dass sie jetzt offenbar auch hinter mir her sind.«

»Ich besorge Ihnen den besten Anwalt, den es in London gibt.«

»Vielen Dank auch. Ist ja ein echter Trost, Fox. Zum Teufel mit Ihnen und Ihrem Anwalt!« Er schaltete das Handy aus.

»Was unternehmen wir jetzt, Harold?« sagte Tony.

»Der Weg ist das Ziel, Tony.« Harold wandte sich zu Connie Briggs um. »Mach schon, öffne mit deinem Wunderteil die Tür.« Was Connie tat. Und dann stürmte die Polizei herein und warf sich auf sie.

»Dillon, dieser Dreckskerl«, sagte Fox. »Er und Johnson haben uns die Tour vermasselt.«

»Signore?« sagte Falcone.

»O Gott, jetzt wird mir alles klar. Sie sind nicht nur für die Sache mit dem Colosseum verantwortlich, sondern auch für Al Shariz und Kilbeg. Und jetzt das!«

»Aber wie, Signore? Wie sollen sie davon gewusst haben?«

»Diese Johnson, die Frau – damit hat alles angefangen. Irgendwie ist sie uns auf die Schliche gekommen und hat ihnen alles erzählt. Weiß der Himmel, wie.«

»Was schlagen Sie vor, Signore?«

Fox wandte sich mit stahlharten Augen zu ihm um. »Wir werden Rache üben«, sagte er. »Das ist mein ganzer Wunsch – Rache.«

»Und wie sollen wir vorgehen?«

»Das sage ich dir später. Zunächst einmal möchte ich, dass du dich mit Russo zum Colosseum aufmachst und Rossi und Cameci holst. Und zwar sofort.« Er war ungehalten. »Mach schon!«

»Wie Signore wünschen.«

Falcone ging, holte Russo auf dessen Zimmer ab, und klärte ihn im Fahrstuhl auf dem Weg zum Wagen über alles auf.

»Der Mann scheint ja ganz schön wütend zu sein«, sagte Russo. »Dermaßen wütend zu sein ist aber gar nicht gut.«

»Brauchst du mir nicht zu sagen«, sagte Falcone.

Auf der Fahrt zum Colosseum rief er Don Marco in New York an und brachte ihn auf den neuesten Stand.

»O Gott, Aldo, versteht der Junge denn gar nichts? Sie *wollen* doch nur, dass er zum Angriff übergeht. Wenn er noch ein bisschen Verstand hat, schreibt er die Verluste ab und macht, dass er dort wegkommt.«

»Das wird er nicht tun, Don Marco. Er ist wie ein wütender Stier.«

»Und völlig verrückt, wenn er ihnen jetzt nachstellt. Aber Jack wollte ja schon immer mit dem Kopf durch die Wand.«

Falcone zögerte und sagte schließlich das Undenkbare. »Soll ich das Problem erledigen, Don Marco?«

»Nein, Aldo. Was auch immer er getan hat, er ist mein Neffe, mein eigen Fleisch und Blut. Ich komme rüber. In einer Stunde sitze ich im Flugzeug. Du bleibst in ständiger Verbindung mit mir.«

»Natürlich.«

»Aldo, ich verlange in dieser Angelegenheit deine hundertprozentige Loyalität.«

»Die haben Sie doch immer, Don Marco.«

Die Solazzo-Familie unterhielt neben der Gulfstream eine zweimotorige Golden Eagle, die im Bardsey Aero Club außerhalb von London stand. Die Maschine eignete sich hervorragend für Flüge ins Umland, wo die Landebahnen kürzer waren als in den Metropolen. Sie war ideal, um nach Hellsmouth zu fliegen. Fox rief den Piloten an, einen gewissen Swan, der früher einmal für die Royal Air Force geflogen war. Er erreichte ihn in dessen Wohnung.

»Mr. Fox, was kann ich für Sie tun?«

»Ich muss in zwei Stunden nach Hellsmouth fliegen. Sind Sie frei?«

»Stets zu Diensten, Mr. Fox. Die Landung könnte allerdings ein wenig hart werden. Ist bereits ziemlich dunkel.«

»Meinetwegen können Sie eine Bruchlandung hinlegen, wenn wir nur dort ankommen.«

»Wie Sie meinen, Sir.«

Als Dillon in der Stable Mews ankam, lagen Fox, Russo und Falcone sowie Rossi und Cameci in einem großen schwarzen Lieferwagen auf der Lauer.

Dillon stieg mit Blake aus und gab ihm den Hausschlüssel. »Hier, bitte. Ich komme später. Ich schaue noch bei Ferguson vorbei. Mal sehen, was er will.«

Er stieg ins Taxi zurück und fuhr davon. Blake schlenderte auf die Haustür zu. Der Lieferwagen setzte vor und bremste. Rossi und Cameci sprangen in Sekundenschnelle heraus und packten Blake. Er versuchte sich zu wehren, aber er war noch zu geschwächt. Fox beugte sich über Russo vor, der am Steuer saß, und sagte zum Fenster auf der Fahrerseite hinaus:

»Jetzt habe ich zur Abwechslung mal das Vergnügen, Johnson. Schafft ihn nach hinten. Du weißt, was zu tun ist, Falcone.«

Sie zerrten Blake in den Wagen. Falcone holte eine Spritze hervor. »Wirst dich gleich supergut fühlen«, sagte er und jagte ihm die Spritze in den rechten Arm.

Blake wehrte sich weiter, aber dann wurde ihm plötzlich verschwommen vor Augen und schließlich rührte er sich gar nicht mehr.

Der Flughafen von Bardsey war rund um die Uhr in Betrieb, um den stetig zunehmenden Verkehr von Privatflugzeugen und Business-Jets abzuwickeln, den Heathrow nicht mehr aufnehmen konnte. Inlandsflüge wurden ohne besondere Sicherheitschecks abgefertigt. Swan erwartete sie bereits.

»Wir fliegen gleich los«, sagte Fox. »Ich möchte keine Zeit verlieren. Mein Freund hier macht mir ein wenig Sorgen. Hat einen über den Durst getrunken.«

»Was ist mit dem Rückflug, Mr. Fox?« fragte Swan.

»Heute Nacht nicht mehr. Sie warten am Flughafen meine weiteren Anweisungen ab.«

Swan, der sich durchaus darüber im Klaren war, mit welchen Leuten er es zu tun hatte, sagte: »Wie Sie meinen, Sir.« Er entfernte sich, um die Flugdaten ins Logbuch einzutragen.

Rossi und Cameci schleppten Blake die Treppe hoch. Russo folgte, während Fox sich zu Falcone umwandte. »Ruf den Hausmeister an, den alten Carter. Sag ihm, dass er in den Kaminen das Feuer anmachen soll, aber ich will nicht, dass er im Haus bleibt. Er kann danach nach Hause gehen.«

»Wie Sie wünschen, Signore.«

Fox verschwand an Bord der Eagle. Falcone holte sein Handy hervor und rief beim Hausmeister an. Nachdem er das erledigt hatte, stieg auch er an Bord. Swan zog die Treppe hoch und schloss die Luke.

Fox streckte den Arm zu Falcone aus und sagte: »Gib mir mal das Telefon.«

Er nahm eine Karte heraus, auf der die wichtigsten Informationen festgehalten waren, die Maud Jackson für ihn herausgefunden hatte. Er suchte Fergusons Telefonnummer in der Cavendish-Square-Wohnung heraus und rief dann dort an.

»Charles Ferguson.«

»Hier ist Jack Fox. Kann ich Dillon sprechen?«

»Aber hallo, Mr. Fox. Wie geht's Ihnen denn heute Abend?«

»Sparen Sie sich das Geplapper, Ferguson. Geben Sie mir Dillon.«

Ferguson gab den Hörer an Dillon weiter, der sich zusammen mit Hannah erhoben hatte.

»Also, Jack, hat mir echt Leid getan, als ich die schlechten Nachrichten gehört habe.«

»Tja, das ist noch gar nichts im Vergleich zu den schlechten Nachrichten, die ich für Sie habe, Dillon. Ich habe Blake Johnson einkassiert und schicke ihn gerade ohne Rückfahrschein in die Hölle. Wir haben ihn uns vor Ihrer Wohnung geschnappt, nachdem Sie mit dem Taxi wieder weggefahren sind. Und jetzt strengen Sie mal Ihr Hirn an, wenn Sie denn eines haben, und kommen Sie dorthin, wohin ich ihn bringen werde. Sie können sich gar nicht vorstellen, wie viel Freude mir das bereiten würde.«

Dillon setzte zu einer Antwort an, aber da war das Handy bereits wieder abgeschaltet. »Er hat Blake«, sagte er zu Hannah und Ferguson. »Er hat gemeint, dass er ihn ohne Rückfahrschein in die Hölle schickt.« Er blickte nachdenklich. »Hellsmouth, sein Anwesen in Cornwall – das muss es sein. Lasst mich mal kurz telefonieren.«

»Dillon, nein«, sagte Hannah, »das ist eine Falle. Er wollte doch nur, dass du da draufkommst, um auch dich umzubringen.«

»Mag sein, Hannah. Aber ich kann Blake nicht im Stich lassen.«

Er rief in der konspirativen Wohnung im Holland Park an und sprach dort mit Helen Black. »Schlechte Nachrichten. Diese Dreckskerle haben Blake Johnson gekidnappt. Geben Sie mir den Major.«

»Ich höre, Sean«, sagte Roper. »Was ist los?«

Dillon erzählte es ihm.

»Geben Sie mir ein paar Minuten«, sagte Roper. »Ich befrage mal meinen Computer.«

»Ich wäre Ihnen sehr verbunden.«

Nach kurzer Zeit meldete sich Roper wieder zurück. »Ja, die Solazzo-Familie hat außer der Gulfstream noch eine Golden Eagle. Kennen Sie diesen Typ?«

»Ich hab sie oft geflogen«, sagte Dillon. »Eignet sich hervorragend für kurze Landebahnen.«

»Richtig, und genau so etwas haben sie auf dem Anwesen in Hellsmouth. Es gibt dort einen alten Versorgungsflughafen der Royal Air Force aus dem Zweiten Weltkrieg. Der nächste halbwegs benutzbare Flughafen ist dann in St. Just, ein Stützpunkt der Air Force, der etwa zwanzig Meilen entfernt liegt. Dient als eine Art Seerettungsflughafen, Hubschrauber, lange Landebahnen und so weiter.«

»Danke, alter Junge.«

»Ich schätze mal, dass Sie die Sache im Rollkommando-Stil durchführen wollen.«

»So könnte man sagen.«

»Ich wollte, ich könnte dabei sein. Tja, ich bleibe am Computer für den Fall, dass Sie mich noch mal brauchen. Einen Moment noch.« Einen kurzen Moment später kam er wieder ans Telefon. »Die Golden Eagle ist vor zwanzig Minuten gestartet. Aus den Flugdaten geht hervor, dass sie mit sechs Passagieren nach Hellsmouth in Cornwall unterwegs ist.«

»Und einer der Passagiere ist Blake. Danke, Roper.« Dillon legte den Hörer auf und sagte zu den anderen: »Sie sind tatsächlich in einer Golden Eagle von Bardsey aus mit Ziel Hellsmouth gestartet. Sechs Passagiere.« Er tippte eine weitere Telefonnummer.

»Sean, was tust du da?« sagte Hannah.

»Nun, die Polizei in Cornwall rufe ich jedenfalls nicht an. Das ist zwar eine gute Truppe, aber nicht für einen Job, wie ich ihn erledigen will. Ich rufe Farley Field an.«

»Weshalb?« fragte sie.

»Weil er hinter ihnen her will«, sagte Ferguson. »Ich kenne doch meinen Sean Dillon.«

»Er hat gesagt, es geht in die Hölle«, sagte Dillon. »Ich werde ihm also in die Hölle folgen.«

»Farley Field«, tönte es aus dem Hörer.

»Hier Dillon. Holen Sie mir Squadron Leader Lacey an den Apparat, falls er da ist.«

»Ich glaube, ich habe ihn gerade in der Offiziersmesse gesehen. Warten Sie einen Moment.«

Lacey war im Nu am Apparat. »Dillon, was gibt's?«

»Wir müssen ins Gefecht ziehen, und zwar sofort.«

»Wohin soll's denn gehen?«

»Hellsmouth. Das ist in der Nähe von Lizard Point in Cornwall. Die Rollbahn ist recht kurz, ich werde also per Fallschirm landen müssen.«

»Ich kenne die Gegend. Die Air Force hat nicht weit davon entfernt in St. Just einen Stützpunkt.«

»Genau. Nachdem ich abgesprungen bin, werden Sie dort landen.«

»Dillon, Sie sind also wieder einmal dabei, die Welt zu retten, was?«

»Nein, Blake Johnson schwebt in Lebensgefahr. Sprechen Sie mit dem Leiter der Versorgungsabteilung. Brownings, Kalaschnikows, zwei Fallschirme. Ich werde wahrscheinlich aus zweihundert Metern Höhe abspringen.«

»Das klingt alles verrückt, Sean, aber ich werde mich ranhalten.«

Dillon legte auf.

»Zwei Fallschirmausrüstungen?« sagte Hannah. »An wen zum Teufel denkst du?«

»Jedenfalls an niemanden vom SAS. Der ist in unserem Fall nicht der geeignete Ansprechpartner. Ich habe aber jemand Bestimmten im Sinn, bei dem ich jetzt gleich mal vorbeischauen werde. Wenn ihr mich noch einmal sehen wollt, findet ihr mich in Farley Field.«

»Du wirst all diese Menschen einfach exekutieren, stimmt's, Dillon?« sagte sie wütend.

Dillon wandte sich zu Ferguson um. »Sie ist ein liebes Mädchen, Brigadier, aber ich hab von ihrem moralischen Tick langsam die Nase voll. Es ist mir wichtiger, das Leben eines hervorragenden Menschen zu retten.« Mit diesen Worten verließ er den Raum.

»Er ist wahnsinnig, Sir«, sagte Hannah zu Ferguson.

»Nein, Superintendent. Er ist Dillon.«

Als Dillon im Dark Man eintraf, saßen Harry Salter, Billy, Sam Hall und Joe gerade in der hinteren Sitznische und genehmigten sich einen kräftigen Scotch.

»Sean, alter Junge«, sagte Harry Salter. »Haben wir's geschafft oder haben wir's geschafft?«

»Fox hat Blake gekidnappt«, sagte Dillon. »Hat ihn mit vier seiner Gorillas zu seinem Anwesen in Cornwall geflogen.«

Nach einem kurzen Schweigen sagte Salter: »Was hast du nun vor?«

»Ich werde jedenfalls nicht einfach zusehen. Sie bringen ihn vielleicht um. In einer Stunde fliege ich von Farley Field aus hin und springe mit dem Fallschirm über dem Anwesen ab. Ich werd versuchen, sie zu überrumpeln, aber das geht nun mal nur per Fallschirm. Der nächste Fliegerhorst ist erst in zwanzig Meilen Entfernung.«

»Fox und die anderen vier, das macht fünf Gegner, Dillon«, sagte Billy. »Willst du die etwa im Alleingang angreifen?«

»Nein, Billy, ich werde sie mit dir zusammen angreifen.«

»Du bist wohl nicht ganz bei Trost«, sagte Harry Salter.

Dillon tat so, als hätte er das nicht gehört. »Billy, hast du schon einmal von der Schlacht um Arnheim im Zweiten Weltkrieg gehört? Mit all diesen Fallschirmjägern? Damals war ein Major dabei, ein Sanitätsarzt der Armee, der noch nie in seinem Leben Fallschirm gesprungen war. Aber die Jungs brauchten eben unbedingt einen Arzt dabei. Er hat's locker überstanden, und du wirst es auch schaffen. Billy, vertrau mir. Du springst, ziehst bei zweihundert Metern die Leine, und fünfundzwanzig Sekunden später setzt du schon auf dem Boden auf. Das ist alles.«

»Du bist verrückt«, sagte Salter.

Aber Billy lächelte übers ganze Gesicht. »Ich hab's schon einmal gesagt, Dillon, du bist genau wie ich. Scherst dich den Teufel um nichts und niemanden. Brauchst mir nur zu sagen, was ich zu tun habe.«

»Also, wenn Billy geht, dann komme ich auch mit, verdammt noch mal«, sagte Salter. »Selbst wenn ich nur an der Außenlinie dabei sein werde.«

»So gefällt's mir«, sagte Dillon. »Auf geht's.«

HELLSMOUTH

15

Als Dillon, Harry Salter und Billy in Farley Field ankamen, wurden sie dort bereits von Lacey und Parry erwartet.

»Gehen wir ins Einsatzbesprechungszimmer und haken wir alles ab, damit ich auch nichts vergessen habe«, sagte Lacey.

Der Leiter der Versorgungsabteilung stand mit den von Dillon angeforderten Brownings, zwei Kalaschnikows und den Fallschirmausrüstungen bereit.

»Weisen Sie doch einmal kurz Mr. Salter hier ein, Sergeant Major«, sagte Dillon. »Er springt heute zum ersten Mal.«

»Wirklich, Mr. Dillon?« sagte der Sergeant Major mit unbeweglicher Miene. »Dann wären ein paar Tipps vielleicht tatsächlich angebracht.«

»Zeigen Sie's mir einfach«, sagte Billy.

Dillon ging zum Kartentisch, um sich mit Lacey und Parry ortskundig zu machen.

»Ist nicht so kompliziert, wie's aussieht«, sagte Lacey. »Wir haben beinahe Halbmond. Ich würde allerdings empfehlen, gleich beim ersten Drüberfliegen abzuspringen, für mehr fehlt uns wahrscheinlich die Zeit. Danach fliegen wir nach St. Just weiter.«

»Hört sich gut an.«

»Und der andere Typ?« sagte Lacey. »Weiß der wirklich, auf was er sich da einlässt?«

»Ich bin mir sicher, dass er es schafft.«

Ferguson und Hannah Bernstein kamen herein. Als der Brigadier die Salters sah, machte er eine verblüffte Miene. »Um Himmels willen, was soll denn das schon wieder? Sie sagten, Sie wollten sich noch einen Fallschirmspringer besorgen. Ich sehe hier aber keinen mit entsprechender Ausbildung.«

»Nun, ich habe gerade einen Schnellkurs absolviert«, sagte Billy. »Ich glaube, ich hab den Dreh bereits raus, Dillon. Man muss einfach nur an diesem Ring hier ziehen, mehr nicht. Die Waffen sind auch kein Problem. Wenn ich Kilbeg geschafft habe, dann schaffe ich das hier auch.«

»Das ist doch Wahnsinn«, sagte Hannah Bernstein.

»Nein, es ist der Versuch, Blake Johnson das Leben zu retten«, sagte Dillon. »Ich werde es durchziehen, Brigadier, es sei denn, Sie haben eine bessere Idee.«

»Nein«, sagte Ferguson. »Es klingt wie immer reichlich verwegen, aber schließlich kenne ich Sie schon lang genug. Legen wir los.«

»Harry wird uns begleiten«, sagte Dillon. »Ich schlage vor, dass ihr schon mal alle an Bord geht. Billy und ich ziehen uns um und kommen dann nach.«

»Bis später.«

Zehn Minuten darauf stiegen Billy und Dillon in ihren Springeroveralls und kugelsicheren Westen sowie mit Pistolenhalftern und quer über die Brust geschulterten AK-47er Sturmgewehren die Treppe hoch und nahmen ihre Plätze ein. Parry schloss die Tür.

»Himmel, Billy«, sagte Salter, »du siehst aus, als wärst du irgendeinem Vietnam-Kriegsfilm entsprungen oder so was. Willst wohl den harten Mann spielen?«

Billy lächelte. »Ich will nur mich selbst spielen, Harry, und es ist ein großartiges Gefühl.«

*

Blake setzte sich wieder auf das Steinpodest im Tunnel. Das Wasser stand ihm immer noch bis zur Hüfte. Er schlang die Arme um den Körper und versuchte sich warm zu halten. Ob Dillon wohl kam? Fox schien damit zu rechnen, sonst würde er ihn wohl kaum als Köder benutzen. Es war eine ausweglose Lage, aber andererseits war Dillon schon immer der Meister des Unmöglichen gewesen. Einen Moment lang meinte Blake durch die dicken Wände des alten Gebäudes irgendwo hoch oben ein Geräusch zu hören, das an das Motorengeräusch eines Flugzeugs erinnerte. Er war sich dessen jedoch nicht sicher. Die Ratte tauchte wieder auf und kreiste um ihn herum.

»Ich hab's dir gesagt. Sei schön brav!«

Das Summen des Flugzeugs war rasch verklungen.

»Was war das?« sagte Falcone.

»Könnte normaler Luftwaffenverkehr rund um den Stützpunkt in St. Just sein«, sagte Fox. »Könnte aber auch Dillon sein. Wir sollten uns lieber bereithalten.« Er stand mit Falcone und Russo im großen Saal am Kamin. »Bring mir aber zuerst einmal einen Brandy.«

Russo ging zur Anrichte, schenkte ein Glas ein und brachte es Fox. Rossi und Cameci kamen herein, beide mit Uzis bewaffnet.

»Entschuldigen Sie, Signore«, sagte Falcone, »aber glauben Sie wirklich, dass Dillon kommen wird?«

»Ich habe ihm genügend Anhaltspunkte gegeben. Er ist klug. Er wird kommen.«

»Aber was, wenn er uns die Polizei auf den Hals schickt?« sagte jetzt Russo.

»Dillon? Nein, dafür ist die Sache für ihn viel zu persönlich. Er wird sich in dieser Angelegenheit nicht auf die Polizei verlassen wollen.«

»Aber Ferguson ist vom Geheimdienst«, wandte Falcone ein. »Was, wenn der sich dazu entschließt, ein Sonderkommando vom SAS einzusetzen?«

»Das glaube ich nicht. Er hat die Sache bisher in aller Diskretion durchgeführt. Er will jedes Aufsehen vermeiden, und dabei wird er bleiben. Eine verdeckte Operation, so werden sie's machen. Wie in einer Stierkampfarena, *corpo a corpo*, Faust gegen Faust, von Angesicht zu Angesicht.«

»Wie Sie meinen, Signore.«

Fox wandte sich zu Rossi und Cameci um. »Geht in den Garten und haltet die Augen offen. Überprüft die Türen.« Sie gingen hinaus. Fox trank seinen Brandy. Er hatte in allem Recht – nur in einem irrte er: Dillon war bereits da.

Als die Gulfstream immer langsamer wurde und der Motor beinahe abzusterben schien, rannte Parry nach hinten und öffnete die Tür. Der Wind fegte hinein.

»Allmächtiger Gott«, sagte Salter.

Dillon grinste Billy an. »Ich bin der Ältere von uns beiden, du kleiner Draufgänger. Ich springe als Erster.«

»Wie nett von dir. Dann mach mal, Dillon.«

Billy, der ganz außer sich vor Aufregung war, schob Dillon hinaus und sprang dann hinterher.

Es regnete, weshalb es auch etwas diesig war, aber das Haus und das Anwesen waren im Mondlicht klar zu erkennen. Dillon war blitzschnell unten. Nach einer perfekten Landung, bei der er sich nicht einmal abrollen musste, drückte er den Schnelllösemechanismus und blickte sich sofort um. Er sah Billys wie zu einer seltsamen Blume aufgeblähten Fallschirm, rannte hinüber und trampelte ihn flach. Billy setzte sich auf.

»Ist mit dir alles Ordnung?« fragte Dillon.

»Glaub schon. Bin nach hinten gekippt und auf den Rücken gefallen.« Er rieb sich den Hintern. »Fühlt sich aber alles okay an.«

Dillon drückte auf den Schnelllöseknopf an Billys Gurtzeug. »Dann komm, beweg dich!«

Billy war sofort auf den Beinen. »Mensch, Dillon, kann's gar nicht fassen, dass das alles wirklich passiert.«

»Nun, so ist es aber. Kilbeg zum Zweiten, nur dass wir es diesmal mit fünf Gangstern zu tun haben, die nur darauf warten, loszuschlagen. Halt dich also bereit.«

Dillon suchte mit dem Nachtsichtfernglas den Garten ab und entdeckte Cameci in der Nähe der Terrasse. »Schau's dir an«, flüsterte er Billy zu und reichte ihm das Fernglas.

Billy nickte. »Scheint allein zu sein.«

»Ich gehe links herum, du rechts.«

»Alles klar, Dillon.«

Cameci stand an der Balustrade und blickte über den im Mondschein daliegenden Garten, als er plötzlich die Mündung einer Kalaschnikow im Rücken spürte.

»Nur einen Ton«, sagte Billy, »und ich puste dich weg.«

»Sind Sie Dillon?« sagte Cameci.

»Nee, ich bin sein jüngerer Bruder. – Ich bin hier drüben«, rief er Dillon dann leise zu.

Als Dillon aus der Dunkelheit auftauchte, erschien Rossi plötzlich auf der anderen Seite der Terrasse. Billy hatte ihn sofort bemerkt.

»Dillon!« rief er.

Dillon wirbelte herum. Die mit Schalldämpfer bestückte AK 47 ächzte los, und Rossi fiel tot nach hinten.

Dillon packte Cameci am Kinn. »Sag mir, wer im Haus ist, und zwar dalli, sonst leg ich dich um.«

»Die Signori Fox, Falcone und Russo«, sagte Cameci, dem die Angst ins Gesicht geschrieben stand.

»Ausgezeichnet«, sagte Dillon. »Was ist mit dem Amerikaner?«

»Er ist im Tunnel im Keller.«

»Gut. Bring uns dorthin.«

Cameci führte sie durch die Küche und dann über eine Treppe in die Kellerräume hinunter. Sie kamen an einer alten Eichentür an.

»Hier ist es«, sagte Cameci.

»Öffne die Tür.«

Cameci gehorchte. Als Blake sich im Wasser umwandte, fiel ihm das Licht ins Gesicht. »Was treibst du denn da«, sagte Dillon, »nimmst du etwa ein Bad? Wir haben keine Zeit für solche Scherze. Mach sofort, dass du da raus kommst.«

Blake wankte die Treppe hoch. »Warum habt ihr so lang gebraucht?« Er zitterte am ganzen Leib und war völlig durchnässt.

»Zieh dich aus«, sagte Dillon zu Cameci. »Dem Mann ist kalt.«

»Aber, Signore!« sagte Cameci.

Dillon schob ihm die Mündung der Kalaschnikow unters Kinn. »Tu's einfach.« Er nahm sein Halstuch ab und gab es Blake. »Trockne dich damit, so gut es geht, ab.«

Währenddessen zog sich Cameci aus, worauf Blake in dessen Kleider schlüpfte. Cameci blieb nur die Unterhose.

Falcone hatte unterdessen die Terrassentüre geöffnet. Nachdem er hinausgegangen war und dort Rossis Leiche gefunden hatte, sprang er sofort zu Fox und Russo ins Zimmer zurück.

»Da draußen liegt Rossi, tot. Von Cameci ist weit und breit nichts zu sehen.«

»Verdammte Scheiße«, sagte Fox. »Er ist hier, das Schwein ist hier! Verteilt euch.«

Aber es war zu spät, denn in diesem Augenblick stieß Dillon den nur in seine Unterhose gekleideten Cameci ins Zimmer. Falcone, der über diese jähe Erscheinung völlig erschrocken war, feuerte sofort los. Cameci ging zu Boden und krümmte sich zusammen.

»He, ihr habt den Falschen erwischt«, rief Dillon aus dem anderen Zimmer. »Ich bin's, Jack. Heute ist Zahltag.«

»Leck mich, Dillon«, rief Fox zurück.

Die Mafiosi gingen alle im Saal unter dem großen, hell leuchtenden Kronleuchter in Deckung. Falcone flüsterte zu Russo: »Bleib dicht bei mir. Wir schieben uns zur Tür vor und verschwinden in den Küchenräumen.« Er sah, wie Fox nach rechts robbte.

»Es ist zu hell«, sagte Russo.

Falcone feuerte mit seiner Uzi zum Kronleuchter hoch, der daraufhin splitternd zu Boden krachte.

»Jetzt nicht mehr.«

Er ging in die Hocke und zog Russo mit sich.

Der Saal wirkte plötzlich ganz unheimlich. Das große Kaminfeuer warf sein züngelndes Licht auf die Ritterrüstungen, die alten Flaggen und die große Treppe zur Linken. Dillon, Blake und Billy krochen herein und kauerten sich hinter den großen Tisch in der Mitte.

»Und was nun?« fragte Billy.

»Wir warten's einfach ab, Billy. Eile mit Weile.« Er nahm seine Browning heraus und reichte sie Blake. »Nur für den Fall.«

»Wie zum Teufel seid ihr überhaupt hierher gekommen?« fragte Blake.

»Lacey und Parry sind in geringer Höhe über das Anwesen geflogen, und Billy und ich sind gesprungen.«

»Du liebe Zeit, was versteht der Junge denn überhaupt vom Fallschirmspringen?«

»Inzwischen einiges mehr als noch vor ein paar Stunden. Keine Sorge, wir bekommen Verstärkung.«

»Ein Sonderkommando?«

»Nein. Ferguson, Hannah und Harry Salter.«

»Allmächtiger Gott.«

»Wir können es schaffen, Blake. Cameci und Russo sind bereits erledigt. Jetzt bleiben nur noch Falcone, Russo und der gute alte Jack Fox.«

»Wie wollen wir nun vorgehen?« fragte Billy.

»Hab ich doch bereits gesagt. Wir warten, Billy, und lassen sie zu uns kommen.«

Es war totenstill. Falcone und Russo hatten die mit grünem Stoff bespannte Tür zur Küche erreicht, während Fox sich inzwischen zu einer Tür neben dem Kamin vorgearbeitet hatte. Er öffnete sie, ging über eine Wendeltreppe nach oben und spähte dann in den Saal hinunter. Er sah, dass sich irgendetwas hinter dem Tisch bewegte. Auf einmal knarzte eine Bohle unter seinen Schritten.

»Der Mistkerl ist irgendwo da oben«, sagte Dillon. »Schieb dich nach rechts rüber, Billy.«

Billy schlich davon.

»Tja, Jack, da wären wir also«, rief Dillon. »Ende der Fahnenstange.« Er schob Blake beiseite. »Schleich dich auf die andere Seite rüber, und halte dich dort im Dunkeln versteckt.«

Jack Fox hatte sich unterdessen weiter vorgeschoben und kniete jetzt neben den Schaltern der Wandbeleuchtung, mit der die Gemäldesammlung ringsum beleuchtet wurde. Er hielt einen Moment inne und streckte dann die Hand nach den Schaltern aus.

Blake setzte sich in Bewegung. Er rutschte aus und schrie auf – er war auf den Arm gefallen. Dillon versuchte, ihn zu packen und ihm wieder auf die Beine zu helfen. In dem Augenblick schaltete Fox das Licht an.

»Jetzt hab ich dich, du miese Ratte!«

Er hob die Walther und schoss Dillon zweimal in den Rücken. Um das tun zu können, hatte er sich aufrichten müssen. Auf einmal stand Billy auf der rechten Seite auf. Er hob die Kalaschnikow und pumpte Fox zehn Kugeln in den Leib. Fox wurde zum Treppenabsatz zurückgeschleudert, prallte von der Wand gegen die Balustrade zurück und fiel darüber hinweg. Er kam unten auf den Steinfliesen auf und zuckte noch einen Moment lang. Dann trat Stille ein.

Falcone schob die grün bespannte Tür zur Küche auf und sagte zu Russo: »Wir verschwinden.«

»Wohin denn?« fragte Russo.

»Zum Rollfeld. Wir müssen sofort nach London. Don Marco wird dort bald eintreffen. Er wird über die schlechten Nachrichten nicht gerade erfreut sein.«

»Manchmal wird der Überbringer schlechter Botschaften umgebracht«, sagte Russo.

»In diesem Fall nicht. Die Sache ist viel zu wichtig.«

Sie schlüpften hinten zur Tür hinaus, eilten die Treppe hinunter und überquerten den Hof. Ein paar Sekunden später fuhren sie bereits zum Rollfeld.

Dillon war von der Wucht der Kugeln nach vorn aufs Gesicht gefallen. Er richtete sich stöhnend auf. Billy rannte hinüber und kniete sich neben ihm nieder.

»Sean, ist mit dir alles in Ordnung?«

»Ja. Nur gut, dass ich die kugelsichere Weste anhatte. Tut ein bisschen weh, aber das ist auch schon alles.« Er blickte sich um. »Ist da noch jemand?« rief er.

Stille. Nach einer Weile rief Blake aus der Dunkelheit: »Ist mit dir alles in Ordnung, Sean?«

»Ja, mir geht's gut. Ich glaube, sie sind abgehauen. Hab einen Wagen davonfahren hören.«

Er stand auf und ging zu Jack Fox' Leiche hinüber. Blake gesellte sich zu ihm. Sie standen einen Moment lang da und blickten hinab.

»Tja, das war's dann wohl, Blake. Er hat bezahlt. Du hast deine Rache bekommen.«

»Noch nicht ganz«, sagte Blake. »Fox hat zwar den Befehl gegeben, aber Falcone hat sich damit gerühmt, dass er und Russo meine Frau umgebracht haben.«

»Und wo sind die beiden jetzt hin?« fragte Billy.

»Kommt mit, und ich werd's euch zeigen«, sagte Dillon.

Er ging zur Eingangstür, öffnete sie und blieb am Treppenabsatz stehen. Billy und Blake standen neben ihm. Einen Moment später war das Surren eines vorüberfliegenden Flugzeugs zu hören.

»Dort sind sie, Billy – Falcone und Russo auf der Flucht, so lange sie noch können.«

Als sie kehrtmachen wollten, fuhr ein Landrover der Air Force im Hof vor. Hannah Bernstein führte das Steuer, während Ferguson und Salter im Fond saßen.

Harry Salter stand im großen Saal am Kamin und sagte: »Ist mit dir alles in Ordnung, Billy?«

»Ihm geht's so gut wie nie zuvor«, sagte Dillon. »Fox hat mir zwei Schüsse in den Rücken verabreicht – ohne meine kugelsichere Weste wäre ich erledigt gewesen –, und dann hat Billy den Dreckskerl umgepustet.« Er wandte sich zu Billy um. »Das macht drei, Billy. Bist 'n echter Meisterschütze.«

»Und was geschieht jetzt, Sir?« sagte Hannah zu Ferguson. »Soll ich der hiesigen Polizei Bescheid geben?«

»Lieber nicht«, sagte Ferguson. »Soll doch der Hausmeister irgendwann die Leichen hier entdecken. Fox und diese beiden anderen Schurken werden ja in den Computerdateien von Scotland Yard geführt. Die sollen ruhig denken, dass es sich hier um einen Krieg verfeindeter Mafia-Gruppen gehandelt hat. Wir halten uns da raus.«

»Aber, Sir!« sagte Hannah.

»Superintendent, seien Sie jetzt bitte vernünftig. Die Sache wird so schon am besten gehandhabt, streiten wir also nicht. Und jetzt verschwinden wir hier und fahren nach St. Just zurück.«

Falcone saß in der Golden Eagle und rief Don Marco über das Handy an. Der Don war noch in New York, wo er gerade an Bord seiner Gulfstream steigen wollte.

»Aldo, was hast du für Neuigkeiten?«

»Schreckliche, Don Marco. Wie soll ich es Ihnen nur sagen?«

»Spuck's einfach aus«, sagte Don Marco.

Nachdem er alles gehört hatte, meinte er: »Der arme Jack, so naiv und so dickköpfig.«

»Was soll ich jetzt tun, Signore?«

»Im Moment nichts. Es handelt sich hier offensichtlich um eine Frage der Familienehre, aber das besprechen wir, wenn ich in London bin.«

»Wie Sie meinen, Don Marco.«

Dillon und die anderen flogen in der Gulfstream nach Farley Field zurück. Fergusons Handy klingelte. Ferguson nahm das Gespräch entgegen, gab das Gerät dann aber an Dillon weiter.

»Ich glaube, da ist ein Problem aufgetaucht, um das Sie sich kümmern sollten«, sagte Ferguson zu Dillon.

»Ich bin bereits von Hannah über das, was passiert ist, informiert worden«, sagte Roper am anderen Ende. »Schön zu hören, dass Sie noch unter uns weilen.«

»Das kann man laut sagen.«

»Ich habe zwischenzeitlich ein bisschen die Solazzos im Auge behalten. Die Golden Eagle ist gerade mit zwei Passagieren in Bardsey gelandet – Falcone und Russo.«

»Haben Sie sonst noch was für mich?«

»Allerdings, und zwar einen echten Leckerbissen. Don Marco Solazzo ist in der Familien-Gulfstream von New York aus nach London gestartet. Hat sich im Dorchester ein Zimmer reservieren lassen.«

Dillon lachte. »Na, dann haben wir diese Woche ja nur Heimspiele«, sagte er und schaltete dann das Handy aus.

LONDON

16

In Heathrow war Nebel aufgezogen, weshalb Don Marcos Gulfstream zunächst einmal nach Shannon in Irland umgeleitet wurde, wo sie erst einige Stunden später wieder starten konnte. Schließlich landete sie in dem für Privatflugzeuge reservierten Bereich von Heathrow. Falcone und Russo warteten in Don Marcos bevorzugtem Wagen, einem Bentley.

Falcone küsste dem Don die Hand. »Mein Beileid, Don Marco. Es wurde getan, was menschenmöglich war.«

»Das brauchst du mir nicht zu sagen, Aldo. Fahren wir los, dann reden wir.«

Russo saß am Steuer und ließ den Motor an.

»Ich hätte gern ein Gläschen Brandy, Aldo«, sagte Don Marco.

Falcone öffnete die kleine Bar im Fond des Bentley und suchte die Flasche und ein Glas heraus.

Don Marco nahm einen kleinen Schluck und nickte. »Gut, und jetzt erzähl mir alles von Anfang an.«

Später stand er in der Oliver-Messel-Suite des Dorchester vor der geöffneten Balkontür. Der Regen fegte über die Dächer von Mayfair herein.

»Bring mir eine Zigarre«, sagte er zu Falcone. »Die sind in der Krokodillederschatulle.«

Falcone nickte Russo zu, der umgehend die Schatulle öffnete, die auf der Anrichte stand. Er nahm eine

Romeo-&-Julieta-Havanna heraus, schnitt eine Kerbe hinein und gab sie Falcone, der sie mit einem langen Streichholz vorwärmte, um sie dann an den alten Don weiterzureichen. Don Marco zündete sie sich an.

»Jack war ein Dummkopf. Jack war gierig und dickköpfig, aber er war auch mein Neffe. Er war zur Hälfte ein Solazzo, von unserem Fleisch und Blut. Männer sind eine Mischung aus vielen Dingen, Aldo.«

Der Regen peitschte über die Dächer hinweg und der Wind fing sich in den Vorhängen.

Don Marco wiegte den Kopf. »Jack war zuweilen töricht. Er war sicherlich ein Dieb, was auch immer man darunter verstehen will. Aber er war auch ein Kriegsheld, der seinem Land gedient hat.«

»Wir wissen alle, was für ein Mensch Signor Fox war«, sagte Aldo.

»Und wir wissen, wie er geendet hat. Hingerichtet von diesen Kerlen – Dillon, Johnson und diesem Brigadier Ferguson.« Der Don wirkte seltsam ruhig. »Die Ehre der Familie steht auf dem Spiel. Eine Schuld muss beglichen werden. Geld ist nicht alles in dieser Welt, Aldo.«

»Natürlich nicht, Don Marco.«

Der alte Don kaute auf der Zigarre herum, nahm dann seine Brieftasche heraus und zog ein Kärtchen mit einer Reihe von Telefonnummern heraus.

»Hier ist die Nummer von Ferguson im Verteidigungsministerium. Probier es dort einmal.«

Es war halb drei nachts, und alle saßen im Dark Man in der hinteren Sitznische – Harry und Billy, Dillon und Blake, Ferguson und Hannah. Baxter und Hall hielten sich im Hintergrund. Hannahs Handy klingelte, und sie ging ran. »Okay, legen Sie los.« Nach einer Weile schaltete sie das Handy wieder aus. »Das war Scotland Yard. Die wollten mich auf dem Laufenden halten. Anscheinend sind in Cornwall drei Morde passiert. Bei den Opfern handelt es sich um berüchtigte Mitglieder der Mafia.«

»Also wirklich«, sagte Dillon.

Billy lachte. »Welch eine Überraschung.«

»Dass dir das Ganze bloß nicht zu Kopfe steigt«, sagte Salter.

»Billy the Kid«, sagte Dillon. »In der Luftschlacht um England wärst du mit dem Großen Fliegerkreuz ausgezeichnet worden.«

Dora brachte auf einem Tablett eine Flasche Bollinger mit Gläsern, drückte mit dem Daumen den Koren heraus und schenkte ein.

»Das war's dann also«, sagte Billy.

»Nicht ganz, Billy.« Dillon nahm sich ein Glas. »Warum sollte wohl der alte Don Marco Solazzo nach London fliegen? Um einen Arzt zu konsultieren? Um sich in der Savile Row die Maße für einen neuen Anzug nehmen zu lassen?« Er schüttelte den Kopf. »Vendetta, Billy. Töte einen von uns, und wir töten dich.«

»Glaubst du wirklich?« sagte Salter

»Keine Frage«, sagte Blake.

»Dann haben wir die Sache also noch gar nicht durchgestanden?« sagte Salter.

»Es fehlt noch der letzte Akt.« Dillon zuckte mit den Achseln. »Um den zu schreiben, braucht es einen wahrhaftigen Shakespeare.«

»Der ist aber nicht abkömmlich, der ist mausetot«, sagte Billy.

Fergusons Handy klingelte. Er nahm den Anruf entgegen und schaltete das Gerät anschließend wieder aus. »Das war mein Büro im Verteidigungsministerium. Don Marco Solazzo will mich sprechen. Er ist im Dorchester.« Er wandte sich zu Hannah um. »Könnten Sie ihn mir vielleicht an den Apparat holen, Superintendent?«

Hannah bat Dora, ein Telefon mit Lautsprecher zu bringen, rief im Dorchester an und ließ sich mit dem Don verbinden.

»Solazzo.«

»Einen Moment, ich gebe Ihnen Brigadier Ferguson.«

Sie reichte Ferguson den Hörer und schaltete die Lautsprechfunktion ein, damit alle mithören konnten.

»Welch eine Überraschung«, sagte Ferguson.

»Das wohl weniger, Brigadier.«

»Mein Beileid zum Tod Ihres Neffen.«

»Versehen mit Ihren Glückwünschen an Dillon, wie ich annehme.«

»Ganz und gar nicht. Ihr Neffe wurde von einem Gangster aus dem East End aus dem Weg geräumt, der vor der Mafia keine Angst hat.«

»Lassen wir das Katz-und-Maus-Spiel, Ferguson. Diese ganze Angelegenheit dauert mir inzwischen einfach zu lang. Mein Neffe ist also tot. Ich glaube, es ist langsam an der Zeit, dass wir beide uns mal treffen, um uns auf einen Kompromiss zu einigen.«

»Das klingt vernünftig. Wann passt es Ihnen denn?«

Der alte Mann war die Ruhe selbst. »Das hängt ganz von Ihnen ab. Ich bin jedoch der Meinung, dass wir unter uns bleiben sollten. Ich will weder Dillon noch Johnson dabeihaben.«

»Ich rufe Sie zurück«, sagte Ferguson und legte auf.

»Der führt etwas im Schilde, Sir«, sagte Hannah.

»Natürlich.« Ferguson wandte sich zu Dillon. »Nun?«

»Er sagt zwar, dass er weder mich noch Johnson dabeihaben will, geht aber bestimmt vom Gegenteil aus. Wenn er wüsste, dass es Billy ist, der Jack Fox auf dem Gewissen hat, würde er ihn ebenfalls dabeihaben wollen. Wir haben es hier mit der Mafia zu tun – Ehre, Familie, Rache. Er legt uns um, wenn er die Möglichkeit dazu bekommt. Ist schon komisch: In der heutigen Gesellschaft scheinen überall nur die kapitalistischen Werte zu gelten, aber diese Sache ist ein Paradebeispiel dafür, dass Geld letztlich wertlos ist.«

»Worum geht's hier also?«

Blake gab die Antwort. »Ich würde sagen, um ein Treffen von Angesicht zu Angesicht, bei dem er seine Leute dabeihat – zweifellos Falcone und Russo – und davon ausgeht, dass Sie Ihre Leute dabeihaben. Nicht dass er mich für allzu gefährlich hält, aber es gibt ja Dillon.«

»Und es gibt mich«, sagte Billy.

»Ja, aber du hältst dich jetzt erst einmal zurück. Du bist mir ein bisschen zur sehr auf den Geschmack gekommen. Wir sind hier nicht in Dodge City, Billy«, sagte Harry Salter.

»Hier geht's sogar noch mehr rund, finde ich«, erwiderte Billy.

»Also gut«, sagte Ferguson mit einem Nicken. »Wie gehen wir vor?«

»Sie verabreden mit ihm ein Treffen«, sagte Dillon.

»Aber wo? Doch wohl kaum in der Piano-Bar des Dorchester.«

Dillon dachte einen Moment lang nach und wandte sich schließlich zu Harry Salter um. »Wie wär's mit irgendeinem deiner Vergnügungsboote auf der Themse, Harry? Irgendeine Tour von Westminster nach Chelsea oder so was.«

»Die *Bluebell,* natürlich«, sagte Salter. »Eine Fahrt von der Charing-Cross-Pier nach Westminster zum Beispiel. Oder die umgekehrte Richtung.«

»Suchen Sie sich eine der Abendfahrten aus«, sagte Dillon zu Ferguson. »Teilen Sie Solazzo mit, dass Sie sich mit ihm an Bord treffen, aber nur Sie beide.«

»Aber er wird nicht allein kommen!« sagte Hannah.

»Natürlich nicht – er wird Falcone und Russo dabeihaben.« Dillon lächelte Ferguson an. »Zweifellos wird er mit mir und Blake rechnen.«

Blake, der den rechten Arm wieder in einer Schlinge trug, machte immer noch einen lädierten Eindruck. »Nicht dass ich in Form wäre.«

»Leute, aber ich bin's, verdammt noch mal«, sagte Billy.

»In Ordnung«, sagte Ferguson. »Wir treffen uns also, und was passiert dann?«

»Er wird versuchen uns zu erledigen. So stellt er sich den letzten Akt vor«, sagte Dillon.

»Sir, ich glaube, die Sache gerät langsam außer Kontrolle«, sagte Hannah zu Ferguson. »Wir haben bereits mit unserem Verhalten in der Cornwall-Angelegenheit gegen sämtliche Regeln verstoßen.«

»Du bist eine gute Polizistin, Hannah, und ich habe inzwischen einige Jahre mit dir zusammengearbeitet«, sagte Dillon, »aber wir haben es hier mit den übelsten Typen des Gewerbes zu tun – und ich will ihren Laden endlich schließen!«

»Und ich rede hier vom Gesetz!« rief sie empört.

»Das hieße, mit Leuten wie den Solazzos Pingpong zu spielen. Die Solazzos sind dazu in der Lage, sich die besten Anwälte zu kaufen. Wenn das dein Gewissen beruhigt, Hannah, in Ordnung, aber ich finde so etwas reichlich unbefriedigend. Ich werde diese Schweine ins Jenseits befördern.«

Über den Raum legte sich ein gewichtiges Schweigen. Schließlich sagte Ferguson: »Nun, Superintendent?«

Wieder Schweigen.

»Falcone und Russo haben meine Frau ermordet«, sagte Blake, »aber wir werden es ihnen nie beweisen können.«

Hannah Bernstein zeigte sich nachdenklich. »Ich weiß, und das ist schrecklich, aber ohne das Gesetz geht es nun mal nicht.«

»Auch wenn sie ihrer gerechten Strafe entgehen?« sagte Blake.

»Ich fürchte, ja.«

»Nun, ich stelle mich gern wieder als Scharfrichter zur Verfügung«, sagte Dillon.

Hannah stand auf. »Mir geht das Ganze zu weit, Sir«, sagte sie zu Ferguson.

»Dann würde ich vorschlagen, dass Sie sich erst mal zwei Wochen Urlaub gönnen, Superintendent. Ich möchte Sie jedoch daran erinnern, dass Sie bei Ihrem Dienstantritt in meiner Abteilung den Official Secrets Act unterschrieben haben, nach dem Sie der absoluten Schweigepflicht unterliegen.«

»Jawohl, Sir.«

»Also, bis dann.«

Hannah ging hinaus, und Ferguson sagte: »Wie packen wir die Sache an?«

Don Marcos Bentley fuhr bei hereinbrechender Dunkelheit und immer heftiger werdendem Regen an der Westminster-Pier vor. Er stieg aus und ging den Landungssteg hoch. Falcone und Russo waren bereits bei einer früheren Fahrt an Bord gegangen. In ihren Jeans und Seemannsjacken sahen sie den Besatzungsmitgliedern zum Verwechseln ähnlich – wie übrigens Billy und Harry Salter auch.

Der Nebel war wie eine dicke Brühe, und es regnete in Strömen. Als die *Bluebell* sich auf den Fluss hinausschob, verließ Don Marco den Aufenthaltsraum, in dem sich nur zwei Passagiere befanden – zwei ältere Damen –, ging aufs Heck hinaus und suchte unter dem Oberdeck Schutz. Er zündete sich eine Zigarre an. Ferguson tauchte aus der Dunkelheit auf.

»Don Marco? Ich bin Charles Ferguson.«

»Ah, Brigadier.«

Nebelschwaden umwaberten sie. Auf der Steuerbordseite rollte einer der Schiffsleute eine Leine auf.

»Gehört der zu Ihnen?« fragte Ferguson.

»Ach, kommen Sie schon, Brigadier. Ich möchte nur einen Schlussstrich unter diese unangenehme Angelegenheit ziehen, mehr nicht. Mein Neffe war ein Dummkopf, wie ich leider zugeben muss.«

»Er war nicht nur ein Dummkopf, er war ein Mörder«, erwiderte Ferguson. »Und jetzt erzählen Sie mir bitte nicht, dass Sie keine Rache wollen.«

»Was hätte ich denn davon?«

»Wissen Sie was?« sagte Ferguson. »Je älter ich werde, desto klarer wird mir, dass es im Leben wie im Kino zugeht. Nehmen Sie nur uns beide. Es ist wie bei der Schießerei am OK Corral. Earp und die Clantons. Wer erschießt wen? Seien Sie ehrlich, warum sollte sich ein alternder Mafia-Don die Mühe machen, hier herauszukommen?«

Der Schiffsmann an der Reling – Falcone – erhob sich, und dann tauchte ein weiterer auf der Backbordseite auf – Russo. Billy und Harry Salter spähten vom

Oberdeck herunter. Billy hatte eine mit Schalldämpfer bestückte Kalaschnikow im Anschlag.

Und dann tauchte Dillon aus der Dunkelheit auf. Und neben ihm der schweißgebadete Blake mit dem Arm in der Schlinge.

»Sie sehen aber gar nicht gut aus, Mr. Johnson«, sagte Don Marco.

»Ach, das wird schon wieder.« Blake wandte sich zu Falcone um. »Sie waren es, der meine Frau abgeschlachtet hat.«

»He, ich habe nur meine Befehle befolgt.« Falcone hielt eine Pistole in der Hand.

»Egal, ich nehme so etwas persönlich.« Blakes linker Arm schnellte aus der Schlinge hervor. In der Hand hielt er eine Walther mit Schalldämpfer. Er feuerte los und jagte Falcone eine Kugel in den Leib. Falcone wurde gegen die Reling geschleudert. Er wirbelte herum und fiel kopfüber in den Fluss.

Russo riss seine Pistole hoch und legte auf Ferguson an. Billy, der sich oben über die Reling gebeugt hatte, ließ jedoch seine Kalaschnikow aufblitzen. Er ballerte los, und Russo folgte Falcone über die Reling.

Blake war inzwischen schweißüberströmt und am Ende seiner Kräfte. »Keine Ahnung, warum ich Sie nicht ebenfalls töte, zum Teufel noch mal«, sagte er zu Don Marco. »Aber wir haben Ihren Neffen erledigt. Wir haben diesen Dreckskerl und seine Männer ins Jenseits befördert. Ich hoffe, dass Sie den Rest Ihrer Tage daran zu kauen haben.«

Er ging mit Ferguson davon.

Dillon zündete sich eine Zigarette an. »Er ist ein guter Kerl, dieser Blake. Er will ständig die Welt verbessern. Selbst Ferguson besitzt noch immer etwas von diesem Ehrgeiz, aber ich nicht. Das Leben hat mich immer wieder enttäuscht, und deshalb sage ich: Fahr zur Hölle!«

Er schlug Don Marco quer übers Gesicht, packte ihn und stieß ihn über Bord. In den Nebelschwaden war zu sehen, wie auf dem Wasser ein glühender Zigarrenstumpen trieb. Kurz darauf war er erloschen.

Die anderen erwarteten Dillon beim Jaguar, der an der Charing-Cross-Pier geparkt war.

»Alles erledigt?« sagte Ferguson.

Dillon nickte. »Ganz offensichtlich hat dieselbe Bande, die Jack Fox und seine Männer liquidiert hat, auch Don Marco aufgelauert. Noch so ein Mord im Auftrag der Mafia. Äußerst schmutzige Angelegenheit.«

»Dann ist dieser Abend also alles in allem zu unserer Zufriedenheit verlaufen«, sagte Ferguson.

»Nur in einem Punkt nicht.« Sie wandten sich zu der Gestalt um, die zusammengesunken und aschfahl im Dunkeln saß. Blake blickte sie mit leeren Augen an. »All dies wird sie nicht zurückbringen.«

Darauf gab es keine Antwort.